ティアムーン帝国物語 XII

TEARMOON EMPIRE STORY

台から始まる、姫の転生逆転ストーリー

WRITTEN BY NOZOMU MOCHITSUKI

餅月望

TOブックス

サンクランド王国
Sunkland Kingdom
王都
騎馬王国
Kingdom of Cavalry
セントノエル学園
公都
ノエリージュ湖
聖ヴェールガ公国
Principality of Saint Veirga
王都
レムノ王国
Remno Kingdom
辺土
N
未開地

Tearmoon Empire Story World Map
ギルデン
辺土伯領
未開地
ティアムーン帝国
Tearmoon Empire
新月地区
帝都
ガヌドス港湾国
Ganudos
Port Country
初期帝国領土
(中央貴族領地群)
ガレリア海
セイレント
静海の森
ルドルフォン
辺土伯領
ペルージャン農業国
Perugian
Agricultural country

CONTENTS

第五部　皇女の休日I

イラスト —— Gilse
デザイン —— 名和田耕平デザイン事務所

CHARACTERS

ティアムーン帝国

謎の少女

ベルと
一緒に
現れたが……？

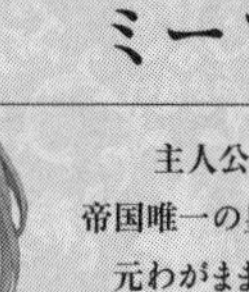

孫と祖母

ミーア

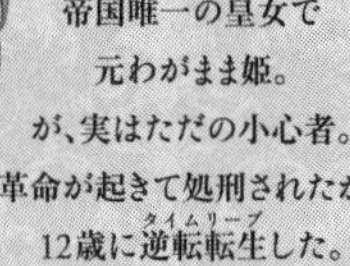

主人公。
帝国唯一の皇女で
元わがまま姫。
が、実はただの小心者。
革命が起きて処刑されたが、
12歳に逆転転生（タイムリープ）した。
ギロチン回避に成功するも
ベルが現れ……!?

ミーアベル

首を矢で穿たれ、
光の粒となって消えたが、
成長した姿で
再び現れた。

四大公爵家

ルヴィ

レッド
ムーン家の
令嬢。
男装の麗人。

シュトリナ

イエロームーン家の
一人娘。
ベルにできた
初めての友人。

エメラルダ

グリーン
ムーン家の令嬢。
自称ミーアの
親友。

サフィアス

ブルームーン家の
長男。
ミーアにより
生徒会入りした。

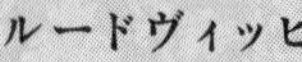

ルードヴィッヒ

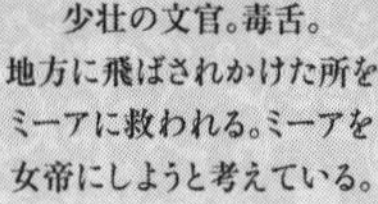

少壮の文官。毒舌。
地方に飛ばされかけた所を
ミーアに救われる。ミーアを
女帝にしようと考えている。

アンヌ

ミーアの専属メイド。
実家は貧しい商家。
前世でもミーアを助けた。
ミーアの腹心。

仇敵

ディオン

百人隊の隊長で、
帝国最強の騎士。
前の時間軸で
ミーアを処刑した人物。

※——未来の時間軸での関係性

※……前の時間軸での関係性

革命

仇敵

ルドルフォン辺土伯家

セロ

ティオーナの弟。優秀。
寒さに強い
小麦を開発した。

ティオーナ

辺土伯家の長女。
ミーアを慕っている。前の
時間軸では革命軍を主導。

助力

サンクランド王国

キースウッド

シオン王子の従者。
皮肉屋だが、
腕が立つ。

シオン

第一王子。文武両道の天才。
前の時間軸ではティオーナ
を助け、後に断罪王と
恐れられたミーアの仇敵。
今世ではミーアを
「帝国の叡智」と認めている。

［風鴉（かざがらす）］サンクランド王国の諜報隊。

［白鴉（はくあ）］ある計画のために、風鴉内に作られたチーム

支援

支援

聖ヴェールガ公国

ラフィーナ

公爵令嬢。セントノエル学園の実質的な
支配者。前の時間軸ではシオンと
ティオーナを裏から支えた。
必要とあらば笑顔で人を殺せる。

［セントノエル学園］

近隣諸国の王侯貴族の子弟が
集められた超エリート校。

レムノ王国

アベル

王国の第二王子。前の時間軸
では希代のプレイボーイとして
知られた。今世では、
ミーアに出会ったことで
真面目に剣の腕を磨いている。

［フォークロード商会］クロエ

いくつかの国をまたぐ
フォークロード商会の一人娘。
ミーアの学友で読書仲間。

混沌の蛇

聖ヴェールガ公国や中央正教会に仇なし、世界を混乱に陥れようとする破壊者の集団。歴史の裏で暗躍するが、詳細は不明。

ティアムーン帝国

ニーナ
エメラルダの専属メイド。

バルタザル
ルードヴィッヒの
兄弟弟子。

ジルベール
ルードヴィッヒの
兄弟弟子。

ムスタ
ティアムーン帝国の
宮廷料理長。

エリス
アンヌの妹で、
リトシュタイン家の次女。
ミーアのお抱え小説家。

リオラ
ティオーナのメイド。
森林の少数民族
ルールー族の出身。弓の名手。

バノス
ディオンの副官で、
ティアムーン帝国軍の
百人隊の副隊長。
大男。

マティアス
ミーアの父。
ティアムーン帝国の皇帝。
娘を溺愛している。

アデライード
ミーアの母親。故人。

ガルヴ
ルードヴィッヒの師匠の
老賢者。

ルドルフォン辺土伯
ティオーナとセロの父親。

騎馬王国

馬龍(マーロン)
ミーアの先輩。
馬術部の部長。

慧馬(エマ)
火族の末裔。
ミーアのお友達。

荒嵐(コウラン)
月兎馬(つきとば)。ミーアの愛馬。

サンクランド王国

モニカ
白鴉の一員。レムノ王国に
アベル付きの従者として潜入していた。

グレアム
白鴉の一員。モニカの上司に当たる男。

商人

マルコ
クロエの父親。フォークロード商会の長。

シャローク
大陸の各国に様々な商品を卸している大商人。

レムノ王国

リンシャ
レムノ王国の没落貴族の娘。
ラフィーナのメイドとして働きながら、
セントノエル学園で学業に勤しんでいる。

ペルージャン農業国

ラーニャ
ペルージャン農業国の第三王女。ミーアの学友。

アーシャ
ラーニャの姉で、ペルージャン農業国の第二王女。

STORY

わがまま姫して革命軍に処刑されたとティアムーン帝国の皇女ミーアは、
血濡れの日記帳とともに12歳の自分へと時間遡行(タイムループ)! 何とかギロチンの運命を回避するも、
未来からきた孫娘・ベルに帝国の崩壊を知らされることに。
暗躍する『混沌の蛇』との戦いでついに彼女を失うも——
成長したベルが謎の幼女と共に再び現れて!?

第五部　皇女の休日I

Princess' Holiday

プロローグ　せんさい（）な姫の怖い夢

さて……、ミーアの前に、再びベルが現れる日。その少し前の出来事……。

ミーアは……走っていた！

「はっ……、はっ、はっ……」

荒れた地面を蹴って、懸命に走る。

その身を守る者はなく、付き従うメイドの姿もなく。

ただ一人、ミーアは逃亡を続けていた。

振り返れば、後ろから剣を持った男たちが追いかけてきていた。

「もう逃げられんぞ！　観念しろ！」

「子どもの仇（かたき）だ！」

そう言われたからといって、足を止めるわけにもいかない。

懸命に、懸命に、前に向かって走っていく。

息が切れる。

胸が、足が痛い。

森の木の枝でついた擦（す）り傷が、じくりじくりと痛みを訴えていた。

そんな逃走劇が、長く続くはずもなく……やがて、足が止まり……後ろから激しい足音が響いてきて……。

「覚悟しろっ！」

「ひぃやあああっ！」

悲鳴とともに、ミーアは、ベッドの上で跳ね起きた。

優雅な、お昼寝には程遠い目覚めだった。

「ミーアさま！　どうかなさいましたか？」

驚いた顔で歩み寄ってくるアンヌに、ミーアは、ほうっと安堵の息を吐いた。

「ああ……アンヌ……」

そのまま脱力。柔らかいベッドに倒れこみつつ、つぶやく。

「ですわよね……。夢、ですわよね……」

「夢……あっ……」

ミーアのつぶやきを聞いて、アンヌは口もとを押さえる。

「もしかして、あの蛇の居城でのことを夢で……？」

などと、顔を曇らせるアンヌに、ミーアは小さく首を振った。

「ああ、いえ……そうではありませんわ」

慌てて否定するミーア、であるのだが……アンヌの顔が晴れることはなかった。ミーアに向ける視線は、依然として心配そうなものだった。

――うーん、これは困りましたわね……。

ミーアは、思わず考え込んでしまう。説明するのは難しい。なぜなら、今しがた見た悪夢は混沌の蛇のことではない。革命期の夢なのだから。

――しかし、実に不可思議ですわね。なぜ、また、革命軍に捕まる夢を見るようになってしまったのか……。

あの時の、蛇の居城でのことを悪夢で見るならばわからないではない。確かに、ミーアにとって、あの出来事はショックではあったのだ。何日間か、食事が美味しくなくなったぐらいには……。

けれど、それも今は昔のこと。

元よりベルの正体を知っているミーアである。食欲をなくしているようじゃ、後に生まれてくるベルに悪影響があるかもしれない。

『むしろ、ベルの分までたくさん食べてあげなければいけませんわ！』

などと言いつつ、ケーキを二倍食べようとしたりして……。さすがに、アンヌから諫言を呈されてしまったりして……。

主君の不興を買うことを恐れず、勇気をもって忠言する、忠臣の鑑アンヌである。

まぁ、そんなこんなでミーアの悪だくみは潰されたわけだが、ともかく、ミーアは、ベルのことでそれなりにショックを受けてはいたのだ。悪夢の一つや二つ、見ても不思議ではないかもしれない。

けれど、最近見る悪夢は……違うのだ。もうだいぶ遠いことになっているはずの、革命の頃の悪夢を、また、見るようになっているのだ。

しかも、記憶にはない、別の帝国崩壊の悪夢まで見る始末。

これは、いったいどういうことなのか……。

「やっぱり、革命の時期が近付いているからかしら……？」

前の時間軸においては、すでに、帝国の落日は始まっている時期だった。

ミーアは今度の冬で十六歳になる。とすれば、革命軍の手に落ちるまで、あと二年もないわけで……。

「ナーバスになってるのかしら……。わたくしも繊細な心の持ち主ですし……。気を紛らわすために、なにか甘いものでも食べたほうがいいんじゃないかしら……健康のためにも」

小心者（せんさいなこころのもちぬし）たるミーアは、自身の心のケアの仕方をよく知っているのだ。

そうして、元気よくベッドから起き上がったミーアは、食堂へと向かった。


「あら……？」

食堂に入ってすぐ、ミーアは見知った人物を見つけた。

帝国四大公爵家の一角、イエロームーン家の令嬢、シュトリナ・エトワ・イエロームーンが、ぼんやりと一人で佇（たたず）んでいた。

どこか寂しげなその顔……。その顔……の口元にクリームを見つけて、ミーアは目を見開いた。

さらに、よく見れば、シュトリナの目の前には、ケーキのお皿が三皿、重ねられている！

――悲しさを紛らわすためには、甘いものを食べる……。これは確かな方法ですけれど……、同時にそれは両刃の剣ですわ。食べ過ぎれば、どうなるのか……。

ミーアはそっとシュトリナのそばに近づき、その二の腕を摘まんだ！

「ひゃんっ！　なっ、み、ミーアさま……？」

突然のことに、ぴょこんっと飛び上がるシュトリナと驚愕（きょうがく）に固まるミーア。それからミーアは、自らの二の腕を摘まみつつ、しきりに首を傾げる。

「おかしいですわ……どうなっているのかしら……？　まさか、構造が違うとでもいうのかしら？」

などとつぶやきつつ、ミーアは改めてシュトリナの顔を見つめる。

「あの……？」

不思議そうな顔をするシュトリナ。口元についたままのクリームとケーキ皿を見比べて、ミーアは小さくため息を吐く。

——これは……やっぱり重症ですわね……。

ベルの喪失によるショックで、FNY堕ちしそうになっているシュトリナである。

あの意味深な消え方が、ギリギリのところでシュトリナを踏みとどまらせている、ともいえるかもしれないが……。

——いずれにせよ、このまま健康を害するようなことになれば、生まれてくるあの子に顔向けできませんわ。ここは、なんとかしなければ……。

けれど、話はそう簡単ではなかった。

乗馬もダンス練習も、シュトリナを誘えそうな運動には、常にベルの姿がチラついてしまう。かといって、他に誘えそうな運動も思い浮かばない。

——エメラルダさんに声をかけて泳ぐというのも、今の時期では寒いですし……。夏に海水浴に誘うというのはいいとしても、その前になにか……、あ、そうですわ！

ぽんっと手を叩き、ミーアは言った。

「リーナさん……、後で選挙の公約作りをしようと思いますの。よろしかったら、お手伝いいただけないかしら？」

　体を動かせないならば頭を使って、しっかりエネルギーを消費する。これが、ミーア式健康法だ。甘いものを食べても、頭さえ働かせていればいいのだ。どれだけ食べてもいいのだ。

　……うん、いいのだ！

　それに、つらいことがあった時には、なにか気を紛らわすことをしたほうがいい。忙しくしていれば、そのうちに時間が解決してくれることだってあるだろう。

　ミーアの言葉に、あまり気が進まなそうな様子ではあったが……、シュトリナは小さく頷いた。

「はい……。わかりました。図書室に行けばいいですか？」

「そう急がなくっても大丈夫ですわ。わたくしも、少し甘いものをいただいてから行きますから。そうですわね……、目覚まし代わりにお風呂にでも浸かってから来てくれればいいですわ」

　言いつつ、ミーアはシュトリナの口元についていたクリームを、ハンカチでそっと拭った。

「あっ……すみません……ミーアさま」

　シュトリナは、わずかに恥ずかしそうに頬を染める。

「ふふふ、リーナさんらしくないですわね。そんなことでは、エメラルダさんに会った時に、お小言をもらってしまいますわよ」

　そんなやり取りの後、ミーアは、あまぁいお菓子をパクリゴクリした後で、図書室へと移動したのだが……。

第一話　再会

さて、そうして……図書館でベルとの感動の再会を果たしたミーアは……。

「………はぇ？」

思わず、おかしな声を上げていた。

一方のベルは、自らのかたわらに立つ少女を見て、しきりに首を傾げていた。

「ボクについてきてしまったんでしょうか？　でも、そんなことあるって聞いてないですし……見たこともない子ですね……。誰なんでしょう？」

対して少女のほうは、辺りをキョロキョロと見回してはいるものの、その表情はほとんど動いていなかった。

「ふぅむ……」

ミーアは、そんな二人の様子を見つつ、小さく唸り声を上げて……。

「まぁ、いいですわ。とりあえず……」

と、気を取り直して笑みを浮かべる。

「また会えて嬉しいですわ。ベル」

大切なことは、それだ。

しばらくは会えないと思っていたベルが、目の前にいる。それだけで十分。

まぁ、なんだかよくわからない子どもがついてきているが、その程度は些細（ささい）なことなのだ。

「元気にしているようでなによりですわ。それに、その服を見る限り、帝室も安泰の様子ですわね」

ベルが身に着けていたのは、上質なドレスだった。見ると、その表面はすべすべで、キラキラ輝いて見える。

「あ、はい。これは、ミーアお祖母さまの生誕二十五周年に仕立て人組合が作った素材で。『帝国の叡智の美肌（ビューティフルミーアスキン）』と呼ばれる布を使っています」

「…………そ、そう」

ミーア、微妙にひきつった笑みを浮かべつつ、自らの腕とドレスのすべすべ具合を見比べる。

――ふむ……まぁ、あのぐらい輝いていないことも……なくはないかしら？　うん、まぁ、アンヌがお手入れしてくれていますし……。しかし、未来の帝国は大丈夫なのかしら……？　なんだか、その一事を取っただけでも、不安が募りますけれど。

そのネーミング、止める者はいなかったのか？　などと悩みつつ、まぁ、それはさておき……。

「まぁ、ともかく、どこかでゆっくり話を聞く必要がございますわね」

「帝国の叡智の美肌についてですか？」

「……いえ、そうではなく。あなたが再びここに来た事情とか、その子のことを本当に知らないか、とかですわ。どこかでゆっくりと……」

「失礼します」

その時だった！

図書室のドアが開く音。と同時に、入り口のほうから、可憐（かれん）な少女の声が聞こえた。

「あっ、まずいですわ……」

その声の主の正体を悟り、ミーアは慌てる。なぜなら……〝彼女〟がこの場に現れたら、ゆっくり話を聞いている余裕なんて、なくなってしまうだろうからだ。

でも、同時に……。

——まぁ、止めるのも野暮（やぼ）というものですわね。

などとも思ってしまい、ついつい、動き出すのが遅れる。

その間にも〝彼女〟、シュトリナ・エトワ・イエロームーンは図書室の奥へとシュシュッと歩いてきていた。

「あ、ここにいらしたんですね。ミーアさま、生徒会選挙の準備のお手伝いにまいりま………」

すまし顔で入ってきたシュトリナ……。だったが、その声は途中で止まる。

なにか、事前に用意してきたのか、その手に羊皮紙の束を持っていたのだが……それがバサバサと音を立てて落ちた。

「あ………」

その姿を見て、ベルのほうも固まる。けれど、すぐに気まずそうな笑みを浮かべて、

「リーナちゃん……えっと、た、ただいま……その……あの時は心配かけて……」

などと、もにょもにょ言い訳めいたことを言っているが……シュトリナは無言でそこに立ち尽くしていた。

刹那（せつな）！　一歩、その足が前に出る。

二歩……まるで堤防が決壊するように、三歩、四歩、五歩！

シュトリナは走り出すと、勢いそのままベルの腰の辺りにガシッと抱き着き、

「……きゃあっ！」

そのまま床に押し倒した。

それから、ガッチリと両手でベルの顔を押さえて、じっくり観察。次に、その首筋を指先で、恐る恐る撫でた。

「ひゃっ、り、リーナちゃん！　リーナちゃんっ！　やっ、やめてっ！　あははっ！　くっ、くすぐったいです！」

ベルが、手足をバタつかせつつ、あられもない悲鳴を上げるが、シュトリナは撫でるのをやめなかった。それから……、

「かすり傷、一つない……」

ぽつん、とどこか沈んだ声でつぶやく。それからシュトリナはベルの顔を見た。

「あなたは……ベルちゃんの偽物？　蛇がそっくりな子を送り込んで、リーナの心を攻撃しようとしてるの？　それとも、リーナ……ベルちゃんに会いたすぎて幻でも見てるの？」

「リーナちゃん……」

戸惑いを露わにするシュトリナに、ベルは、困ったように笑ってから、

「えっと、信じてもらえるかはわからないけど、偽物でも幻でもありません。ボクは……リーナちゃんのお友だちのベルです。戻ってきたんです」

そう言って、ベルは胸元から、なにかを取り出した。

「あっ……」

それは、古びた「小さな馬のお守り」で……。

それを見た瞬間だった。不意に……シュトリナの口から、小さな声が漏れた。

「んっ……ぅっ」

唇を噛みしめ、懸命に嗚咽をこらえるシュトリナ。けれど……抑えようのない歓喜の声は、容易に、少女の自制心を崩壊させた。

長いまつ毛が、ふるふるっと震える。見る間に、その愛らしい瞳にジワリと大粒の涙が浮かび上がった。涙はすぐに量を増し、目尻から、柔らかな頬を伝い、床へと落ちていく。

ぽろり、ぽろり、と……それが止まることはない。

「ただいま、リーナちゃん……きゃっ」

シュトリナは、無言でベルの首筋にギュッと抱きついた。

「ベルちゃん……ベルちゃんっ！　わぁあああんっ！」

母親に泣きつく幼子のように、シュトリナはベルに抱きすがった。いつもの令嬢然とした仮面が剥がれ落ち、そこにいるのは年相応の一人の少女だった。

そんなシュトリナを抱きしめ、その頭を静かに撫でながら、ベルは優しい声で囁く。

「ごめんなさい。リーナちゃん……心配かけてしまって……」

そうして、シュトリナが落ち着くまで、ベルはその場から動こうとはしなかった。

第二話　君の名は？

――ふむ……リーナさん、よかったですわ。

孫と、その友だちの再会を見つめる、お祖母ちゃんの視線は優しいものだった。

シュトリナのことで頭を痛めていたミーアであったが、やはり、友は強いということだろうか。

――これで、ベルの口から直接どういうことなのか聞くことができれば、リーナさんも立ち直ってくれるのではないかしら……？

しばしベルに抱き着いていたシュトリナだったが、ようやく落ち着いたのか、体を少し放した。

それから、真っ直ぐにベルのことを見つめて、

「ベルちゃん、なにがどうなってるの？　ベルちゃん、首を矢に射られて消えちゃったんじゃないの？　それとも、やっぱり、ベルちゃんは天使だったの？」

「……天使？」

きょとん、と小首を傾げ、ミーアのほうを見上げてくるベル。

「ああ、ええと、あなたの消え方がちょっとアレな感じだったから、リーナさんはそう考えているようですわ。天使が天に帰っていったのだと……」

「なるほど……」

ベルは少し黙り込み、それから、シュトリナに言った。

「えっと、リーナちゃん、前にした約束のこと覚えていますか？」

「約束……」

「はい。帝都に戻ったら、ボクのとっておきの秘密を教えてあげるって……」

「あっ……」

シュトリナは、目を見開いた。

切望しつつ、決して叶うことはないと思っていた大切な約束……それが今、叶おうとしていたから……。

「あの約束を今、果たします。実は、ボクは……え？」

ふと気付くと、シュトリナはベルの腕をひっつかみ、ぐいぐい引っ張っていた。

「あ、リーナさん……？」

「ミーアさま、無礼を承知でお願いします。ベルちゃんお借りします」

そう言って、深々と頭を下げると、シュトリナはさっさとベルを牽引して行ってしまう。

どうやら、ベルの秘密を聞くならば、二人きりで聞きたい、ということらしい。

「……お願いって……まだ、聞くとは一言も言っていないのですけど……」

思わず苦笑いのミーアである。

「もっとも、あのお願いには、さすがのわたくしも、ノーとは言えないですけど……」

シュトリナは、ミーアから『ベルの秘密』を聞くのを拒否した。

親友のことが気になっただろうに、我慢して、ベルとの約束を固く守ったのだ。

二人きりで、その約束の時を迎えたいと思うこと、それは自然な気持ちだろうし、シュトリナにはそうする資格があると、ミーアは思った。

シュトリナの一途な友情を邪魔するほど、ミーアは無粋ではない。

ミーアは粋（いき）な女なのである。

「しかし、困りましたわね。あの様子では、ベルは当分、解放してもらえないでしょうし、とすると……」

ミーアの関心は、自然、すぐそばに立つ謎の少女に向かう。

「いったい、なにがどうなっているのか、説明してほしいのですけど……ふむ……」

改めて、正体不明の少女を観察する。

きょとん、とミーアに向ける顔に表情はなく、何を考えているのかよくわからなかった。

その瞳の色はベルと同じ青い色ではあるが、瞳の形はどちらかというとミーア自身に近いような感じがした。

——ふむ、切れ長の瞳はわたくしに似ておりますけれど……わたくしの血が強いということかしら……。でも……。

と、そこでミーアは違和感を覚える。

——この子……先ほどのベルとリーナさんのやり取りを見ていて、なんとも思わなかったのかしら？

二人の会話は、事情を知らない者からすると、意味がわからないものだっただろうけど、それでも、興味を持たずにはいられないものだったはず。

——矢で射られたとか、天使だとか、子どもならば気になる会話だったでしょうし、あのリーナさんの行動も好奇心を刺激するのに十分なものだったはず……。なのに、どうして、こんなに無関心を装っていられるのかしら？

　よくしつけがされているといえるのかもしれないが、ミーアとしてはむしろ、異常なものを感じてしまう。なんだか表情に乏しいその顔は、人形めいて見えてしまって、ちょっぴり不気味ささえ感じてしまって。

「ええと、とりあえず、あなた、お名前は？　わたくしは、ミーアというのですけれど」

　少女を混乱させないために、とりあえず、フルネームは避けて名乗る。それからミーアは、少しだけ膝を曲げ、少女の目を覗（のぞ）き込んだ。っと、少女はミーアにチラッと目を向けてから、静かに視線を逸（そ）らした。

　――あら？　名前を名乗らない……。ふむ。

　瞬間、嫌な予感がした。むしろ、いやぁな予感しか、しなかった。

　――これは、もしや……名乗りたくないほど、恥ずかしい名前なのでは……？

　基本的に未来の自分は信用しないミーアである。なにせ、ミーアベルのネーミングという、やらかしてしまった前科があるわけで……。

　少女にどんな〝ミーアネーム〟が付けられたのか、戦々恐々としてしまうミーアである。

　――もちろん、わたくしが付けたのではないかもしれませんけれど……ヘンテコな名前を付けてしまった可能性は低くはありませんわね。さて、どんな名前を付けたことやら……。

　聞くのは怖いが、さりとて、名前を知らずにいるのはいろいろ面倒。それに、名前から得られる情報もあるだろう。

　――さて、どうしたものかしら……？

その時だった。くぅっと小さな音が鳴った。とてもささやかで、可愛らしいお腹の虫の鳴き声が聞こえてきて……咄嗟に自らのお腹を押さえたのは、なんとミーアだった！　つい先ほど、お菓子を食べたのに、実におこがましい！

そうして、すぐにミーアは気付く。今のは自分じゃなくって……。

「あら……？　今のはあなたですの？」

少女の顔を覗き込む。っと、少女の顔に初めて表情らしいものが見えた。その頬が、ほんのり赤く染まっていたのだ。

「そう。あなた、お腹が空いておりますのね。でしたら、なにか美味しいものを食べながら、ゆっくりお話を聞くとしましょうか」

少女の、年相応な幼さが見れて、ほんの少しだけ安心するミーアであった。

第三話　約束の時～響くはシュトリナの……悲鳴？～

さて、シュトリナに連れ去られたベルは、そのままシュトリナの部屋に連れ込まれていた。

ベルをベッドの上に座らせると、シュトリナは椅子を持ってきて、その前に座る。膝と膝とを突き合わせ……ベルの目をじいっと見つめてから、シュトリナは、ほうっとため息を吐いた。

「本当に、ベルちゃんなんだ……」

「はい……。心配かけて、ごめんなさい。リーナちゃん」

深々と頭を下げて、ベルは言った。

「ううん。リーナこそ。あの時はごめんなさい。それと……」

シュトリナは、ギュッとベルの手を握りしめて言った。

「ありがとう。リーナのこと、助けてくれて……。ずっとお礼、言いたかったの……。でも、言えなくって……とっても、苦しくって……」

再び、じわり、と、シュトリナの目に涙が浮かぶ。

ひくっひくっ、と肩を震わせるシュトリナが落ち着くまで、ベルは静かに待っていた。そうして、ベルはしっかりとシュトリナの瞳を見つめて、言った。

「今こそ、約束を果たします。リーナちゃん」

「ボクはミーアベル……。ミーアベル・ルーナ・ティアムーンです」

「ルーナ……ティアムーン？　それって……」

怪訝（けげん）そうな顔をするシュトリナに、ベルは真剣そのものの顔で首を振る。

「いいえ。ボクはミーアお姉さまの妹ではないんです。ボクは、ミーアお姉さまの、いいえ、ミーアお祖母さまの、孫娘なんです。ボクは未来から来ました」

「孫……、未来……？」

ベルは、自分のドレスの胸元から、再び、それを取り出した。

それは古びてはいるけれど、間違いなく、あの《小さな馬のお守り（トローヤ）》で……。

シュトリナは、少し驚いた様子で瞳を見開いて……それから、立ち上がり、机の引き出しを開けた。

そこには、二つの小さな馬のお守りが入っていて……。

「リーナちゃんが、ずっと保管してくれていたって聞きました。大切に、大切に、ボクが生まれたら渡そうって思ってたって……」

そこまで言って、ベルは心配そうに、上目遣いにシュトリナを見た。

「信じて、くれますか？」

対して、シュトリナは……心底、不思議そうに首を傾げた。

「どうして？　もちろん信じるよ。ベルちゃんがそう言うのなら、疑う理由なんかどこにもない。ベルちゃんが天使だって言っても驚かないし、信じる」

うんうん、と頷いてから、シュトリナは続ける。

「むしろ、いろいろと釈然としなかったことが、納得できちゃった。そっか……ベルちゃんは、ミーアさまのお孫さんなのね……。じゃあ、もしかして未来では、リーナとベルちゃんは、おばあちゃんと孫娘みたいな関係になってたりするのかな？」

冗談めかした口調で言うと、ベルは困ったような顔で首を振った。

「いいえ……それが、違うんです。実は、リーナちゃんは……」

静かに、ベルは話しだした。あの日、ミーアのベッドで目覚めた、後のことを……。

「ゆっくり、話しましょう。あの後、なにがあったのか。これからのことも……。たくさん話したいことがありますわ」

優しい笑みを浮かべるミーアに、ベルは、一番気になっていたことを尋ねた。

「あの、ミーアお姉さま、リーナちゃんは……？」

自らの親友のこと……。シュトリナが、今、どうなっているのかを……。

するとミーアは驚いた顔で、ベルを見つめたが……。

「ああ……そうでしたわね。まだ、記憶の整理が上手くできていないのですわね……」

それから、ふとベルから視線を外し……。

「リーナさんは……」

なにか、言いづらいことを言おうとするかのように、言いよどむ。

その様子を見てベルは……ひどく嫌な予感がした。

もしかして……シュトリナは、もう……。

その時だった。

「失礼します」

部屋のドアが開き、一人の〝少女〟が姿を現した。

「ミーア陛下、ベルちゃん、いますか？　今日はお茶のお約束があるのですけど……」

現れたのは、可憐な少女だった。

野に咲く花のように華やかな髪、それをふわふわ揺らしながら歩いてくる少女、それは……ベルの大切な、大切なお友だちで……。

「リーナ……ちゃん？」

つぶやき、直後に否定する。

いや、違う……。そんなはずがない。

だってシュトリナは、ミーアより一歳年下なのだから……。

対して、やってきた少女は、どう見ても十代の半ばに見える。その髪には艶やかな光があり、その肌にも若い張りが見えた。だから、シュトリナのはずはない。

では……シュトリナではないとしたら？　この、シュトリナにそっくりな少女の正体は……、いったい何者だというのか？

「リーナちゃんの娘さん、いいえ、お孫さん、ですか……？」

ベルの脳裏に、再び嫌な予感が過(よぎ)る。

なぜ、自分は、シュトリナ自身ではなく、その孫と友誼(ゆうぎ)を結んでいるのか？

なぜ、お茶の約束を……親友であるシュトリナ自身としていないのか？

そして、先ほどの祖母ミーアの、何とも言えない表情……。

「もしかして……リーナちゃんは……、リーナちゃんは……もう」

じわり、っとベルの視界が滲(にじ)む。思わず鼻をすするベルに、ミーアは……。

「あー、ベル……。よく思い出してみるといいですわ。たぶん、あなたの記憶の中に答えがあると思いますわ。リーナさんが……どうなったのか」

やっぱり、なんとも言えない、複雑そうな顔で言うのだった。

その声に導かれるようにして、ベルは思い出そうとして……、記憶の小箱をひっくり返してみて……。

「……あ、あれ？」

再び、違和感に襲われる。

なぜだろう、自分の記憶の節目節目に、いつも目の前のシュトリナの姿があった。

五歳の誕生会の時、お茶会、社交界デビューにミーアお祖母さまの生誕祭などなど……。思い出に残っているイベントには、必ずといっていいほど、シュトリナが一緒にいて……。

まったく変わらぬ姿でベルを見守っていた。

「え……どういうこと、でしょうか？　ええと、リーナちゃん、なんですか……？」

混乱するベルに、シュトリナはきょとりん、と首を傾げた。

「あの、ミーアさま、ベルちゃん、どうかしたんですか？」

「ええ。実は、ようやく記憶が戻ってきたみたいなんですの。ほら、あの、蛇の城での時から……」

「あ……」

っと、シュトリナは両手で口を押さえながら……小さく声をこぼした。

それから、ベルに歩み寄ると、そっとその頭を胸に抱いた。

「おかえりなさい。ベルちゃん……。リーナ、ずっと待ってたのよ？」

「リーナちゃん……やっぱり、リーナちゃんなんですね……」

そこでようやく、ベルは確信を持つことができた。目の前の少女が、シュトリナ本人である、ということに。

となれば、疑問は当然……。

「でも、どうして、リーナちゃん、年を取ってないんですか？」

これである。

ベルが見た限り、シュトリナは十代の半ば。明らかに年齢が合わない気がするのだが……。

シュトリナは、そんなベルの反応を見て、おかしそうに笑って……。

「うふふ、ありがとう、ベルちゃん。でもね、リーナ、すっかりおばあちゃんになってるのよ？　ミーアさまと同じで孫だっているしね。ほら、ここ、見て。こんなに皺(しわ)が……」

などと、手の甲を見せてくれるのだが……ぶっちゃけ、ベルにだって、その程度の皺ぐらいはあるわけで……。シュトリナの状態は明らかにおかしかった。

助けを求めるようにミーアのほうに目を向ける。っと、ミーアは、やれやれ、と呆れた様子で首を振った。

「イエロームーン家の総力を挙げたという話ですわ。イエロームーン家の薬草の知識をフル活用して、若さを保っているのだとか……。わたくしは魔法だとか魔女だとかは信じていないのですけど、リーナさんは、もしかしたら、魔女なんじゃないかって、ひそかに思っておりますのよ？」

呆れた様子でそう言うミーアに、シュトリナはニッコリと可憐な笑みを浮かべて。

「あら？　ミーア陛下、このぐらい大したことじゃありません。リーナは、ベルちゃんとお友だちでいるために、努力を積み重ねてきただけですから」

それから、彼女はベルに目を向けた。

「ベルちゃん、リーナね、ベルちゃんのお友だちでいるために、頑張って、若さを保ってきたの。いろいろ忙しい時期もあったけど、子どもはもう成人してるし、家督も譲っちゃった。だから、これからは、心おきなくベルちゃんと一緒にいられるの」

「リーナちゃん……」

その、なんともシュトリナらしい友情の形に、ベルは感動しそうになって……。

「あれ？　でも、リーナちゃんの、結婚した相手の方はいいんですか？」

「ふふふ、大丈夫。あの人は剣にしか興味がないような人だから。リーナの自由にさせてくれるわ。

なんだったら、ベルちゃんと遊びに行く時、護衛としてついてきてくれるかもしれないわね」

なぜだろう……結婚相手のことを口にした一瞬、ベルは、何とも言えない凄味(すごみ)を、シュトリナに見たような気がした。

わずかばかり、シュトリナの結婚相手が心配になり……直後、思い出す。シュトリナのパートナーが誰であったのかを……。

――ああ、あの人なら、心配する必要なんかないかもしれない。

なにしろ、彼はベルが知る限り最も……。

「そんなわけだから、ベルちゃん。百歳ぐらいまで長生きしていいのよ？　だいたい、ベルちゃんとリーナは四十歳差ぐらいだから、リーナは百四十歳まで生きて、ずっとベルちゃんのお友だちでいてあげるから」

そうして、シュトリナは悪戯(いたずら)っぽい笑みを浮かべて、

「百歳と百四十歳のおばあちゃんだったら、年の差とか全然関係なく、いいお友だちって言えるでしょ？」

そんなことを言うのだった。


「……というわけで、リーナちゃんとは、ええと、おばあちゃんと孫というよりは、普通のお友だちとして、お付き合いさせていただいています」

「なるほど。そういうことだったのね」

シュトリナは、神妙な顔で頷いた。

「うん……。確かに、ベルちゃんが未来から来たって知ったら……リーナならそうすると思う。なん

か、自分のことだけど、すごく納得しちゃった……」

深々と頷いてから、シュトリナは言った。

「……ちなみに、ベルちゃん、リーナ、すごーく気になることがあるんだけど、それも教えてくれる？」

「はい。なんでしょうか？」

ニッコニコと笑みを浮かべるベルに、シュトリナは言った。

「リーナの結婚相手って誰なの？　ベルちゃんのお話を聞いてるとなんだか、すごく気になっちゃうというか、嫌な予感がするんだけど……」

「うーん、それは言えないんですけど……」

ベルは、ちょこんと首を傾げてから、

「あ、でも、安心してください。リーナちゃん、すっごくラブラブで、この前なんかも……」

直後、シュトリナの声にならない悲鳴が、部屋に響き渡るのだった。

第四話　干したキノコよりも固い疑念……

ミーアは、謎の少女を連れて食堂を訪れた。

先ほど来てから、あまり時間が経っていなかったのもあって、食堂勤めの女性が驚いた顔で声をかけてきた。

「ミーアさま、まさかまた！　食べに来たのですか⁉」

「はて？　そんなわけないではありませんの」

なにをバカなことを、とミーアは笑った。

さすがのミーアでも、ここからさらに甘いものを食べようとは思わない。ミーアの器はそこまで大きくはないのだ。むしろ小さいのだ。物理的にも心理的にも……。

さらに、アンヌは食堂のスタッフとも親しい。食べ過ぎは怒られてしまうだろう。

さらにさらに！　ミーアは先ほど、ベルが着ていたドレスも気になっていた。

――甘いものの食べすぎは、お肌の大敵、などとタチアナさんが言っておりましたし……。将来の帝国の産業のためにも、ここは自重しましょう。良い布にしなければいけませんしね。

自らの双肩に、将来の帝国の製品品質がかかっていることを自覚しつつ、ミーアは決断を下すのだ。

重たい覚悟と自覚があるのだ！　ということで……。

「わたくしは、お茶をいただきに来ましたの。それより、この子になにか食べるものを……えーと、あなた、ランチはもう食べたのかしら？」

そう問うと、少女は緩やかに首を傾げつつ、ミーアを見上げてきた。

「……どうして？」

「まだでしたら、お食事を頼みますし、もう食べているのなら、ケーキを……。あっ、でも、ダメですわよ？　ケーキが食べたいからって、もう食事は食べたとか嘘を吐いたら……お食事を食べずにケーキだけ食べていたら、立派な大人にはなれませんわよ？」

かつて自分が言われたことを、きちんと孫娘（？）に伝えようとするミーアである。立派なお祖母ちゃんなのである！

そんなミーアに、困惑した様子で、少女は言った。

「まだ、食べてない……けど……」

「あら。でしたら、そうですわね。わたくしのお勧めのフルコースを頼もうかしら……」

っと、ミーアの視線を受けた女性スタッフが、困り顔で頭を下げる。

「申し訳ありません。ミーアさま。実は、材料のほうが少々……」

「ああ……そう言えば、そうでしたわね」

言われて、思い出す。ここ数日、セントノエル島が非常事態に襲われているということを。

実は、三日前、季節外れの春の嵐がヴェールガ公国を襲ったのだ。

嵐自体はすでに通り過ぎているものの、なかなか規模が大きく、その後の強風の影響もあって、ノエリージュ湖の湖面は大いに荒れていた。結果、熟練の船乗りでも船を出すのを躊躇(ためら)うような状況で、セントノエル島は現在、外部から孤立状態にあるのだ。

幸い、島には備蓄があるものの学園の食堂もその影響を免れることができず、注文できるメニューは、やや制限を受けていた。

「では、今できるものはなにかしら？」

「そうですね。今ですとヴェールガ茸のシチューしか……」

と、実にしょんぼりした顔をするスタッフの女性に、ミーアはむしろ笑みを浮かべる。

「うふふ、十分ですわ。むしろ、一週間同じものであっても、文句をつけようなんて思いませんわよ」

ヴェールガ茸のシチュー。それは、まさに至高の一品。

滑らかなクリームとキノコの甘美な歯ごたえがとっても素敵な逸品である。ミーアが最期の晩餐(ばんさん)で食べたいメニュー、ベスト10ぐらいには入る、素晴らしい料理なのだ。

——きっとこの子も気に入るに違いありませんわ。

上機嫌に笑いつつ、少女に目を向ける。と、少女は未だに不思議そうに首を傾げていた。

「お食事、食べさせてくれるの？」

「ええ、もちろん、差し上げますわ。ああ、でも……」

っと、ミーアはそこで何事か思いついたのか、悪戯っぽい笑みを浮かべて、

「名前を教えてくれたら、ですけど……」

冗談めかしてそう言ってみる。と、少女はしばし考えた末に、小さく頷き、

「パトリシア……」

ぽつり、とつぶやいた。それを聞き、ミーア……思わず目を見開く！

「あら！　まともなお名前ですわ！」

てっきり、おかしなミーアネームを聞かされるものと思っていただけに、拍子抜けである。

それから、ミーアは腕組みしつつ考える。

——なるほど、パトリシアということは、お祖母さまのお名前からとったのですわね。

パトリシア・ルーナ・ティアムーン。それは、ミーアの祖母。現皇帝の母の名前である。

「お会いしたことのないお祖母さまのお名前から付けるなんて……わたくしにしてはまともすぎますわね。実にセオリー通りですわ」

……未来の自分に対するミーアの信用は、とても低いのだ。

だから、ミーアは、そこで微妙な違和感を覚える。

「なんだか、セオリー通り過ぎやしないかしら？」

生まれてきた皇女に、過去の血族の名前を付けるのは、よくあることだが……はたして、自分が、こんなにまともなネーミングをするものだろうか？

ミーアには甚だ疑問だった。

――まぁ、わたくしが付けたわけではないのかもしれませんけれど……でも。

生じたのは、ちょっとした疑念。

――この子、本当にベルと一緒に来た子なのかしら？　わたくしの……孫娘なのかしら？

ベルは心当たりがないと言っていた。まぁ、ベルは意外とうっかりなところがあるから、彼女が知らないということは、それほど不思議ではないと思ったのだが……。

――それでも、なんだか引っかかりますわね。これは、注意が必要ですわ。

ミーアの疑念は、数多の危機を乗り越えてきた自らの直感に対する自信と、将来の自分への不信に裏打ちされた強固なものだった。ミーアは、やや警戒心を高めつつ、少女、パトリシアを見つめて……その時だった。

ミーアの鼻が、ひくひくっと動いた。

「ああ……美味しそうな香りがしてきましたわね」

目を向ければ、食堂のスタッフたちが、テーブルにシチューを運んでくるのが見えた。

「まぁ、難しい話は後回し。まずは、きちんと食事をしなくてはいけませんわね。ヴェールガ茸のシチューは絶品ですわよ？」

ドヤァ顔で料理を説明するミーア。であったが、ふと見ると、少女が浮かない顔をしていた。

「あら？　どうかなさいましたの？」

首を傾げるミーアに、パトリシアは気まずそうに……。フォークでシチューをかき分け……。

「これ………嫌い」

彼女の行動を見たミーアは……、

「なっ、ぁっ⁉」

思わず、のけぞる。

なぜなら、彼女がフォークで脇に避けたもの、それは……まさしく、そのシチューの主役である……、

「きっ、キノコが……嫌い……ですって……？」

ズガガガーンッ！　っと衝撃を受けたミーアは、わなわな、と唇を震わせる。

――そっ、そんなことが、あり得るかしら？　わたくしの子孫が、キノコが嫌いだなんて、そんなことが……本当に？

普通であれば、あり得るかもしれない。

食事の好き嫌いは個性というものだ。だから、ミーアの子孫がキノコを嫌いでもおかしくはない。

おかしくはないが……。

――妙ですわね。やっぱり……。

ミーアの……キノコ女帝としての勘が告げていた。

――名前の件といい、とても怪しい……。

そう、ミーアは知っている。自分が、孫に好物をお勧めせずにいられる性格ではないということを。

ミーアはシェアの人なのだ。楽しい物語を他人と共有したい類いの人だし、美味しいものはみんな

で食べたい人なのだ。

そんなミーアの孫娘が、キノコ嫌いなんてことがあり得るだろうか？

――料理長がキノコを料理したならば、それはもう絶品。口に入れたら、好きにならざるを得ないはず。ということは、キノコ嫌いということは、すなわち、食わず嫌いというわけで……。

ミーアは、確信のこもった顔で頷く。

「それは、あり得ないことですわ……。いいえ、そもそも、わたくしと血の繋がりがあるというのに、キノコが嫌いだなんてことが、あり得ぬこと。ということは、この子は……もしやっ！」

怪しい！　怪しすぎるっ！

ミーアの抱いた疑念が、鉄よりも、鍛えた鋼よりも……干したキノコよりも硬い確信へと変わりかけた次の瞬間っ！

「……あっ！」

ミーアの目の前、パトリシアがシチューを一口食べた。

さすがに、出されたものを食べないのは悪いと思ったのだろうか。恐る恐るといった様子で一口目を食べたパトリシアであったが、すぐに、

「おいしい……」

その口から、小さなつぶやきがこぼれおちた。

ほんのりと、幼い頬を朱に染めて、笑みを浮かべた彼女は、

「これ、すごくおいしい。このキノコも、すごく……」

ニコニコしながら、ミーアに言った。

「ですわよね！　わかっていただけて嬉しいですわ！」

それを聞いてミーアもニッコニコだ！

固まりかけた疑惑と確信は、お湯で戻された乾燥キノコのようにしんなり、柔らかくなってしまった。

まぁ、ミーアの確信など、しょせんそんなものなのだった……。

第五話　蛇の影

パトリシアは、無言でキノコシチューを食べていた。

それを見て、ミーアは、満足そうに頷いて、

――ふぅむ……、なかなかいい食べっぷりですわね。なんだか、見てるこっちまでお腹が減ってきてしまいましたわ。

ミーア、自らのお腹をさすりさすり……それから、周りに目線を送る。っと、それに気付いた食堂のスタッフが、素早くお茶を持ってくるのが見えた。

「どうぞ。ミーアさま。特製のミルクティーです」

「まぁ、ありがとう。ついでに、わたくしにも何かお茶菓子……」

「材料のほうが……それにアンヌさんに怒られてしまいますので……」

ズバッと言うスタッフに、ミーア、ぐむっと唸る。

ちなみに、この女性スタッフは、ミーアと顔馴染みでアンヌとも関係が深い。ミーアの行動は筒抜

けになっているのだ。

アンヌが敷いた見事なミーアシフトといえるだろう。こうして、彼女らの不断の努力によってミーアの健康は守られているのだ。

――仕方ありませんわね……。しかし……この子、この様子ですとやはり、キノコは食べたことがなかったみたいですわね。食わず嫌いだったということでしょうけれど……。

やはり、気になったので、聞いてみることにする。

「ねぇ、あなた、どうして、キノコが嫌いだなんて、言ってましたの？」

そう尋ねると、パトリシアは、下を向いたまま、

「キノコは……食べるとお腹が痛くなるから……」

小声で答える。その答えに、ミーアは……ひどく共感した。

――ああ、わかりますわ！　毒キノコを間違って食べると、確かにお腹が痛くなるもの。なるほど、誤って毒キノコを食べたことが心の傷になって……。

などと、ちょっぴり微笑ましい気持ちになるミーアである。

その時、ミーアは見つける。パトリシアのぷっくりした頬に、シチューがついているのを！

「あら……」

だから、ミーアは優しい笑みを浮かべ、ハンカチで拭いてあげる。とっても優しいミーアお祖母さまなのである。対して、パトリシアの反応は、少しおかしなものだった。

「あっ、ごっ、ごめん、なさい……」

ビクッと体を震わせ、いかにも怯えた様子である。それに、ミーアはなんとなく違和感を覚える。

「別に謝る必要などありませんわ。まぁ、淑女として、お顔に付けるような食べ方はしないほうがいいとは思いますけど、美味しいキノコの前では人は冷静ではいられませんもの」

そう言ってやるのだが……なぜだろう、パトリシアはひどく驚いた様子でミーアを見つめてきた。

それから、恐る恐るといった様子で口を開き……。

「あの……どうして、こんなに美味しいものを、くれるの？」

「どうしてって……。どうせ食べるなら美味しいほうがいいでしょう？　それは、貴族だろうが、帝室の姫だろうが変わらないことだと思いますけれど……」

せっかく食べるなら、美味しいもののほうがいい、そんな絶対不変の真理を語るミーアであったのだが……。

「…………なるほど」

パトリシアは、何事か納得した様子で、こくん、と可愛らしく頷いた。

「……つまり、ティアムーンの皇帝をだらくさせるには、美食をきわめさせるのも一つの手段と……」

「ふふ、まぁ、そういうこと……うん？」

キノコ料理を褒められて上機嫌に笑っていたミーアだったが、その笑顔が途中で固まる。

――ティアムーンの皇帝を堕落させる……？　はて……？

「美食もお金のムダづかいに、つなげられるって、『地を這うモノの書』にも書いてあった」

その口から飛び出した驚愕（きょうがく）の単語に、ミーアは目を見開いた。

――ちっ、ちち、『地を這うモノの書』っ！　こっ、この子っ！　やっぱり蛇の関係者っ⁉

思わずのけぞりそうになるミーアだったが、ギリギリのところで踏みとどまる。

ぐるんぐるん、混乱しそうになる頭を懸命に整理しつつ、愛想笑いを浮かべる。

——こ、これは、わたくしが帝国皇女だと気付かれるとまずいですわね。先ほど名乗った時に気付かないとは割とニブい子なのかもしれませんけれど……それでも油断は禁物。急いで、状況を把握する必要がございますわ！　とりあえず、ベルと合流しつつ……。

ミーア、ゴクリ……と、紅茶を飲み、気持ちを落ち着ける。

「あの……ということは、やっぱり、ミーアさんはクラウジウス家の、先生なの？　ですか？」

——クラウジウス家……？　はて……その名前どこかで……。でも……。

ミーア、思わず首を傾げる。

忘れがちな事実ではあるのだが、こう見えて、ミーアは帝国皇女である。ルードヴィッヒの教育の成果か、現在の帝国内にある貴族の名はおおむね頭に入っていたりするのだ。意外なことながら……。けれど、不思議なことにクラウジウス家の名は聞き覚えはあるものの、なぜか、はっきりとは思い出せなかった。どこか頭の片隅に引っかかる、そんな名前で……。

——ううん、なんだったかしら……？

「あの……？」

ふと見ると、パトリシアが不審げな目を向けていた。

「あ、ああ、ええ、と、そうですわね」

さて、なんと答えたものか……。

どうやら、彼女は、ミーアのことを蛇の教育係と思っているらしい。その誤解を生かさない手はないが、さりとて、先ほど本名を名乗ってしまった手前、いつバレるかわからない。

どう答えるのが最善か……。このパトリシアという少女に……パトリシア……？

──あっ、そうですわ！　パトリシア、これですわっ！

ミーア、思いつく！　起死回生の、アイデアを。

「そう。わたくしは、クラウジウス家の教育係。あなたに、しっかりと教育をしますわ。わたくしのことは、帝国皇女、ミーア・ルーナ・ティアムーンとして扱うとよいですわ」

「帝国皇女……？　え？　でも……」

怪訝（けげん）そうな顔をするパトリシアに、ミーアは微笑みかける。

「そういう訓練ですわ。訓練」

そう……これは訓練。目の前の少女が、ミーアの祖母に名を借りて、ミーアの血族に扮しているように……ミーアもまた自身の名を偽装であることにしたのだ。

──先ほど、うっかりミーアと名乗ってしまいましたけれど、これで上手く誤魔化せるのではないかしら？

そう言いつつ、ミーアは首をひねる。

──それにしても、これはいったいどういうことかしら？　この子が蛇の送り込んできた者だとして、その目的は？　そもそも、この子、ベルと同じ未来からやってきたのかしら？　蛇が時間移動に介入してきた？　そもそも、ベルはどうやってここに来たのかしら？

頭からモクモク湯気を吹き出しつつも、ベルと合流するために、ミーアはパトリシアを連れて食堂を出るのだった。

第六話　天邪鬼な忠臣

セントノエル学園女子寮、二階の、階段から数えて三つ目の部屋。

他の生徒の部屋と変わらぬ造りのその部屋が、学園の支配者の住まう場所であるということは、女子寮に住む者ならば誰しもが心得ていることだ。

すなわち、そここそが、ラフィーナ・オルカ・ヴェールガの部屋なのである。

そのドアの前に立つ少女……リンシャは小さく息を吐く。

――未だに、ここに来るのは慣れないな……。

そんなことを思いながら、そっとドアをノックする。

「失礼いたします。ラフィーナさま」

「あら、リンシャさん。どうぞ。入って」

許可を得て、ドアを開ける。と、出迎えにきたラフィーナは、ちょっぴり疲れた顔をしていた。目の下には、うっすらとくまができている。

――それも無理ないか、な……。

リンシャは、ここ数日間の目の回るような忙しさを思い出し、小さくため息を吐いた。

聖ヴェールガ公国を襲った春の嵐、その対応のため、ラフィーナは寝る間を惜しんで働いていた。

痛かったのは、ラフィーナの補佐をしてくれていたモニカが、島から出ていたタイミングで嵐が来毎年、この時期は少し天候が不安定になるとはいえ、今年のような嵐は滅多にあることではなく……イレギュラーな事態に、島の警備を司るサンテリらも手一杯になっていた。

——生徒会長はミーアさまが担っているとはいえ、島の細々（こまごま）したことはやっぱりヴェールガ国がする必要があるんだろうから、大変なんだろうな。

そんなことを思っていると……、

「ごめんなさいね、こき使ってしまって。毎年こうではないのだけど……」

すまなそうに言うラフィーナに、リンシャは思わず苦笑いを浮かべる。

「どうかしら？　もう、学園での仕事には、慣れたかしら？」

疲れを誤魔化すように笑みを浮かべて、ラフィーナが言った。

「はい。おかげさまで」

短く答えるリンシャに、ラフィーナは気遣うような顔で、

「無理を……。いえ、なんでもないわ」

なにかを言いかけて、すぐに首を振る。

それを見たリンシャは、なるほど、ラフィーナは確かに高慢な貴族ではない、と改めて思わされた。

〝無理をしていないか？〟

この問いは、相手を気遣う言葉のようでいて、時に残酷さを帯びる。

傷ついた人にそう問いかけることで、かえって相手を追い詰めてしまうことだってある。

なぜなら、無理をしてないわけがないからだ。

傷つき、それでも前を向いて生きていくしかない人は、無理をして平静を装うしかない。そんな人には「無理をしてないか？」などと、当たり前のことを聞くべきではないのだ。

だから、ラフィーナは言葉を途中で止めたのだ。

だけど……。

「別に無理はしていません。こうして学園で学ぶこともできていますし。ご心配には及びません」

リンシャは勝気な笑みを浮かべて言った。

——だって、自分は、別に傷ついてなどいないのだから。

それは、突然のことだった。

レムノ王国に帰郷し、元の革命派の仲間たちに挨拶をし、ついでに、第三国にいる兄ランベールの様子を見て（ちなみに、ランベールは、あの後、中央正教会が運営する学校で教師をしていた。文学の教師らしいが……楽しそうに仕事をしていた）それから、セントノエルに帰ってきた。

——あの子、私がいない間に、ちゃんと勉強していたかしら？　やってるわけないわね。やれやれ、また口うるさく言ってやらないと……。

そんなことを思いながら戻ってきたリンシャにミーアは言った。

「ごめんなさい。リンシャさん。ベルのことなのですけど……」

そうして、告げられた事実。

あの子が……消えてしまったということ。

消えた……そんな風に、婉曲的に言うけれど、リンシャはそれで悟れないほど、鈍くはなかった。

つまり、あの子は……ベルは、死んでしまったのだ。

自分になにも言わずに、あっさりと、死んでしまったのだ。

それがわかって、リンシャは……ひどく腹が立った。

別に悲しくはなかった。

まったく悲しくもなんともなかったけど、でも、「せっかく助けてやったのに、勝手に死ぬなんて……」と思ったら、悔しくて涙が出た。

悲しくもないし、傷ついてもいないけれど、ただ悔しかった。

……涙の理由は、それだけだ。

「あの、それでね、リンシャさん。セントノエルに残るつもりはあるかしら？」

「……どういう、意味ですか？」

つい、低い声が出てしまったのは、腹立たしさに声が震えるのを堪えるためだ。

「あなたは、ベルにとっても良くしてくれた。そんな方を、こちらの勝手で解雇するのも気が引けますし、セントノエルでの学びは、あなたの役に立つと思いますの。だから、ラフィーナさまに相談させていただいたところ、セントノエルでラフィーナさまのお手伝いをしながら、学びを続けるという道をご提案いただきましたの」

「ラフィーナさまの、お手伝い？」

「そうですわ。あなたも覚えているでしょう、バルバラさんのこと、ジェムという男のこと」

忘れるはずもない。一人は自分を殴り倒した女であり、もう一人は、自分の兄を惑わした道化師のような男だ。

「あのような者たちが、わたくしたちの周りには潜んでおりますの。だから、リンシャさんのように信頼がおける方というのは、とても貴重なのですわ」

ミーアは、そう言うけれど、それは紛れもない心遣いだった。

レムノ王国革命派の首謀者の妹……。その肩書きは、リンシャ自身も自覚する通り、とても重い。

これから先、レムノ王国で暮らすのは、息苦しいことだろう。かといって、他国で生きられるほど、なにかの才能に恵まれているわけでもない。

セントノエルで学び、ラフィーナの従者として働けば、将来的には、正式にラフィーナの従者になる道もあるかもしれない。あるいは、セントノエルで得た知識を用いて商売を始めることもできるだろう。

それに、ここで断るのは、自分の中に消しようのない感傷があることを認めるような気がして……あの子の死に傷ついていることを認めるような気がしてしまって……。

だから、リンシャはその申し出を受けた。

「ありがとうございます。とても助かります」

それは、自分の利に繋がることだから。断ることはおかしなことだから。

別に自分は、あの子の死に、傷つきもしてなければ、悲しんでもいないのだから。

そうして、ラフィーナのもとで働くようになって……リンシャはちょっぴり暇になった。

ベルも面倒がかからない子ではあったけど、それ以上に、仕事の量は減った。

それは、リンシャにしっかりと勉強をしてもらおうという、ラフィーナやミーアの心遣いの結果ではあったのだが、むしろ、リンシャとしては手持ち無沙汰に感じられた。

ぽっかりと……胸のどこかに穴が開いているみたいな……そんな感じがした。

だからここ数日の、嵐の対応に追われている時間は、どちらかというと、リンシャにとってはありがたい時間だった。

「それで、どうかしたかしら？」

一瞬、物思いにふけりかけた時、ラフィーナの問いかける声が聞こえた。

「あ、ええと、モニカさんから連絡です。バルバラが、牢を逃げ出した、と……」

その驚くべき情報に、ぴくんっと、ラフィーナの肩が揺れる。

「……それは、誰かの手引きによるものかしら？」

そっと腕組みして、ラフィーナがつぶやく。

「報告書にはなにも……ただ、十日前のことのようです。嵐のせいで、連絡が遅れたとか……」

「そう……」

ラフィーナは静かにため息を吐いてから、

「巫女姫……ヴァレンティナ姫と接触を図るかもしれないわね。警備を強化する必要があるかしら……」

小さく首を振るのだった。

報告を終えたリンシャは自室へと向かって歩き始めた。

「明日は、算術があったかな……。商売をするなら、必須だから頑張らなくちゃね」

そう言えば、あの子は算術が嫌いだったな……などと思い出し、ついつい苦笑してしまう。

「まぁ、あの勉強嫌いに算術を教えなくてもよくなっただけ、楽になったかな」

別に寂しいとは思わない。ただ、まぁ、ちょっとだけ張り合いがなくなったな、とは思うけれど……。

「ああ、久しぶりに思い出したら、なんか、やっぱりムカついてくるな……」

元貴族のご令嬢らしくない言葉が、ついつい口からこぼれてしまう。

でも、それも仕方ないこと。

銀貨でお礼なんかするな、と言ってやったのに、結局は、ベルのおかげでセントノエルで勉強を続けることができるようになったのだ。それが、あの子の置き土産のように感じられて、お礼のように感じられて……。それが、無性に腹が立って……。

「我ながら、なにに怒ってるんだろう？　関係ないのに」

大した付き合いじゃないのだ。ベルとは、一年ちょっとの付き合いで。

ただ、ミーアから請われたから、従者として付き合っていただけのこと。自分の忠誠心なんか、せいぜい、銀貨数枚分に過ぎない……取るに足りないもので……。

そうして、ふと顔を上げた時……リンシャは息を呑んだ。

目の前、ちょうどドアが開くのが見えて……そこがイエロームーン公爵家のご令嬢の部屋だということは知っていて……。

だから、そこからあの子の友だちのシュトリナが出てきても、別に不思議はなくって……。ただ、友だちが消えて以来、あまり笑わなくなった彼女が、やけに楽しそうにしているのがなんだか、ちょっとだけ気になって……。

なにげなく、そちらを見ていたら……そうしたら見えたから。

あの、懐かしい少女が出てくるのが……見えたから！

「あ……あ……」

声が、震える。

でも、別に嬉しくなんかない。

自然と、足が走り出す。

でも、こいつと再会したことなんか、なんとも思っていない。

だから、そう……、これはきっとムカついただけ。

「あっ、り、リンシャ母さま……、じゃない、リンシャさん！　ひゃあっ⁉」

勝手にいなくなっておきながら、能天気な声で、あっけらかんとそんなことを言うから……ただ腹が立っただけ。

だから、腹いせ代わりに、リンシャはベルに飛びついて、

「あんた、ほんっとに、ふっざけんじゃないわよ！　なに勝手にいなくなってんのよ！　私がどれだけ心配したとっ！　どれだけっ、どれだけっ……！」

言葉に詰まる。

目の前が滲む。

涙が溢れる。

構うものか、とリンシャは、ずっと胸に溜まっていたモヤモヤをベルにぶつけてやるのだった。

第七話　滲みでる、ヒロインの……貫禄？

さて食堂を後にしたミーアがやってきたのは、女子寮のシュトリナの部屋だった。

――まぁ、連れ込まれるとしたら、ここしかありませんわよね。でも……。

部屋のドアを前にして、ミーアはいささか躊躇いを覚える。

今頃、中では熱い友情の語らい合いが続いているのだろうと思うと、ついつい気後れしてしまうというか……。

――いいところを邪魔されたとか言われて、リーナさんに怖い目に遭わされそうな気もしますわね。

さすがに毒は盛られないだろうが、ベルを失った時のシュトリナの傷心ぶりを思い出すと、怖くもあり、邪魔をするのが申し訳なくもあり……。

さりとて、のんびりしている時間もない。

ミーアは傍らに立つ少女、パトリシアを見て……お人形のように表情を動かさず、ただ小さく首を傾げる彼女を見て、ふむ、と唸る。

――この子が、蛇の関係者だというのであれば、必ずや何かしらの陰謀が動いているはず。この子自身は、そこまで脅威度が高くはなさそうですけれど、油断は禁物ですわ。

小さな火花をきっかけに国全体を燃やそうとするのが蛇のやり方だ。無害であったり、些細(ささい)なことのようであったとしても、油断は禁物。ゆえに、ミーアは、はふぅっと深く息を吸い、それから、意を決してドアを叩くっ！　が……！

「あら？　いませんわね」

反応はなかった。念のため、ドアに耳を近づけて中の様子を探るも、中からは一切の音が聞こえてこない。

「てっきり、部屋で事情を話しているものとばかり思いましたけれど、どこかへ出かけたということかしら……？」

ミーア、刹那の推理タイムを経て……。

「なるほど……。町に出ていてもおかしくはありませんわね。親友との再会の後では、町に買い食いに出かけたくなるのが人情というもの。それに、買い食いに行くのに、セントノエル島ほど、適した場所はありませんし……」

そうして、ミーアは、食堂でケーキを食べていたシュトリナの顔を思い出す。

シュトリナもまた、ミーアと同じ、ティアムーン帝室の血を引く者。なれば、物証は十分。

幸い、ミーアはセントノエル島の買い食いスポットを熟知している。

「ならば、捜しに行く必要がありますわね」

帝国の叡智の情報網はダテではないのだ。

「あの、ミーア先生、どこに行くのでしょうか？」

「町に出ますわ。セントノエル島の町を歩く機会は、貴重なのではないかしら？」

「セントノエル……？　聖ヴェールガ公国の島？」

「そうですわ。ええと、蛇にとっても良い学びの機会になるでしょう？」

ミーアの問いかけに、パトリシアは素直に頷いた。

女子寮を出た途端、びょうっと強烈な風が吹きつけてきた。

「きゃっ！」

っと、可愛らしい悲鳴が響くっ！

そうなのだ、高等部に上がったミーアは一味違うのだ。

可愛らしいヒロインとして、可憐なお姫様としての嗜みというものを身に付けたのだ！　いきなり強風に吹かれれば、悲鳴だって可愛く上げられる——上げられる？

「あら？　大丈夫ですの？　パトリシア」

……と思ったら、ミーア、けろっとした顔で、隣のパトリシアに声をかけた。

なんと、悲鳴を上げたのはミーアではなく、パトリシアのほうだった！

ちなみにミーアは、風に吹かれた瞬間「おお、すごい風ですわ！」などと堂々たる態度を崩さなかったのだ。なんなら、その顔は余裕たっぷりに微笑んですらいて……。

乗馬を嗜むようになって以来、風とお友だちになったミーアなのだが……強風にあおられても慌てなくなったせいか、奇妙な貫禄が出てきて、ヒロイン力が下がったという噂があるとかないとか……。

まぁ、それはどうでもいいとして……。

「この風では、まだしばらくは湖に船を出せないんじゃないかしら？」

ふと、そんな心配をしてしまう。

これから向かう町のほうにも、その影響は出ていた。いくつかの店は、商品が届かずに店を閉じてしまっているし、開いていたとしてもメニューが限定されていたりするのだ。

ミーアは、セントノエル島のスイーツ店の状況をすべて把握しているのだ。

帝国の叡智のスイーツ情報網は、ダテではないのだ！

「まぁ、さすがに食べ物がなくなることはないでしょうけれど……。いざという時には、森の中のキノコを食べればいいわけですし……」

あの大飢饉を経験したミーアである。いざとなれば森のキノコで三食我慢するぐらいのこと、わけないのである。

いや、むしろ……。

──ヴェールガ茸の塩焼きとか美味しいんじゃないかしら？　それをみんなで食べるというのは、ちょっぴり楽しそうですわ。

そんな風に、ワクワクしてしまったりもして……。歴戦のミーアの胃袋は、この程度のトラブル、美味しいイベント事に変えてしまうのだ。

「まぁ、この嵐であれば外部から人が来られないわけですし……普段より安全なはず。急ぎでもありますし……」

などとつぶやきつつ、ミーアはずんずん、町中を歩いていく。

力強く、油断に背中を押されながら、ずんずん、ずんずん、進んでいく。

その行く先に懐かしき敵が待ち受けていることなど、今のミーアは知る由もないのだった。

第八話　呪(のろ)われしクラウジウス家

「ふぅむ、ここでもなかったですわね……」

ミーアは心当たりの店を三軒ほど回ってみたが、シュトリナたちの姿は影も形もなかった。

「これは、もしかすると、まだ女子寮にいるという可能性もあるかしら……？　幸運の青いキノコは、身近なところに生えているといいますし……。ふむ、困りましたわね」

「ミーア先生、あの……、あの」

ふと見ると、パトリシアがキョロキョロ辺りを見回しながら、瞳をキラキラさせていた。

「あのお店は……」

「ああ。裁縫店ですわね。大陸の最先端のデザインが揃っているということですけれど……」

「あんなにキラキラしたお店、見たことない」

「あら？　あなた、帝都は見たことがありませんの？」

ミーアは思わず首を傾げる。

なるほど、セントノエルは確かに大陸の流行発信地ではある。けれど、帝都にだって、このぐらいのお店はある。それほど驚くこともないのでは？　と思ったのだが……。

「はい。ずっとクラウジウス領の領都で暮らしてたから……」

それを聞いて、ミーアは鼻を鳴らす。

——ふふん、語るに落ちましたわね。わたくしの孫に化けようというのに、ルナティアに来たことがないなどと……。いや、でも、この子がベルと同じところから来たとは限りませんわね。そもそも、この子、あの光の中から現れたというだけで、時間移動をしたのではないということも考えられるかしら？　ということは、わたくしの孫に扮しているわけでもない？　ふぅむ……。

そもそもの話、ベルみたいなケースが何度もあってはたまらない。

あるいは、もしかすると、偶然にもタイミングが合ってしまっただけで、この子は、ベルとはまったく関係ないのかも？　などと、考えてしまうミーアである。

——やはりヒントは、クラウジウス家ですわね。気になりますわね。クラウジウス家。絶対にどこかで聞いたことがありますのに思い出せませんわ。ぐむむ……。

前時間軸において、ルードヴィッヒにお説教されて以来、ミーアは努めて必要な名前は覚えるようにしてきた。そもそも、それより以前から帝国皇女として、帝国内の貴族の名前は、それなりに覚えてきたはずだったのだ。それなりには……最低限は……一応……うん……。

にもかかわらず、である！　なぜか、クラウジウス家に対する印象がまったくなかった。

——外国の貴族ということも考えられますけれど……なんだか違う気がしますわね。ふぅむむ……。

考えた末、ミーアは、疑問を解消すべく動く。方法はとても簡単。

「ええと、パトリシア、クラウジウス伯は……」

そう……『爵位』を確定させるのだ。

家名だけでなく、爵位も合わされば、思い出せるかもしれない。そんな希望を胸に動き出したミーアだったのだが……。

「……伯？　あの、クラウジウス家は、侯爵だけど……」

返ってきた答えは、意外なものだった。

「侯爵……？」

ミーアは思わず首を傾げる。なにしろ、侯爵家といえば上位貴族だ。さすがのミーアでも覚えていないはずはない……きっと！　たぶん……おそらく……うん。

にもかかわらず、覚えていないということは……。

「やはり帝国貴族ではない……？　いえ、でも確かに聞き覚えが……あっ……」

その瞬間だった。ミーアの脳裏に閃くものがあった。

――あ……ああ、そうですわ！　クラウジウス侯爵家！　聞き覚えがあるはずですわ！

思い出してみれば、覚えがあって当然のこと。なぜなら、クラウジウス侯爵家というのは……。

――パトリシアお祖母さまのご実家……。お祖父さまとご結婚なさる前の家名ではございませんの！

思わず、頭を抱えそうになるミーアである。まさか、自身に縁の家名を忘れているとは……。

なるほど、それは確かに失態ではあった。けれど、同情の余地もないではなかった。

なぜなら、ミーアは、クラウジウス家の者と会ったことがないからだ。クラウジウス侯爵家は、ミーアが生まれる前に、すでにお取り潰しになっていたのだから。

さらに、ミーアには、その名を記憶に残したくない事情があったのだ。それは……。

――ああ、そうでしたわね。呪われたクラウジウス侯爵家……懐かしいですわ。

『呪われたクラウジウス』

それは、ミーアが子ども時代に、何度か聞かされてトラウマになった、怪談話に登場する一族なのだ。しかもその怪談、血筋の者に恐ろしい怪物が訪ねてくる系の、タチの悪い呪いの怪談なのだ。

一応、念のため……誤解のないように言っておくと、ミーアは別に、呪いだとか幽霊だとかは怖くはない。全然怖くはない。だから、その手の話が出た時、耳を塞いでいたとか、そんなこともできるだけ聞かないように、記憶に残らないようにしていたなんてこともない。本当だ！

……とまぁ、そんなわけで、ミーアの中で、祖母の実家であるクラウジウス家というのは、記憶に残しておきたくない家の名前なのだった。

——ということは、この子はお祖母さまの名前をもらったわたくしの孫、ではなく、お祖母さま自身だと言いたいわけですわね……。敵ながら、よく研究しているということかしら……？　はて？

と、そこで、ミーアは再び違和感を覚える。

なんだろう……なにか重大なことが見えてきそうな……そんな予感があって……。

——もしも、偽装するとして、そんな面倒なことをするかしら？

違和感は、疑問の形をしていた。

——そんな回りくどい解釈をするよりは、もっと、簡単な答えがあるのではないかしら？

ミーアが、推理に没頭しようとした……まさにその時だった！

「あら、ご機嫌麗しゅう、ミーア姫殿下」

唐突に、ミーアに声をかけてくる者がいた。

——はて、誰かしら？

反射的に顔を上げたミーアは気付く。

考え事をしていたからだろうか。いつの間にやら、人通りのない裏路地に入っていたこと。

そして、そんな裏路地に一人の女性が立っているということ。そして、それは……。

「……はぇ？」

思わず、間の抜けた声を上げてしまった。

なぜなら、そこに立っていたのは……、

「うふふ、このような場所でお会いできるとは……。幸運を神に感謝したいぐらいですね」

ねっとりと絡みつくような……蛇のような笑みを浮かべる女性、バルバラだったからだ。

第九話　涙目三日月蹴り(ティアムーンサルトキック)炸裂……せず

「ばっ、ばば、バルバラさん……なぜここに？」

確か、こいつは、ヴェールガに囚(とら)われていたはず……っ！　と、ミーアは驚愕(きょうがく)に声を震わせる。対して、バルバラは勝ち誇ったような顔で答えた。

「ええ、多少の苦労はありましたが、この程度の風ならば船で渡ってこられましたよ。腕の良い船乗りに心当たりがあったもので。それに、逆に、こういう時のほうが警備というのは緩むもの。『こんな天気の日には島にやってこられないだろう？』『まさか、このタイミングで脱獄なんかしないだろう？』そうした認識は油断を生むもの。むしろ、それを成すに相応しくないタイミングというのが、最適のタイミングであることは多いのです」

「なっ、なるほど……」

ミーア、思わず、唸ってしまう。

――これは、勉強になりますわ。今度、地下牢に入れられた時には試してみよう。

心のメモ帳にしっかりと記録するミーアである。どんな時にも〝革命されマインド〟を忘れない、地下牢系皇女の鑑である。

「っと、そうではありませんわ。わたくしが問いたいのは、なにをしにここに来たのか、ということですわ」

「これは異なことを……。帝国の叡智らしからぬ不見識。言うまでもないことでしょう？　もちろん、我が想いを遂げるためですよ」

そう言い、バルバラはわずかに視線を転じる。

その視線を追い、ミーアはようやく気付く。

バルバラの右手が捕まえている子どもの存在に。

腕を後ろ手にひねり上げられて、顔を苦悶(くもん)に歪めた少女、それは、つい先ほどまでミーアのそばにいたはずのパトリシアで……。さらに、バルバラの手にはキラリと光る刃物があって……。

「ふふふ、あなたとシュトリナお嬢さまにはとっても痛い目を見ていただかないと、私の心は穏やかではいられないのです。ついでに聖女ラフィーナもこの手にかけられれば上々。できることなら、この大陸に巣食う貴族のクズどもを、根こそぎ一掃できれば言うことはないのですが……」

どこか陶然(とうぜん)とした顔で、バルバラは言った。

「まぁ、そうした大それたことは、他の者たちに任せましょうか。とりあえずはあなたですよ、帝国の叡智。さぁ、私とともに来ていただきましょうか。ミーア姫殿下」

そうして、パトリシアの首筋に刃を突き付ける。

「ちょっ、正気ですの？　その子は蛇ですのよ⁉　あなた、仲間を殺そうというんですの？」

「はて？　この子が？　仲間？」

バルバラは首を傾げ、ニッコリと笑みを浮かべた。

「なるほど。それはとても良い言い訳ですが……。はたして、それで、貴女さまのお仲間が納得してくれるでしょうか？　帝国の叡智たる者が幼い子どもを見捨てる？　しかも、その子どもが蛇の一味だから、殺されても仕方ないという言い分で？」

――くっ！　そうでしたわね、蛇は、そういうろくでもない連中でしたわ。

ミーア、思わず舌打ちする。

仮に、あの子が蛇であったとしても、目的を達成するためには容赦なく切り捨てる。ミーアが無視して見捨てたりすれば、その事実を用いて仲間たちとの間に亀裂を作り出す。

決してあの子が蛇であったことなど、認めないだろう。

「さて、ご理解いただけたなら、大人しくついてきていただきましょうか？」

勝利を確信した顔で、バルバラが言う。

――くう、ダメですわ。ここは言うとおりにするしか……。

と、そこでミーアは思う。

――いえ……まだですわ。手がないわけではありませんわ……。わたくしには、対シオン用に鍛え上げた……ハイキックがありますわ！

ミーアは、頭の中で、バルバラの手の中の刃物を蹴り上げる自分の姿を思い描く。

妄想の中のミーアは、スカートを跳ね上げ、綺麗に弧を描くキックを放っていた。バルバラの手の中の刃物が、ぐるんぐるん回りながら、宙に舞っている姿を見たミーアは、自信を深める。

——そうですわ。思えば……あの蛇の刺客、ジェムを倒したのだって、わたくしのこの足でしたわ！　相手が狼使いやディオンさんだったならまだしも、バルバラさん相手ならば……。

「早くしていただけませんか？　そうでないと……」

「あぅっ！」

腕をひねり上げられ、パトリシアが悲鳴を上げた。目をギュッと閉じて、唇を噛みしめる。

「ああ、いけませんわ。淑女が子どもに乱暴を働くものではありませんわ」

ミーアは、ひどく落ちついた声で言った。その落ちつきは、さながら、武術を習得した達人のもののようだった。

それからミーアは、堂々と、バルバラのほうに近づいていき……。間合いを計りながら、近づいていき！

「さ、どこに行くつもりなのかしら？」

あと、五歩……四歩、三、二…………今っ！

瞬間、ミーアが仕掛ける。

「ふひゃぁあああああっ！」

勇ましい雄叫び(おたけ)と同時、ミーアは思い切り足を振り上げた。

乗馬とダンスで鍛え上げた、ミーアの力強い脚は、鞭のようにしなりながら、三日月のような軌道を描き、見事に、見事に——空を切った！

さらに、びょうっと強風が吹く。重心が後ろに傾いたミーアの体は、もろに、その風を受けて、勢いよく後ろに倒れて……。

「ふひゃあああああっ！」

勇ましい悲鳴を上げるミーアの体のすぐ上を、なにかがものすごい勢いで通り過ぎていく。それは、ギラリと鋭い光を放つ刃……。その軌道は、ついさっきまでミーアの体があったところだった。

直後、とすん、とお尻から着地したミーアは、

「ふぎゃんっ！」

涙目になりつつ、いててて、っとお尻をさすり、さすり……一秒、二秒……三秒の後、背中につめたぁい汗が、ぶわわわわっと吹き出した！

一瞬前の状況が理解できてしまったためだ。

——あ、ああ、あっぶなぁっ！　あっぶなぁあっ！　今、避けてなかったら、あ、あ、あぶなぁあっ！

口をアワアワさせるミーアに、バルバラは小さく首を傾げた。

「あら、外れましたか」

「あ、あ、あなた、今、大人しくついてこいって……」

「それはそうでしょう？　正直に、大人しく死んでくださいと言ったら、死んでくださるのですか？」

「ふむ……まぁ、そう言われれば……って、そうではありませんわっ！」

一瞬、納得しかけたミーアであったが、すぐにブンブンッと首を振る。

——こ、こ、これは、まずいですわ！

味方を失っているからだろうか。バルバラはひどく短絡的で、攻撃的で、それゆえに脅威だった。からめ手ではなく、直接的な暴力で来られた場合、ミーアはまったくの無力だからだ。

達人の落ち着きとか錯覚だった！　相手の武器を蹴り上げる？　そんなのできるわけがない！

「ふふ、まぁいいでしょう。どの道、その体勢では次は避けられないでしょうし……。一瞬、命を長らえたところで、なにほどのこともなし」

そうして、ナイフを振り上げるバルバラ。その顔は勝利の確信に歪んでいた。

けれど……それは、大きな間違いだった。

ミーアの上げた雄叫びは、作り出した時間は、確実に届いていたのだ。

「では、大人しく死んでくださいね。ミーア姫殿下」

ギラリと輝くは、刃の輝き。

「ひぃいいいいっ！」

振り下ろされる冷たい殺意に、ミーアは、なすすべもなく目を閉じる。がっ！

「ミーアっ！」

直後に聞こえた声に、ミーアは慌てて目を開け……見開く！

「あっ、アベルっ！」

自身の前に現れた、力強い背中に、ミーアは思わず黄色い声を上げるのだった。

第十話　どこにでもありふれた不幸

「アベル・レムノ。間の悪いことで！」

忌々しげに、バルバラが舌打ちする。

短絡的で暴力的な行動に出たことが、完全に裏目に出ていた。

バルバラもまた、純粋な戦闘能力的には決して高くはないのだ。なにしろ、偶然とはいえ、ミーアに避けられてしまう程度なのだから、その実力は推して知るべしといったところだ。

対するアベルは、火馬駆などの強敵と戦い、そして剣の天才シオンとの研鑽を経てきている。その実力は、すでに凡百の騎士の域にはない。

そう、仮にその手に剣がなかったとしても……。

セントノエル島にて、剣を持つには許可がいる。王侯貴族の子弟であったとしても、それは変わらない。ゆえに、アベルの手に剣はなく、されどそれは、今の彼には些細なことでもあった。

「徒・留・封、その手に剣を持たぬ『徒手』であろうと、あえて敵の眼前に『留まり』て、その手の刃を『封じ』ることこそレムノ流剣術の神髄なり、か。なるほど、ギミマフィアスもよく言ったものだ」

つぶやきの直後、硬質な音が響く。それは、バルバラの手から落ちたナイフが地面に落ちる音だった。

「剣を持つから騎士なのではなく、ただ背に大切なものを守り戦うのが騎士である……ようやく少しわかった気がするな」

彼女の腕を制したまま、アベルは鋭い眼光でバルバラを睨み付ける。

「ボクの大切な人に手を出さないでもらおうか、バルバラ嬢」

「これはこれは、アベル王子殿下。ご機嫌麗しゅう」

バルバラは、一瞬、頬をひきつらせるも、すぐにいつもと変わらない笑みを浮かべた。

「私の得物だけを落とすとは、相変わらずお優しいことでございますね」

「必要があれば、この腕をへし折る程度のことはするつもりだ。必要がないからそうしていないだけなのだがね」

アベルはチラリとバルバラが抱えた少女のほうに目を向けて、

「その子を解放しなければ、そうする必要が出てくるかもしれないが……」

「おや、できますか？　女性の腕を折るなどと野蛮なことが……、あなたに？　お優しいアベル王子」

バルバラの揺さぶりを、アベルは涼しい笑みで聞き流す。

「ボクの心を揺らそうというのなら、無駄だ。姉が、蛇の巫女姫であったという以上の事実を突き付けることが、貴方にできるとでも言うのか？」

そこにあったのは、かつての、線の細い少年王子の姿ではない。その背にかけがえのない者を守る、一人の騎士の姿だった。

揺らがない、真っ直ぐな敵意を前に、バルバラはギリッと歯を食いしばる。それから、人質として抱え込んでいたパトリシアのほうに目を向けて……やがて、諦めた様子で、拘束を解いた。

あまりの急展開に、パトリシアは呆然とした顔をしていたが、すぐに正気に戻ったのか、走ってミーアに近づき、そのまま抱きついてきた。

「ああ、怖かったですわね。でも、もう大丈夫ですわ」

優しくパトリシアの髪を撫でてやるミーア。それを確認してから、アベルはバルバラの腕を放した。

「殺さなくても良いのですか？　アベル王子。私は諦めませんよ。どれほど聖女ラフィーナが教えを説こうと、どれほど時間が感情を風化させようとも……」

血走った眼で、バルバラは意地の悪い笑みを浮かべる。

「私は、この命が続く限り、この地に巣食う貴族どもを根絶やしにする。ただ、それだけのことでございます」

その顔を憎悪に歪め、バルバラは高々と宣言した。

根深く、底知れぬ憎悪に、ミーアは思わず背筋が寒くなる。

「バルバラさん、なぜ……。貴女は、どうしてそんなにも、貴族を憎むんですの？」

そう尋ねた瞬間、バルバラの顔から、すとんと表情が抜けた。

「別に、大した理由ではありませんよ。ただ、愛する我が子を、バカな貴族の手で殺されたというだけのことでございます」

そうして、バルバラが語ったのは、ある女の物語。

その女は貴族のメイドとして雇われていた。働き者だった女は、ある時、当主のお手付きとなり、その子を身ごもってしまう。

そのことを知った当主の妻は激怒し、その女を屋敷から追い出した。職と居場所を失った女は、町で働き口を見つけ、子どもと二人で生きていくことを決意する。

小さくても幸せな日々。けれど、それも長くは続かない。

ある日、女のもとに、貴族の使者が訪れて、その子どもをさらうようにして連れていってしまう。
当主が急死し、後継者は病弱。ゆえに念のための備えとして、当主の血を引く者を欲したのだという。
女は子どもの行く末を案じつつも、貴族の家で大切に育てられるなら、と、それを喜んだ。喜んで、いたのに……。

その数年後、女のもとに息子が死んだとの報(しら)せが届いた。

そうして、語り終えたバルバラは、乾いた笑みを浮かべた。

「ね？　ありふれた話でしょう？　聞き飽きた、どこにでも転がっている話でしょう？」

くすくす、と口の中で笑いながら、バルバラは言う。

「物語を嗜(たしな)まれるミーア姫殿下には、いささか以上に退屈な、つまらないお話であったでしょう？　だから、どうぞ、お耳汚しの話など、忘れてしまってくださいませ。覚えておく価値のない、平民のたわごとでございますゆえ。平民を踏(ふ)みつけにしてこそ貴族であり王であり、皇帝である。そうでございましょう？」

それは……彼女の言う通り、どこにでもある、とてもありふれたお話だった。

世界中のどこにでも、貴族の横暴は転がっている。

だから、ミーアは、バルバラが特別に不幸な女性だとは思わなかった。特別に同情すべき人であるとも、思わない。

でも……。

「かわいそう……」

ぽつり、と、パトリシアがつぶやくのが聞こえた。

それに、ミーアも素直に同意する。

同情など欲しくはないだろうけれど。実際、そんな程度の不幸はどこにだって転がっているだろうけれど。

でも、だからと言って、バルバラが同情されない理由には、ならないから。

彼女のしたことは悪ではあるのだけど、でも、彼女の経験したことは、確かに同情されてしかるべきことであって……。

どこにでもあるありふれた不幸であったとしても、当事者であるバルバラが悲しみ、苦しんだということは、容易に想像できてしまったから。

――この方の怒りは、当事者の貴族のみならず、そのような行いを許した国そのものに、そして、それがありふれたことと聞き流される、貴族社会そのものに対してのことなのですわね。

ミーアと同じことを思ったのだろう。アベルが苦々しげな顔で言った。

「それは……申し訳なかったと思う。そのような横暴が平然と許されるのは、ボクたち上に立つ者の責任だ。ボクの力の及ぶ限り、今後は、そんなことが起こらないように、公正が保たれるように、良い社会にしていくことを誓おう」

アベルの言葉に、バルバラは、とても楽しそうに笑い声を上げげた。

「あはは。善政を敷くことを約束されると？　それは、レムノ王国でのことですか？　それとも、セントノエルを出た者にはすべて、それを徹底し、平民が踏みつけられることがなくなるとでも？　なるほどなるほど、それは結構なことでございます。大変、ご立派なことでございます、アベル殿下。

どうぞ、善政を敷き、将来の禍根を一掃なさるがよろしいでしょう。私はただ、変わらぬ過去の復讐のために、あなた方が敷く善政をすべて壊してみせましょう。必ず、必ず、必ず。この命が尽き果てるまで……」

バルバラがブレることは決してない。

なぜならば、彼女を破壊へと駆り立てるものは、もう、どうにもならない過去であるからだ。

けれど、彼女を殺すことのできないミーアとしては、できることは少ない。せいぜい、厳重に捕らえておくようにラフィーナに進言するぐらいだったが……。

——それで、本当に良いのかしら？

そう思うものの、特に何ができるとも思えずに……。

やがて、騒ぎを聞きつけた、島の警護兵がやってきて、バルバラは捕まることになった。

連行されていく彼女の背を見て、

「……かわいそう」

もう一度、ぽつりとパトリシアがつぶやく。

その瞬間だった。

不意に……ミーアは眩暈にも似た感覚を覚えた。

目の前の景色が一瞬、ふわりと歪んだような……奇妙な感覚。

——はて？　今のは……。

その異変は一瞬で消えたものの、なんだか、ミーアの中に、奇妙な違和感だけが残されることになった。

第十一話　皇女ミーアの帝王教育

バルバラが連行されるのを見送って、ミーアは女子寮へと戻ることにした。

おそらく、この騒動を聞いて心配するであろう、アンヌを慮(おもんぱか)ってのことだった。

――ラフィーナさまに報告する必要もあるでしょうし。

バルバラのことはラフィーナに報告しておくべきだろう、とミーアは思っていた。情状酌量の余地をそこに見出だすかどうかはラフィーナ次第ではあるが、少なくとも先ほど聞いたことはラフィーナに伝えておかなければならないように感じられた。

――それに、この子もショックが大きかったはずですわ。

ミーアは、傍らに立つパトリシアを見て思う。

お人形のように表情が乏しい顔には、隠しようのない不安の色が滲(にじ)み出ていた。つい先ほどまで、刃を突き付けられていたのだ。幼心に、恐ろしい状況だっただろう。

――やはりこれは、町の散策はいったん中止にしたほうが良さそうですわね。

そんなミーアに、アベルが声をかけてきた。

「まだ、危険が潜んでるかもしれないな。女子寮まで送ろう」

「まぁ、ですけれど、なにか予定があったんじゃ……？」

心配そうに尋ねるとアベルは……、

「ははは、君以上に優先すべき予定なんかないさ」

軽やかに笑って、そんなことを言った！

「まっ！」

ミーアのテンションは、高波に乗る海月（くらげ）のように天に昇った！　つい先ほどまで、ちょっぴりビターな気分になっていたのだが、ミーアは切り替えが早いのだ。

「それじゃあ、行こうか」

優しげな笑みを浮かべて手を差し出すアベルに、ミーアは、ほわぁっと頬を赤く染めつつ、そっと右手を委ねる。

もう、気分はすっかり物語のヒロインだ。

それから、ふと気付き、もう片方の手でパトリシアの手を握る。

「あっ……」

びっくりした顔で見上げてくるパトリシアに、ミーアは安心させるように笑みを浮かべる。

「ほら、行きますわよ。パトリシア。今度は怖い人に捕まったらダメですわよ？」

「ミーアさま！」

女子寮の入り口までくると、アンヌが慌てた様子で駆け寄ってきた。やはりすでにバルバラのことは、耳に入っていたらしい。心配そうなアンヌを安心させるように、ミーアは穏やかな笑みを浮かべて、手を上げる。

堂々たる、ヒロインの貫禄である。

「お怪我はありませんか？　ミーアさま⁉　私、びっくりしてしまって……」

「大丈夫ですわ、アンヌ。なんとアベルが助けに来てくれましたのよ？　とっても格好よかったんですわよ？」

つい先ほど、命の危険に晒されたとは思えないほど、ご機嫌のミーアである。

女子寮までの短い道のりが、ミーアの恋愛脳をいたく刺激したためだ。

アベルとパトリシアと手を繋いだまま、町を歩く。そこに生まれたあまぁい空気というか、ちょっとした幸せ空間が、とっても居心地がよくって……。

ミーアはすっかりご機嫌になってしまったのだ。

――うふふ、楽しかったですわ。なんだか、久しぶりにすごく幸せでしたわね。

なぁんて、恋にうつつを抜かしていると……。

「ご無事でよかった……」

アンヌは、見るからに安堵したという顔で、深々とため息。それから、ふとミーアの傍らにいる少女に目を向けた。

「あの、それで、ミーアさま、この方は……」

「ああ、ええと……」

ミーアは、パトリシアに目を向けて言った。

「パトリシア、彼女はアンヌですわ。わたくしの専属メイドをしていただいておりますの」

ミーアの紹介を受けて、アンヌが静かに頭を下げる。

「はじめまして、アンヌ・リトシュタインです」

それは、完璧な礼節を保ったものだった。対して、パトリシアは無言で見つめていた。

「あら？　パトリシア、きちんと挨拶しないとだめですわよ？」

ミーアが、その肩をつつくと、パトリシアはきょとりん、と首を傾げて、

「どうして？　ミーア先生、どうしてメイドに自分から名乗らなければいけないんですか？」

心底不思議そうに言った。

〝身分の低い平民に、挨拶をする必要などなし〟

なるほど、それは帝国貴族には、当たり前にありそうな考え方で……。

──でも、あまり良い考え方ではありませんわね。

ミーアは小さく首を振ってから、口を開く。

「そうしなければならない理由はいろいろとございますわ。例えば、使用人から好感を抱かれていたほうが良い仕事をしてくれるでしょう。それに、使用人の心を把握しておくことは、貴族の令嬢にとって当然のこと。それができていないことは、恥ずかしいことですわ」

なんだか、いつになく賢そうなことを言うミーアである。

パトリシアの言った「ミーア先生」という単語が……純然たる敬意が……ミーアをちょっぴり、その気にさせていた。

──うふふ、先生、なんだかちょっぴり気分がいいですわね。

なぁんて、若干調子に乗りながら、ミーアはパトリシアを真っ直ぐに見つめる。

「けれど、なにより大切なことは、彼女はわたくしの忠臣にして、わたくしの右腕であるということですわ」

ミーアは力強く断言する。その上で、

「だから、あなたも、わたくしに敬意を払うというのであれば、このアンヌにもまた、敬意を払いなさい」

キリリッとした顔で言う。実になんとも、貫禄溢れるミーア先生である。

そんなミーアに促され、パトリシアはコクンッと小さく頷いて、

「私は、パトリシア。パトリシア・クラウジウス。以後、お見知りおきを、アンヌさん」

スカートの裾をちょこん、と持ち上げて、頭を下げた。

それを見て、満足げに頷くと、ミーアは、アンヌのほうに視線を向ける。

「アンヌ、申し訳ないのだけど、この子をお風呂に入れてもらえるかしら？」

「はい……！　かしこまりました、ミーアさま」

なんだか、いつになく気合の入った顔で背筋を伸ばすアンヌであった。


そうして、アンヌとパトリシアの背中を見送りつつ、ミーアは小さくため息を吐いた。

――さて、やるべきことが山積みですわ。とりあえず、状況を把握しないといけませんわね。ベルが戻っているといいのですけど……。

いろいろなことが起こりすぎた。とりあえず、今しておくべきことを頭の中でまとめつつ、ミーアは自室へと向かった。

第十二話　ベル、語る

「ううむ、ベルからしっかりと話を聞かないと……」

頭をモクモクさせつつ、なんとかすべきことを整理しながら自室へと戻るミーア。

ドアを開け、部屋に入るや否や、そのままぽーんっ！　とベッドの上にダイブした！

「ふわぁむ……少し疲れましたわね。ここは、横になって待つことにいたしましょうか……ふわぁ」

ここ最近の悪夢のせいで、すっかり寝不足（……ミーア的には）なミーアである。大きなあくびを、一つ、二つして。

「まぁ……あの子はラフィーナさまに預ければ悪いようにはならないでしょう。うん、それがいいですわ。バルバラさんのことも含めて、後でラフィーナさまのところに……ふにゅ」

そんな風にベッドの上で、うとうとし始めた。

そうして……ミーアは夢を見た。

そこは、イエロームーン公爵の館。

なぜだか、やたらと愛想のいいローレンツと、シュトリナと一緒にケーキを食べようとしている場面だった。

目の前に置かれたのは巨大で、クリームたっぷり！　上には色とりどりのマカロンがのった実に見事なケーキだ！

「おお、おおお！　これが、イエロームーン公爵家、秘伝のケーキ……。とても美味しそうですわ！」

そうして、満面の笑みでケーキにかぶりついたミーアは、直後、気付く。

ケーキを持ってきたメイド、それが、ニッコリとよい笑みを浮かべるバルバラだということにっ！

「ぐむっ⁉」

瞬間、目の前がぐるんぐるん、と回り、床に倒れたミーアは……意識を失い……。


「ふひゃあああああああっ！」

悲鳴とともに飛び起きた。

「くぅ、い、いやな夢ですわ。これは、バルバラさんと出会ってしまったからかしら？」

汗をじっとりとかいてしまったミーアは、思わず、ほーふぅと息を吐く。

「ううむ、汗をかいてしまいましたわね。早いところ、ベルから報告を聞いて、わたくしもお風呂に行かなければ……」

と、思っていたところで、ちょうどベルが部屋に入ってきた。

「うう……よ、ようやく、解放してもらいました……」

ベルは、なんだか、ちょっぴり疲れた顔をしていた。

「ああ、やっと帰ってきましたのね。ベル、今までどこに？」

「り、リーナちゃんの後、リンシャ母さまに捕まってしまって……部屋の中で根掘り葉掘りと……。つ、疲れました……」

ぐったりとミーアの隣にやってきて、そのままベッドに倒れるベル。顔をベッドに押し付けたまま、

動かなくなってしまった孫娘にミーアは、

「……ベル、当然、わたくしにも同じ説明をしてくれるんですわよね？」

じとーっとした目を向けた。

「あ……やっぱり、聞きたいですか？」

くぐもった声で言ってから、顔だけ横に向けるベル。

「ええ。できれば、すぐにでも。いったい何があったのか、なぜ、あなたがまた、ここに来ることになったのか……」

ベルは、ううむ、っと唸って……。

「ええと、そうですね……やはり説明しておかなければいけませんね」

それから、ベッドの上に正座すると、とても生真面目な顔で話し始めた。

「これはボクの考えではなく、ルードヴィッヒ先生のお考えなのですが……」

と、そこで、ミーアは気になったことを指摘する。

「話の腰を折ってしまって申し訳ないんですけど、ルードヴィッヒはあなたの秘密のこと、知っているんですの？」

シュトリナだけならばまだしも、ベルはリンシャにまで自分の秘密を話したらしい。

いくらベルの口が軽いというか、自分の孫娘にしては、やたらと油断しがちな能天気で、割と適当なことが多いとしても……そうそう簡単にあの秘密を話していいと思っているとは考えづらい。いくらベルであっても……。

「……あの、ミーアお姉さま、今、なんだか失礼なこと、考えてませんでしたか？」

ちょっぴり頬を膨らませるベルに、ミーアはおほほっと笑いを返した。

「いいえまったくぜんぜん。そのような事実はまるでございませんわ本当ですわ」

早口に言って、誤魔化すようにペラペラと手を振ってから、

「まぁ、ともかく、その辺りのことはどうなっておりますの？」

「うう、いまいち納得いきませんが、納得したことにします。ええと、そうですね。そこからですよね」

ベルは、うんうん、と腕組みしながら、

「実は、ボクが過去に来るということは、ミーアお姉さまの仲間のみなさんは、みんな知っているんです。つまり、ボクがいた未来はこのボク、『ミーアベルが未来から過去に来たことが周知されていること』が前提となっている世界なんです」

「……うぅん？　はて……？」

と首を傾げるミーアに、ベルは指を振り振り、偉そうに説明を続ける。

「だから、未来の世界で、ボクの秘密を知っている人がたくさんいて、その人たちには、今のボクが秘密を話してもいいということになってるんです。なぜなら、ボクのいた世界では、〝そういうこと〟になっているからです」

「ええと、つまりベルの世界で、過去のベルから秘密を聞いたことがある人には、今、ベルが教えても未来は変わらないと、そういうことですわね？」

「むしろ、教えないとちょっぴり未来が変わってしまうかもしれません」

そうして、深々と頷くベルに、ミーアは、懸命に頭を働かせる。

ベルが言っているのは要するに、自分が来た未来というのは、自分が過去に行きいろいろと行動す

ることを前提とした未来であるということだ。

――な、なんだか、ぐるぐる回っているような感じがしますけれど……うん、まぁ、そういうことにしておいて……。

なにがどうなって、そうなるのかはよくわからないが、とりあえず、そういうことにしておく。それが大事なのだ。

「そして、それは、ボクがある年齢に達したら過去に飛ばされるということが、あらかじめ認識されて、準備された世界でもあります」

「ああ、そうなんですのね。では、未来でなにかトラブルがあったから、過去に逃げてきたということではありませんのね？」

そう問うと、ベルは苦笑いを浮かべた。

「そうなんです。残念ながら。そんな便利な方法があるなら、ボクもあの弓で射られる前に行きたいですけど……。あれ、すごく怖かったんですよ？」

ベルは首をさすりながら苦笑いだ。ミーアもついつい想像してしまい、鳥肌を立ててしまう。首に矢が刺さったまま、しばらく意識があるというのは、なんとも恐ろしい経験だろう。

痛いのが嫌いなミーアとしては想像しただけで寒気がする。

「あ、そういえば、ミーアお姉さま。未来の世界で『わたくしたちは、どうやら首に呪いでもかけられたみたいですわ』とか言ってましたけど、あれは、どういう意味だったのですか？」

小首を傾げるベルを見て、ミーアは、さらに一つの事実を察する。

――なるほど……。わたくしが、ミーアは、断頭台から復活したというあたりの話は、特に聞かされていないようですわね。

「ミーアお姉さま？」

きょとんと不思議そうな顔をしているベルに、ミーアは小さく首を振って見せた。

「なんでもありませんわ。きっと夢の話かなにかでしょう。ふわぁ、今も、なんだか、変な夢を見たところで……」

「夢……？」

その時、だった。

ベルの顔が、不意に真剣さを帯びた。

「どのような夢でしょうか？　お姉さま」

「え？　ああ、大した夢ではございませんわ。ただ、わたくしが軽く毒殺されかかる夢で……」

言った瞬間、グイッとベルが肩を掴んできた。

「大事なことです。ミーアお姉さま、その変な夢の話、聞かせてください」

第十三話　フロリストミーアのキノコチャレンジ！

ベルの圧力に屈して、ミーアは、つい先ほどの夢を語る羽目になった。

時折入るベルの質問にも答えつつ……。

――変ですわね。わたくしがベルから話を聞く場面だったはずなのですけど……。

などと、不満を抱きつつも、律義に話を進めていく。

「とまぁ、そんな感じなのですけど……いったい、その夢がなんだと言うのですの？」

「なるほど……」

ベルは何事か考え込むように腕組みしてから、おもむろに口を開いた。

「これは、ルードヴィッヒ先生の言っていたことなのですが、夢というのは、消えた時間線(せかい)の記憶なのだそうです。もちろん、すべての夢ではなく、ただの夢も混じっているようなのですが、時折、他の時間線の記憶が……」

「………………はぇ？」

いきなり始まった、ちょっぴりアレな話に、ミーア、思わず目をまん丸くする。

それを見たベルは……、

「ああ。さすがにミーアお姉さまでも突然すぎて困りますよね。ええと、そうですね……」

うーん、っと唸ってから、きょろきょろと部屋の中を見回した。

「あの、ミーアお姉さま、つかぬことをお聞きしますが、弦楽器など嗜まれたりは……？」

「いいえ、あいにくと」

「ですよね……。では……あっ！　そうです。それじゃあ、ミーアお姉さま、これから一緒にお風呂にいきませんか？」

ぽんっと手を打って、そんなことを言い出した。

セントノエル学園女子寮の大浴場は、ミーアのお馴染みのスポットである。

ミーアはお風呂が好きなのだ。どれぐらい好きかと言えば、キノコやケーキに並ぶぐらい、と言えば、お察しいただけるだろうか。

「あら？　もしかすると、キノコをお風呂に浮かべたら最高なのではないかしら!?」

などと思い付き、やってみようとしたところ、ラフィーナに割と本気（ガチ）めに怒られる、ということがあったが……ともかく、気持ちいいお風呂に入るためにはトライ&エラーを欠かさない、風呂のスペシャリスト、フロリストミーアなのである。

脱衣所に入ると、ちょうどお風呂から戻ってきたアンヌとパトリシアの姿があった。

椅子にちょこんと座り、丁寧に髪を拭いてもらっているパトリシア。使用人にお風呂の手伝いをしてもらうのは、貴族の令嬢としては当然のことだが……。

その澄ました表情とは裏腹に、小さな手が落ちつかなげに、もじもじしているのを、ミーアは見つけた。

――ふむ……貴族の令嬢らしく振る舞っておりますけど、ちょっぴり落ちつかない感じが現れておりますわね。やはり、蛇がなりすましているのですわね。

「あっ、ミーアさま……っ！」

っと、ミーアたちのほうに目を向けたアンヌが、ぽかーん、っと口を開けた。

その視線の先、立っていたのはベルだった。

――ああ、そうでしたわね。そういえば、アンヌにはまだベルのことを教えておりませんでしたわ。

ミーア、思わず頭を抱える。

「えー、ええと、アンヌ。ベルのことは後で説明しますけど、まぁ、いろいろあって帰ってきたんですの」

「かっ、帰って……？　で、でも……」

アンヌは一瞬、首を傾げかけたものの、すぐにぶんぶんっと首を振り、

「いえ。わかりました。ミーアさまが、そうおっしゃるなら……。あっ！　でも、シュトリナさまには……」

「ええ。リーナさんにはすでにお話ししておりますわ。それとリンシャさんにも挨拶は済ませてきた……のですわよね？」

「はい。アンヌかあさ……、じゃない。アンヌさん、また、よろしくお願いします」

ぺこりんっと頭を下げるベルに、アンヌは優しい笑みを浮かべて、

「こちらこそ、よろしくお願いします。ベルさま。またお会いできてとても嬉しいです」

静かに頭を下げた。

――ふぅ、納得してもらえたみたいでよかったですわ。しかし、ベルのあの時のことを知っている方には、早めにお知らせしておかないといけませんわね……。

と、なにげなく、パトリシアに目をやったところで、

「あら、あなた、それは……」

ふと、ミーアはそれを見つける。

パトリシアの細い首筋、綺麗に浮かび上がった鎖骨の下あたりに見えた小さな痣……白い肌に浮かび上がるその三日月形の痣は……。

――パトリシアお祖母さまにも同じ位置に三日月形の痣があったと聞きますけど……こんなところ

まで同じにするとは、なかなかに芸が細かいですわね。

思わず唸りつつ、ミーアは尋ねる。

「その痣、痛くありませんでしたの?」

わざと痣を付けたというなら、なんだか、痛そうなことをされたんだろうなぁ、と顔をしかめるミーアだったが、パトリシアはきょとん、と首を傾げてから、

「平気。生まれた時からあるから」

「ふむ……」

ミーアはじっとパトリシアを見つめる。

——ということは、生まれつき、そこに痣がある子どもを探してきたか、はたまた、この子が嘘を言っているのか。あるいは……。

「ミーアお姉さま?」

ふと見ると、服を脱ぎ、準備万端整ったベルの姿があった。実に早い。

「ああ。今、行きますわ。それじゃあ、アンヌ、すまないのだけど、その子のこと、もう少しだけ面倒を見ていてもらえるかしら?」

「はい。かしこまりました」

アンヌと別れ、ミーアは手早く服を脱ぐと、大浴場へ。

ささっと髪を洗い、体を洗って汗を流す。

バルバラの襲撃といい、その後の夢といい、嫌な汗だったからだろう。お湯でざばーっと洗い流す

と、すっきり爽快。頭の中がクリーンになる。

それから、浴槽のお湯に浸かり、おーふっと滋味深い吐息を漏らす。ぬるま湯もいいが、肌がピリピリするぐらい熱い湯もいい。お湯に香草が浮かんでいてもいいが、綺麗に澄み渡ったお湯もまたいい。

要するに、どんな風呂にでも楽しみ方を見出だすミーアなのであった。

――ふふふ、しかし、難しい話はお風呂でしたいなんて、ベルも血は争えませんわね。

などと思いつつ、ベルのほうに目を向ける。

遅れて、ベルもやってくる。浴槽に手を入れて、あつっと可愛らしい悲鳴を上げる。

滋味深い吐息をこぼすには、まだまだ若さが邪魔をするベルである。ミーアのようにはいかないのだ。

ベルは、何度かお湯を体にかけてから、浴槽のふちに座り、足だけをお湯につけた。

「それで、ベル、ここで何を……？」

「ああ、はい。ええと、浴槽の底の、石と石の繋ぎ目にある線が見えますか？」

「ええ、見えますけれど……」

セントノエル学園の浴槽は、貴重な白理石を敷き詰めて作った豪勢なものだ。その接合部には、ベルが言う通り整然としたラインが見える。

「あの一本を歴史の流れと考えてください」

「……はて、意味がよく……」

っと、ミーアの言葉を遮って、ベルが立ち上がる。

「そして、ボクがミーアお姉さまだとお考えください」

言うが早いか、ベルは、ぴょんこっとお湯に飛び込んだ。

とぷんっとお湯が跳ね、生まれた波紋によって、浴槽の底の線が揺らぐ。

ぷはっと小さく息を吐き、ベルがお湯から顔を出した。

「見てましたか？　ミーアお姉さま。つまり、こういうことなんです」

ぷはっとお湯から顔を出したベルに、ミーアは思わず顔をしかめる。

「……知りませんわよ。ベル。そんなはしたないことをしてラフィーナさまに怒られても」

「えへへ、大丈夫です。必要なことだから、このぐらいは許してもらえます。ボク、とっても仲良しなんですよ、ラフィーナおばさまと」

「ラフィーナ……おばさま？」

ミーア、ベルの無邪気な笑顔に戦慄を覚える。

まぁ、ベルが、ラフィーナと仲良くしているのはよいことなのだろうが……。

「………知りませんわよ？　ベル、ラフィーナさまが司教帝になっちゃっても」

なんだか、未来のヤバいルートをベルが開いてしまわないか、心配になってしまうミーアである。

そんなミーアのことなど気にせずに、ベルは指を振り振り、続ける。

「ルードヴィッヒ先生曰く、なのですが……」

第十四話　宰相ルードヴィッヒの時間揺らぎ論

宰相ルードヴィッヒは、長く女帝ミーアに仕えた重臣中の重臣である。

ミーアの右腕として、それこそ、八面六臂の活躍を果たした彼であったが、ベルが生まれる頃には、徐々に仕事も減り、時間に余裕ができてきた。

それほどに、女帝ミーアを頂点とした集団の改革が劇的で強固であったのだ。

すでに、ティアムーン帝国は、ルードヴィッヒが忙しくせずとも問題なく動く、そのような体制が築かれていたのだ。

そうして、やや暇になり、ちょっぴーり寂しげなルードヴィッヒは、ある日、ミーアから呼び出しを受ける。そこで、こんなお願いをされることになった。

「ミーアベルが過去に行った仕組みを、調べてはいただけないかしら？」

……なかなかに、無茶なお願いだった。

「ミーアさまにわからぬことが私にわかるとは思いませんが……」

そう苦笑いをするルードヴィッヒに、ミーアはあくまでも真剣な顔で言った。

「お願いいたしますわ、ルードヴィッヒ。いずれ過去へと赴かなければならないあの子に、少しでも必要な情報を教えておきたいの」

その真摯な願いに、ルードヴィッヒは姿勢を正す。

「かしこまりました。しかし、先にお断りしておきますが、出せるとしても、あくまでも仮説未満の個人的な推論です。ベルさまに起きたことは、あまりに異常。過去にも例を見ないことであるでしょうし、恐らくは人知の及ぶところではないのでしょうから……」

そのように断りを入れてから、ルードヴィッヒは早速、考察に入った。

初めにしたのは、過去の文献を漁ることだった。

そのように不可思議な出来事が、本当に過去に起きていないか？　それに類する伝承はないか？　そうした時間に関して研究した文献はないか？

今や、帝国一の研究機関となった、聖ミーア学園へと赴き、調べを進めていく。

いずれ、ベルに記憶が戻ることはわかっていた。

二度目に出現したベルは、一度目に過去にやってきた時の記憶を持っていたからだ。だから、記憶が戻った後のベルに話を聞くのが、原因の解明には一番だろう。

しかし、それではっきりとしたことがわかるとは限らない。

それに、ベルの記憶が戻ってから過去に飛ばされるまで、どれほどの時間があるかもわからない。だからこそ、事前にやれることはしっかりとやっておく。

そうして、調べて、調べて……でも、成果はなし。

「ということは、やはりあれはベルさまだけに起きた奇跡と考えるべきか」

そう結論付けたところで、ベルの記憶が戻ったとの報告が入る。

早速、ベルからの聞き取りをしたルードヴィッヒは、思わず唸ってしまった。

「帝国崩壊の未来……消えた未来から……そうだ……。恐らくは、そこにヒントがある。ミーアベル姫殿下は過去に二回行っている。けれど、最初に過去に来た姫殿下は、今の姫殿下ではない。別の未来からやってきて、そして、あの廃城で命を落とされた……。そして、その彼女がやってきた別の未来というのも、ミーアさまが善政を敷くことで消えている」

ルードヴィッヒは何気なく、線を引く。それは破滅の未来へと至る線と、今現在の繁栄した帝国へと至る線だ。

そして、片方の線から、矢印を過去へと引き、そこでバツをつける。

「ミーアベル姫殿下が過去で命を落とされて、それにより、この破滅の線は完全に消えたのだろうが……待てよ？」

不意に、ルードヴィッヒの脳裏に、ある風景が甦ってくる。

それは、帝都の中央広場に建てられた断頭台の光景。

シオン王子の前に、罪人となったミーアの助命を願いに行った……そんな記憶の断片。

ただの夢だと切り捨てた、不吉な夢だと忘れようとした……記憶？

「まさか、夢とは……消えた時間軸の記憶なのではないか？」

そう気付くと、見えてくるものがあった。

「消えた時間軸での、自分の記憶は、残り続けて、夢という形で統合される？」

ふと、自身の部屋にある弦楽器（リュート）が目に入る。それは、騎馬王国、林（リン）族の長よりプレゼントされたもの。

今でも時折、弾いてみるそれを、ルードヴィッヒは手に取った。そうして、その弦の一本を指で引っ張って……弾く。

弦は上下に揺れ、何本もの線があるように錯覚を起こさせる。

「時間の線というのも……これなのではないか？」

揺れ、揺らぎ、何本もに並列して存在し、いずれは一本に収束する。一つの方向へと収束していく。

「いや、だが……それはそれとして、これではベル姫殿下が過去に行く理由にはならない。それに、この時間線の揺らぎというのも、いったいなぜ起きたのか、これがわからない」

ベルが過去へと飛んだこと、それにより、時間線に揺らぎが起きたということも考えられなくはなかったが……。

「それでは、帝国崩壊の記憶の説明がつかない。これは、ベルさまが来るよりももっと前の揺らぎのはずだ」

夢の秘密に気付いてから、ルードヴィッヒはできる限り、夢を日記に記すようになった。毎日の日記とともに、夢をも記録しておく。これにより、もし仮に、『今いる世界』が揺らぎと収束の結果、『夢』と化してしまってもいいように、どちらの記録も取っておくのだ。

そのうち、彼は自分の中に強烈に刻まれた記憶があることを思い出していく。

それは、かつて皇女であったミーアと、傾きかけた帝国を救うため、懸命に走り回った記憶。その中にいるミーアは実にポンコツで、どうしようもない皇女なのだが……。

「記憶の混濁か……。なにかの記憶と交じりあっているのだろうな。我ながら、もう若くないな。ははは」

などと苦笑いのルードヴィッヒである。

……それはともかく、彼はこの記憶も、ただの夢ではなく、消えた時間線の記憶であると考える。

「となれば……揺らぎの発生地点、時間線の分岐の時期が、ベルさまの出現と合わない。ならば逆に、この『揺らぎ』こそが、ベルさまが過去へと飛ばされる原因なのではないか？」

そうしてルードヴィッヒは、ヒントを求めて過去の状況を調べ始めた。

己の師であるガルヴが残した当時の大陸の情勢、そこへと至るまでの各国の歴史の流れ。そういったものを詳しく、事細かに調べていった結果……ルードヴィッヒは、ある一つの違和感を覚えるようになった。

それは……。

「ミーアさまのように、偉大な、優れた人物が、歴史のこの時点に現れることはあり得ないのではないか？」

という違和感だった。

同時に彼は、こうも思う。

「もしや、ミーアさまは、本当に天が遣わした救世主なのではあるまいか？」

などと……。

お湯に浸かりながら、ベルの話を、のんびーりと聞いていたミーアは、ちょっぴりのぼせてきたので、一度、浴槽から上がり、冷たい水を頭にかけて……。

「ルードヴィッヒ……かなりキテますわね……」

思わずつぶやいてしまう。

「なんだか、こう……今よりだいぶ……。それとも、これが年を取るということなのかしら？」

などと、寂しく感じてしまったりもして……。

この時、ミーアは完全に侮っていた。

帝国の叡智の頭脳、ルードヴィッヒ・ヒューイット。彼の頭がひねり出した妄想ともいえる推論、その進む先がどこに行きつくのか……。

まさか、それが自身の真実をかすめることになろうとは、考えてもいなかったのだ。

かくて、祖母と孫との語らい合いは続く。

水をかぶり、少々頭を冷やしたミーアは、浴槽のふちに腰かけて、尋ねる。

「それで、ベル、あなたが飛び込んだことと、わたくしとがどういう関係がございますの？」

「はい。ええと、話を戻すと……」

ベルは、ちょっぴり汗の浮いた顔をお湯で洗ってから、話を再開する。

未来の、老境を迎えたルードヴィッヒが辿り着いた、時間にまつわる推論の話を。


「ミーアさまは、天が遣わした救世主なのではないか？」

その思いは、ルードヴィッヒがミーアと出会った当初から、抱いていたものだった。

最初は、単なる直感に過ぎないものだった。けれど、それは今、ルードヴィッヒの中で、合理的な確信に変わりつつあった……変わってしまいつつあった！

「歴史の流れとは、因果の繋がりだ」

確認するように、ルードヴィッヒは言う。

例えば国は、ある日、突然に滅びたりはしない。そこに至るまでの原因があり、結果としての滅びがある。

例えば、王は、ある日突然に堕落したりはしない。必ず、堕落へと至る要因があり、結果として堕落し、腐敗した政治を行うようになるのだ。

何事にも原因があり結果がある。そして、生み出された『結果』は、次の結果の『原因』となる。

因果は連綿と連なって、一つの流れを生み出す。

それが歴史。

それは、大地の実りにも似ている。蒔いた種から出る実りは決まっていて、その実からできる種も決まっていて……途中で多少の変化はあれど、大きな流れは変わらない。

麦を蒔けば、実るのは麦だ。そして、その実りを大地に蒔けば、やはり収穫されるものは麦なのだ。

人の一生も、国の未来も、すべてはそれまでの因果に縛られ、ある程度の方向が決まっているものなのだ。

けれど……。

「ミーアさまが、ミーアさまのようなお考えの人が……この時期の帝国に生まれるはずがない」

帝国の叡智が、この時の帝国に生まれるというのは、考えづらいことだった。

そもそも、教育的にいって、それはあり得ないことだ。

彼女は、あの時点でいくつだったか？　自身の前に現れた時には、確か齢十一か二であったはず。

そのような子どもが、帝国の運命を左右するような改革を始める？　あり得ない。

「いや、仮にミーアさまが不世出の天才であったとしても……その後の歩みはこのようにはならなかったはずだ」

仮に、天才的な知恵を持つ皇女が生まれ出たとして……この帝室で、ミーアのような倫理観が育まれるものだろうか？　知恵があったとしても、それが善い方向に用いられるとは限らない。それは、ガルヴも言っていたことだ。

邪悪なことにだとて、知恵は用いることができる。そして、当時の帝国の姫であれば、その知恵は当然、善い方向には用いられないはずで……。

「だが、ミーアさまは……違っていた。慈愛の心をもって、知恵を用いていたではないか」

貧民街、新月地区での出来事が、鮮やかに目の前に甦る。

なんの躊躇もなく薄汚れた子どもに歩み寄った彼女は、それを抱き起こしてみせたのだ。

あのような慈悲の心が、ティアムーンの帝室で育まれるとは到底思えない。彼女の教育を担う者たちの中にも、残念ながら、彼女に『人の道』を教える者はいなかったはずだ。

セントノエルに行った後ならばともかく、あの時の帝室にミーアのような皇女が出現することは、歴史の因果から言ってあり得ない。

「ミーアさまのような、真の叡智の持ち主が、帝国の歴史上のこの位置に唐突に出現する？　あり得ないことだ。ミーアさまは、歴史の因果から逸脱している」

そのような確信に至る、もう一つの理由があった。それは、彼女がもたらした変化だ。

その当時の各国の状況とその後に起こりかけた大飢饉のこと。かつて想像した、幻の大飢饉のこと……。

調べれば調べるほど、ルードヴィッヒは思う。

世界は確かに、この時、滅びへと向かっていた、と。

「だが……ここで流れが変わっている……」

明らかにミーアの周辺から、世界の、歴史の流れが切り替わっている。

その影響はさながら波のように、大陸の各国へと広がっていく。

歴史の因果から切り離された流れが、ミーアから生み出されている。そのようにルードヴィッヒの目には映った。

「かつて、かの混沌の蛇の巫女姫、ヴァレンティナ・レムノは、ミーアさまを称して、逸脱した存在と言ったというが……なるほど、それは、言い得て妙だ」

確かに、ミーアは逸脱した存在。そして、歴史の因果から逸脱しているがゆえに……。

「時間線を揺らすほどの衝撃を起こした」

因果から外れた彼女の行動が歴史に影響を及ぼし、その流れすら変えてしまった。

「ミーアさまは……天が、帝国に遣わした救世主なのだ」

その声は、確固たる信念に裏打ちされたものとなっていた。

「……ということなんです」

ベルはドヤァッという顔で、言った。

話を黙って聞いていたミーアは……浴槽に浸かって、ホカホカ温まっているはずのミーアは……ちょっぴり背中に冷たいものを感じていた。

なぜなら、ルードヴィッヒの話が、ミーアには、ひどく実感できてしまったからだ。

彼の言う『因果からの逸脱』それは、すなわち……。

――それって、わたくしが、断頭台にかけられる記憶を持っているからなんじゃ……?

ミーアの行動の原因は、消えてしまった断頭台の未来に由来するもの。それゆえ、そこまでの歴史の流れからは、確かに逸脱したものに見えたのだろうが……。

――ルードヴィッヒもあの世界の記憶を持っていたのだとしたら、バレてしまうところでしたわね……わたくしが本当は、ちょっとだけアレなところがあるって……バレてしまうところでしたわ。危ないですわ！

とりあえず、自らの真実がバレていないことに、ホッとため息のミーアである。まぁ、実際に、彼女のポンコツぶりがバレていないかは、微妙なところであるのだが……。

「それはそれとして、では肝心な、あなたがこの世界にやってきた理由はなんなんですの？」

「はい。それはですね……」

ベルは、記憶を整理するように小首を傾げてから、話し始めた。

それは、ベルが過去へと飛ばされる、少し前の出来事だった。

その日、ベルとルードヴィッヒは、白月宮殿の中庭にある池のそばで話をしていた。

「ルードヴィッヒ先生、ボクはどうして、過去の世界に行ったのでしょうか？」

その問いかけに対して、ルードヴィッヒはしばし黙ってから……。

「そう、ですね。ここから先は推測とも呼べないものなのですが……」

ルードヴィッヒは、一瞬黙ってから、池の中にある石を取り上げた。

「この石をミーアさまとしましょう」

「その石が……？」

不思議そうに首を傾げるベルに、ルードヴィッヒは頷いてみせて、

「とても重く、大きな石です。水面に投げ込めば、ほら、この通り」

ルードヴィッヒはそう言うと、石を池に向かって投げた。

静かな水面に波紋が広がっていき、水底が揺らぐ。

「あれが、ミーアさまのなされたことです。因果によって決まっていた時間線に揺らぎをもたらした。そして、波にご注目ください」

ルードヴィッヒが指さす先、反対側に到達した波が、戻ってくるのが見えた。

「ミーアさまが起こした波、それが時間線の果てまで行きつき、跳ね返ってきた。その波によって、ベルさまが過去へと流されたのではないか？　というのが、一応の私の推測です」

そこまで言って、ルードヴィッヒは眉間に皺を寄せる。

「ただし、これはあくまでも私個人の考え。しかも、私自身、いまいちしっくりきていない部分もございます。だから、どうか、あまり、真に受けないようにお願いいたします」

「……ってルードヴィッヒ先生、言ってました。ルードヴィッヒ先生にしては、ちょっとだけ歯切れが悪いように感じたんですけど……」

「なるほど……。だから、ベルがやってきたのは、わたくしのせい、と……」

浴槽のふちに座り、ぽちゃぽちゃお湯を揺らしながら、ミーアは唸った。

時間線に与えた影響、それが波のように未来へと広がっていき、どこかで跳ね返ってきて……その波に押されるようにしてベルがこちらの世界にやってきた……なるほど、それは、納得がいかなくもない理屈で……。

「いえ、そもそも、このような理解不能な状況を説明しようというのが無茶なこと。それなりに納得のいく推論を考え出しただけでも大したものですわね」

感心しつつ、しかし……とミーアはベルの顔を見た。

――弦楽器がないからお風呂に、というのはまぁいいとして、あの偉そうにやった説明は全部ルードヴィッヒの説明をパクったというわけですわね……。丸パクをして、あんなふうに恥ずかしげもなく、偉そうな顔ができるなんて大した胆力ですわ。

ん？　と首を傾げるベルに、ミーアは思わずため息を吐いた。

――まったく、誰に似たのかしら……？

ふと、視線を落とすと、お湯にはミーアの顔が映っていた。

まぁ、だからどうしたということではないのだが……。

「あ、でも、ルードヴィッヒ先生は、自分の説より、むしろラフィーナおばさまの説のほうがしっくりくるって言って……」

「ベル……ちょっと」

ミーア、手を上げて、ベルを制する。

「なんでしょうか？　ミーアおば、お姉さま」

「いいですこと？　ベル。わたくしを、ミーアお祖母さまと言い間違えるのは、まぁいいですわ。それに、アンヌやエリスを母さま、というのは、まぁ当人たちも嬉しいかもしれませんし、よいとしましょう。けれど……」

ここで、ミーアは一度言葉を切り、

「ラフィーナおばさま……これはダメですわ。なんというか、仮にあなたやラフィーナさまがよくっても、わたくしの寿命が縮んでしまいますわ」

「そうなんですか？　でも……」

「ラフィーナさま……。いいですわね？　ベル、ここにいる間だけでなく、未来に帰ったとしても、きちんとラフィーナさまと呼ぶようにしなさい。いいですわね？」

念を押すミーアに、ベルは小さく頷いた。

「わかりました。それでええと、ラフィーナさまの説なのですが……」

「ああ、そうでしたわね。何と言っておりますの？」

「はい。ラフィーナ……さまは、自信満々にこう言っていました」

ベルはグイッと胸を張り、

「神が、ミーアお祖母さまの偉業をボクに見せるために、過去に飛ばしたんだって……」

ベルはキラキラした瞳で言った。

「ミーアお祖母さまのような素晴らしい人は、世界で一人しかいない。まさに選ばれた人だから、その手腕を直接、ボクが学ぶために、過去に飛ばしたんじゃないか、って、そう言うんです。ルードヴィッヒ先生も納得の顔でした」

「あ、ああ、なるほど……」

ミーアは頷く。

その説は、なるほど、確かにわかりやすかった。

意志と力を持った存在が、目的をもってミーアを時間移動をさせた、と。

それは、どのようにしてこの現象が起きたのか？　という見方ではない。

なんのために、その現象が起きたのか？　という考え方だった。

「ということは、ベルが過去に飛ばされたのは自然現象ではなく、意味のあることというわけですわね。しかし……ではあの子は……」

「あの子……？　ああ、あの時の？」

ミーアは頷き、続ける。

「なにか、蛇が姑息なことをしようとしてきたのだと思いましたけれど、ベルと同じような光をまとって現れたところが気になりますわ。あの光が時間を移動する時に生じるものだとするならば、彼女もまた、時を超えたどこかからやってきたと考えるべきではないかしら？　それに、夢を見たタイミングも……」

あつぅい風呂の中という地形補正が、スキル《お風呂大好き》持ちのミーアの知恵を１２０％底上げしていた！

お風呂探偵ミーアの推理が冴え渡る。

「あの夢が、もしも、ルードヴィッヒが言う〝揺らぎ〟によって生まれたものだとするならば、〝揺らぎ〟は、あの瞬間にも起きたと考えるべきかしら？　ラフィーナさまにパトリシアを預けようと思ったことで……？」

パトリシアの扱い方によって、今が揺らぐ……。そのことに、ミーアは戦慄し、同時に自らの内にあった違和感を解消するに至る。

蛇が、時間移動の秘密を知り、ミーアの祖母に似た少女を送り込んでくる？　そんな面倒なことをするはずがないではないか。

――やっぱりあの子は、パトリシアお祖母さまご本人と考えておくべきですわね。

ルードヴィッヒの説明では、過去から未来へやってくることの説明はされていないものの、そう考えておいたほうがよさそうな気がした。

「あ、ルードヴィッヒ先生は、こんなことも言ってました。もしかすると、揺らぎによって生じた別の時間線というのは、今も同時に存在しているんじゃないか、って」

「どういう意味ですの？」

「ボクもよくはわからないんですけど、どの方向に歴史が収束していくか、それは時間線の濃い薄いが関係するんじゃないかって。時間線ごとに濃さがあって、いずれは濃いほうに収束していき、歴史の形が確定する。そして、薄いほうは夢に変わってしまうんじゃないかって。だから、なにかの行動で夢の側が濃くなってしまうと……」

「夢と、現実とが入れ替わる可能性もあるということですの？」

「あるかもしれないし、ないかもしれない。仮にそうだとしても、ボクたちは気付かないんだろうって、言ってました」

それを聞いたミーアは、思わず、ひぃいいっ！　と悲鳴を上げるのだった。

第十五話　襲来っ！

セントノエル学園女子寮の廊下を、少女が歩いていく。

軽やかな足取り、ほのかに吹いた風にしっとりと湿った髪がかすかに揺れる。お風呂ですっかり汚れを落としたからだろうか、艶やかな髪は、揺れるたびにほのかに輝いて見えた。

すべすべとした頬は、ほんのりと朱色に染まり、ちょっぴり色っぽく……どこか視点の定まらない、ぽやっとした瞳は、少女に浮世離れした魅力を付け加えているかのようだった。

小さく愛らしい唇を薄く開き、ふぅっと悩ましげなため息を吐いた少女、それは――なんとミーアであった！

そうなのだ、これはミーアの描写なのである。

頭から、モクモク湯気を出しつつ、うんうん悩ましげな唸り声を上げる、ミーアの描写なのである。

大陸を代表する作家、エリス・リトシュタイン女史のミーア女帝伝風の、ピリリと誇張の利いた描写でミーアを書くと、このようになるのである。

これが、後の世の叙述トリックのもとになったとかならなかったとかいう噂があるが、それはともかく……。まぁ、そんな湯上がりヒロインの風格を身にまとったミーアは、今まさに思考に没頭していた。

「あの子は、やはりパトリシアお祖母さまと考えるべきなのでしょうね」

「でも……そんなこと、ルードヴィッヒ先生は一言も……。本当にそんなこと、あり得るんでしょうか？」

首を傾げるベルに、ミーアは指を振り振り、偉そうに言う。

「いいですこと、ベル。あなたも、皇女ならばよく覚えておくとよいですわ。パトリシアがお祖母さまであると考えて、実際には違った場合と、パトリシアお祖母さまだと思っていなくて、実際にはお祖母さまであった場合……。想定と実際とが違った場合、どちらの被害が大きいのか考えるのがとても大切ですわ」

先ほどパトリシアに「ミーア先生」と呼ばれたからだろうか。すっかり先生モードになったミーアは、滔々（とうとう）と小心者の哲学（チキンハートフィロソフィー）を語る。

「最悪に備えていて、最悪が来ない。それならば、自身の臆病（おくびょう）を笑うことができるでしょう。けれど、備えなく最悪が訪れた時にはとても笑えないものですわ」

　飢饉に備えて、食材が余ったら、祭りを開いてみんなで食っちまおうぜ！　というのがミーアの基本戦略である。それをきっちり孫娘に叩き込む。

「なるほど……最悪に備える……」

「そうですわ。食の備えあれば憂胃（うれい）なしとも言いますし……まぁ、もっとも転んだ先にキノコということわざもございますから、実際には臨機応変さが求められますけれど……」

　それから、腕組みしつつ続ける。

「しかし、それよりなにより、蛇の教育を受けた子どもと出会ったのであれば、みすみす何もせずに他者に預けるだけというのも寝覚めが悪いですわ。気分よく美味しい食事を食べるためにも、ここは、わたくしがきっちりと先生として教育を施してあげて……」

　などと鼻息荒く語るミーア。「ミーア先生」と呼ばれるのが、思いのほか気持ちよかったミーアなのであった。

「それが、ミーアお祖母さまのやり方……」

　ベルは感心した様子でつぶやく。

「ええ。そうですわ。大事なのはきちんと備えることと、物量ですわ。だから、ラフィーナさまへの説明も、行き当たりばったりでなどということは言いませんわ。なんと説明するか、きちんと〝言い訳〟を考えてから行きますわよ。あなたのことも含めて、考えることがたくさんありますし……」

っと、そこでベルが「はいっ！」と元気よく手を挙げた。

「ミーアお祖母さま、質問があります」

「あら、なにかしら？　なにを聞いていただいても構いませんわよ？」

上機嫌で笑うミーアに、ベルは、生真面目な顔で言った。

「準備が整う前に相手が襲来してきたら、どうなるんでしょう？」

「……はぇ？」

ベルが指さす先、ミーアの部屋の前には、ちょうど今来たと思しき、ラフィーナが立っていた。ベルのほうを見て、ポカン、と口を開けたラフィーナだったが、すぐにミーアに視線を戻した。

――ぐぬ……こ、これは困りましたわ。どう説明したものかしら？　ベルのことは、まぁ、最悪、ベルに自分で説明させるとしても、パトリシアのことをどう説明したものかしら？　蛇の教育を受けているだけに、下手に説明すれば、わたくしにも危険が及びそうな気がしますわね。うぬぬ……。

フロリスト・ミーアの頭から、再び湯けむりがモクモク吹き出しそうになったところで……。

「ミーアさん……ごめんなさい」

ラフィーナが深々と頭を下げた。


ミーアはとりあえず、ラフィーナの部屋へと移動することにする。

「ミーアお姉さま、ボクは……」

「ああ、そうですわね……」

刹那(せつな)の黙考(もっこう)。

先ほどの話を聞く限り、ベルは、未来の世界でルードヴィッヒから、きちんと教えを受けているらしい。その意味を理解しているのかはわからないが、少なくとも、きちんと記憶するぐらいには、真面目に話を聞いてきたようだ。

ゆえに、連れていけば、それなりに役に立つ……かもしれないが……。

「いいえ、ベルはアンヌと一緒に、パトリシアの面倒を見ていてもらえるかしら？」

ミーア、決断する。

正直なところ、ベルに自分自身のことを説明させたほうが楽だと思わないでもないのだが……。

——あるいは、上手く説明するかもしれませんけれど……この子は、なにかやらかす気がいたしますわ。こう、具体的には……説明してる最中に『ラフィーナおばさま』とか口走ったり……。

それよりは、むしろ、自分がまとめて説明したほうが確実だろう、とミーアは判断する。

幸い、なんだか、ラフィーナは、すまなそうな顔をしている。多少のことならば、押し切れるだろう、との計算もあった。

——すべきことの整理をする必要がありますわね……。まず、ベルのことの説明と、もう一度、学園に通えるようにお願いして。それ以上に難しいのはパトリシアの説明ですわね。わたくしの祖母であると、素直に話すべきか……。うむ……。甘いものが欲しいですわ。明らかに、甘くて美味しいものが不足しておりますわ。湖の状態がおさまったら、必ず、あまぁいものを食べてやりますわ！　絶対ですわ！

などと息巻くミーアが、ちょっぴり嬉しい誤算と直面するのは、もう少し後のことであった。

第十六話　ミーアとラフィーナ、甘い会話をする

——むっ！　この香りはっ！

ラフィーナの部屋へと入った瞬間、ミーアの鼻がひくひくっと動いた。

優秀なるミーアの嗅覚が捉えたのは、芳(かぐわ)しい紅茶の香りと、そこに混じったほのかに甘い香り……。

——この香りはクッキーかなにか……焼き菓子ですわね⁉

などと、キョロキョロすれば、テーブルの上にはすでにお茶とお菓子の準備がしてあった。

「ようこそ、ミーア姫殿下」

準備を進めていたのは、ラフィーナのメイドとして、セントノエルで働きながら学業に勤しむリンシャだった。

いつもは、ちょっぴり仏頂面(ぶっちょうづら)が多いリンシャだったが、今日はなんだか、上機嫌にニコニコしていて……でも。

「……あれ？　あの、ベルさまは？」

「ああ、ベルなら部屋で留守番にしましたわ」

そう聞いた途端、しょんぼりと、肩を落とした。

ミーアはテーブルの上に山のように積まれたクッキーと用意された紅茶の数を見て取って察する。

——ああ、なるほど。リンシャさん、張り切ってたんですわね。

どうやら、ベルが帰ってきたのが嬉しくって、ついつい奮発してしまったらしい。ミーアは苦笑いしつつ、

「リンシャさん、申し訳ないけれど、わたくしの部屋にベルとアンヌ、それに幼い女の子がいるので、このクッキーを少し持っていっていただけるかしら？」

「え？　でも……」

と、咄嗟にラフィーナのほうに顔を向けるリンシャ。ラフィーナはそんなリンシャに微笑ましげに目をやって、

「構わないわ。私も、ミーアさんと二人でお話ししたいと思っていたから。持っていってあげて」

そっと頷きながら言った。その反応が恥ずかしかったのか、リンシャは、わずかに頬を赤く染めて……。それから、手早くクッキーを取り分けると、パタパタ部屋を出ていってしまった。

――ふぅむ、しかし……リンシャさんが養育係をしてくれているなら、ベルも大丈夫と思っておりましたけれど……割と甘やかされているかもしれませんわね。あの感じではきっと、甘々に甘やかされて……ほぅ！

考え事をしつつ、目の前のクッキーを口に放り込んだ時……ミーアは思わず唸り声を上げた。

――このコク……控えめな甘味の中に隠されたまろやかな、豊かな味わい……。

噛み砕いたサクサクとした生地を舌の上で転がす。っと、口の中に広がったのは、素晴らしき風味。極上のミルクからしか生まれないその風味に、ミーアは記憶を刺激される。

それは、そう……あの懐かしき騎馬王国の草原の風景。草の上をのんびーりと歩く、美味しそうな羊と牛！

カッと瞳を見開いて、ミーアはラフィーナを見つめる。

「んっ？　どうかしたのかしら？　ミーアさん……」

視線の意味がわからないのか、小首を傾げるラフィーナに、ミーアは笑みを浮かべた。

「なるほど。ラフィーナさまも、なかなか……。隅に置けませんわね……」

「すっ、隅に……置けない？」

ぴくんっとラフィーナが震えるのを、ミーアは見逃さなかった。

――嵐の影響で欲しいものが手に入りにくいこの状況でも、まだ、こんなに美味しいものを残しておくなんて、大した備蓄魂（びちくだましい）ですわ。

と、感心しきりのミーアである。

ミーアは備蓄信奉者である。だから、自室にはそれなりにスイーツの蓄えがある。嵐のせいでジワジワと目減りしてきているが、それでも全く甘いものがなくなってしまうことはないのだ。

そんなミーアだから、このタイミングでこれほど高品質のクッキーを出してきたラフィーナに、深い共感を覚えてしまった。

――さては、ラフィーナさまも、相当お好きなのですわね……甘いものが。

先達のＦＮＹ（フニャ）リストとして、ついついラフィーナの二の腕をフニフニしたくなるが……さすがにそれは自重しておく。

なんとなく、キノコ風呂の比ではない勢いで怒られそうだし……。

「それにしても、実に濃厚なミルクの味。これは、間違いありませんわ。騎馬王国のミルクを使っておりますわね？」

馬龍（マーロン）が極上と言っていた、醍醐羊（サルピルシープ）のミルクを使っているに違いない。

「ふふふ、さすがですわね、ラフィーナさま。手が早いですわね」

ミーアの中にあるスイーツ好きの血が、ラフィーナを好敵手（ライバル）と認める。

甘いお菓子のヒントと出合えば、すぐにそれを仕入れようというその気高い甘味精神には、ミーアも感服を禁じ得ない。

「なっ……ぁっ！」

今度は、なぜだか、口をパクパクさせるラフィーナ。そんな彼女を尻目に、ミーアは、腕組みしつつ、うんうん、っと頷く。

――着々と騎馬王国と交易を進めているんですわね。その結果が、この美味しいミルクを生み出す羊……。これもきっと騎馬王国からの贈り物なのでしょうし、帝国も負けてはいられませんわ。もっと積極的に、騎馬王国との交流を深めていかなければ……。

と、そこでミーアは気付いた。なぜだろう、ラフィーナは顔を赤く染めていた。その瞳もちょっぴり涙目になっている。

「ちっ、ちち、違うのよ？　ミーアさん、誤解しないで。馬龍さんとはあくまでも、一緒に遠乗りに行ったりしてるだけだし？　そ、それも、もとはと言えばミーアさんと一緒に馬に乗りたくって習い始めただけで……」

「あら？　そうなんですのね。馬龍先輩に乗馬を習っている……。なるほど……」

ミーアは、まるで言い訳するように、恥ずかしそうに早口になるラフィーナに、温かな目を向けた。

――甘いものを心おきなく食べるために、乗馬に勤しんでいるわけですわね。ふふふ、それを誤魔化すために言い訳をするなんて、ラフィーナさまもなかなか可愛らしいところがございますわ。

　ＦＮＹリストの先達として、ミーアは貫禄の笑みを浮かべて、

「気持ちはよくわかりますわ。ラフィーナさま。わたくしも同じですから、そんなに言い訳しなくても平気ですわ。いいですわよね、遠乗り。とても素敵」

「だから！　違うって……言ってるのに。うう……」

　ぎゅうっとスカートの裾を握りしめ、恨みがましい目で見つめてくるお友だちが、今日はなんだか可愛く感じてしまうミーアである。

「あの、ちなみに……ミーアさんは、その……アベル王子と遠乗りに行く際には、どんな風にしているの？」

　乗馬の先達として、ミーアはちょっぴり偉そうに胸を張り……、

「ふぅむ、そうですわね。ランチを持っていくことが多いですわ。行った先で、ピクニックなどをするととても気持ち良いですし。そう、特に、わたくしが考案した馬パンが、アベルには大変に好評で……」

　などと、少々、アレなアドバイスをしてしまうのだが……。

　……後日のこと……。ミーアの言葉を真に受けたラフィーナが、馬パンでサンドイッチを作り、持っていった結果……馬龍のハートを深々と射抜いてしまうことになるのだが……。

　まぁ、それは別の話なのであった。

第十七話　ミーア姫、モクモク……せず！

さて、しばしの楽しい会話に興じた後、ラフィーナは、そっと瞳を閉じ、気持ちを落ちつけるように紅茶を一すすり。

それから、改めてミーアのほうを見つめてきて……。

「ミーアさん、改めて、バルバラさんのこと、本当にごめんなさい」

深々と頭を下げた。

「彼女の脱走を許したのみならず、このセントノエルにまで侵入されるなんて……。弁明の言葉もないわ」

「……ふぁ、あ……ええ。まぁ」

急に始まった真面目な会話に、ミーアは一瞬、答えに窮する。

……というか、声を出すのに微妙に失敗する。

なぜなら、ミーアは三枚目のクッキーを噛まずに、じっくり舌の上で溶かして、味と香りを楽しんでいたからだ！　嵐がやってきて数日、甘いものに飢えていたミーアにとって、そのクッキーは美味しすぎた。

ついつい真面目な会話の最中であっても、テイスティングしたくなるのは、仕方のないことだろう。

誤魔化すように笑って、ミーアは言った。

「別に気にする必要はありませんわ。ラフィーナさま。相手は混沌の蛇。完璧に防ぐのは難しいのでしょうし。それに、バルバラさんにはバルバラさんの事情があるみたいでしたし……あの執念があれば、こちらの予想もしないような無茶な方法だってとれるでしょう」

「……ええ、アベル王子から聞いたわ」

そう答えるラフィーナの顔は、沈んだままだった。

「彼女を蛇にしてしまったのは、貴族の横暴だった。そして、それを放置したのは、その国の王族で、同じく国を治める立場の自分たちにも責任があることだって……」

中央正教会の教え。

王とは国を支配する者にあらず。その地を治め、民の平穏を守る義務を神から委託された者なり、と。

それゆえに、他の王が暴虐に走り、民を虐げし時には、それを諫(いさ)めるもまた、王の責務。であれば、バルバラのような女性を放置したのは、自分たちの責任でもある、と。

アベルが言うのは、どこまでも、中央正教会の原理に則った考え方ではあったが……。

「そうですの、アベルが……」

ミーアは、ふと、先ほどのアベルの顔を思い出す。

バルバラの話を聞いた後のこと……。アベルは、やけに甘い言葉を言ってはいなかったか？　無理をして、明るく振る舞ってはいなかっただろうか？

——あれは、わたくしを気遣ってということもあるのでしょうけれど、彼の中でも消化しきれない感情があったからではないかしら……。

ミーアにしても、あれで救われた感じがしたのだ。

あのまま、バルバラの話の持つ暗さにあてられていたら、ショックを受けたパトリシアを気遣う余裕もなかっただろう。

――アベルは繊細な人ですし、変に気にしなければいいのですけど……。

王の責務と真面目に向き合いすぎて、自分を責めすぎなければいいな、と……ついつい心配になりつつ、ミーアはラフィーナのほうに目を向けた。

「バルバラさんのことは不幸なことでしたわ。できれば、彼女には寛大な処置をとっていただきたいのですけど……」

「ええ。考慮するわ。ただ、逃げ出すたびにこのような騒動を起こしたり、要人を危険に晒すようなことは、止めなければならないわ」

ラフィーナは、静かに、けれど、はっきりとした口調で言った。

それから……そっと目を逸らして、

「それでも……できれば彼女にも立ち直ってもらいたいわね。彼女のような人を処刑することは、蛇に対する敗北に他ならないのだから」

「蛇に対する敗北……」

つぶやくミーアに、静かに頷き、ラフィーナは言った。

「『地を這うモノの書』は、傷つき、慰めを受けるべき人を、〝裁かれる者〟へと変えてしまう、恐ろしい書物よ。蛇にそそのかされ、罪を犯した者を、王は裁かなければならない。けれど、蛇になるのは弱く、傷ついた人たち。王は罪人を裁くのと同時に、弱者を虐げる者とみなされる」

「なるほど。それは、次の蛇を育む土壌となりうる……。確かに、とても厄介なものですわね」

そして、その厄介な蛇の教育を自らの祖母が受けていたかもしれない……。

実に頭の痛い問題であった。

さて……なんと説明したものか……。ミーアの頭が再びモクモクなる……ことはなかった。つい今しがた食べたクッキーが、ミーアの脳に糖分を届け、糖分という潤滑油（じゅんかつゆ）を得たミーアの脳は、ぎゅんぎゅん音を立てて回り始めていた！

そうして、いささか知能が上がったミーアは、不意に気付く。

この話の流れは……好都合なのではないか？　と。

――これは……パトリシアのことを切り出すのは、今しかないんじゃないかしら？

流れに乗ることこそ、ミーアの真骨頂。いつの間にか生まれた、自身の背中を押すような流れにミーアは身を委ねる。

「ラフィーナさま、一つよろしいでしょうか？」

「なにかしら？」

小さく首を傾げるラフィーナに、ミーアは意を決して言った。

「お聞きかもしれませんけれど……わたくしが連れていた少女のことですわ」

「ええ。聞いているわ。バルバラさんは、その子のことを蛇だと言っていて。ミーアさんが蛇の子を連れていた、なんて、吹聴（ふいちょう）していたみたいだけど……。安い分断工作。私たちとミーアさんを仲たがいさせようという狙いかしら……？」

「いえ。実は、そうではありませんの」

ミーアは、実になんとも重々しい口調で言う。

「実は、あの子は本当に、蛇の教育を受けた子どもなんですの」

第十八話　かくて選挙公約、完成す！

「なっ……!?」

ラフィーナが目を見開くのをよそに、ミーアは当面の作戦を定める。

まず……パトリシアが祖母であることは、秘密にしておく。

ここから時間移動の件を説明しては、ラフィーナが混乱するだけだろう。パトリシアが祖母であることは、確定しているわけではないし……。それ以上に、バルバラの件で生み出された流れが、そのエネルギーが分散してしまうような気がしたのだ。

ゆえに、問題点を一つに絞り、そこを全力で押す。

パトリシアは、蛇の教育を受けた可哀想な子。その線で押していく！　その一点を押していく！

ミーアが大好きな物量を、集中的に一点に投入するのだ。

尖らせること茸のごとく……名軍師ミーアは、ついに相手の防御の薄いところに戦力を集中させることを覚えたのである。

……まぁ、それはともかく、後でベルにも黙っているように言わなければ、と思うミーアである。

まぁ、もうすでにアンヌあたりにペラペラやっているかもしれないが、それはもう仕方ないことなのだ。

ともかく今は、論点を一つに絞り込む！

「あの子は蛇の教育を受け、ゆくゆくは蛇の教えを説く者として、あるいは、その工作員としてどこかの貴族のもとに送り込まれる……そのような立場の子なんですの」

「そっ、そんな子をどうしてミーアさんが……」

ラフィーナの不安げな顔に、ミーアは優しく微笑みかけて、

「それは無論……わたくしが教え、導くためですわ」

ミーアは、あえて、ラフィーナの前で宣言する。

それは一見すると、自らを引くに引けない状況に追いやる、いわば背水の陣の構えに見えなくもないが……違うのだ。

正直なところ、ミーアは面倒なことがそれほど好きではない。

楽ができる場面では楽をしたいし、楽ができそうにない場面でもできるだけ楽をしたい。サボりたい！　むしろ、今回もサボらせてほしい、ぜひ！

という人ではあるのだが……そんなミーアであっても今回のことは、自分が関わらざるを得ないことを、きちんと悟っていた。さすがのミーアでもそのぐらいはわかる。

そうなのだ、もしも、パトリシアが祖母であった場合、ミーアはどうにかしなければならないわけで……それだけは面倒でも避けようがないこと。

すでにミーアは最初から背水の陣に追いやられているのだ。

ならば……、なにもせずとも背水の陣に追いやられるだけだというのならば、あえて、自分からそこに飛び込もうと……。その状況を最大限生かし、バルバラが作り出した流れを最大限生かそうと、そういう腹である。

それこそが、一番楽をする道なのだと……。ミーアの直感が告げているのだ。

「ミーアさん……あなたは……」

ラフィーナは震えるような声で言った。

「あなたは、聖ミーア学園でやったことを、ここでもやろうというのね？」

「………うん？」

ミーア、意味がわからず、ちょっぴり首を傾げる。

が、幸い、ラフィーナは見ていなかったらしく、特に気にした様子もなく続ける。

「聞いているわ。ミーアさん、聖ミーア学園では、孤児たちに教育を施しているそうね。その協力を、貧民街の教会にお願いしたとか……」

「ああ……ええ……まぁ、そのようなこともありましたわね」

ミーアは、少々遠い目をする。

その孤児を受け入れるという大変慈悲深い帝国の叡智のプロジェクトは、今年で三年目を迎えていた。その一期生であるセリアは、賢者ガルヴやその弟子の下で、優秀さを発揮しているという。彼女に続けと、孤児院からは優秀な生徒たちが次々と学園都市に送られてきているらしい。

――新月地区の神父さまが頑張ってると聞きましたけれど……ああ、そういえば、あの方は、ラフィーナさまの熱烈なファンでしたわね……。となれば、ミーア学園のことも報告が届いているということかしら……？

首を傾げている間にも、ラフィーナの話は続く。

「ミーアさんは、このセントノエル学園でも、同じことをしようというのね……」

「……はぇ？」

きょとん、と瞳を瞬くミーア。けれど、考えに耽る様子のラフィーナは、それには気付いていなかった。あごに手を当て、さながら名探偵のような姿勢で、ラフィーナは続ける。

「いえ、そうじゃないか。ミーアさんが考えているのは、もっと深いこと……。蛇の温床となるのは見捨てられ、踏みつけにされた弱者……。孤児たちというのは、まさにその条件に当てはまるし、その中にはもしかしたら、ミーアさんが連れてきた子と同じような、蛇の影響をすでに受けている子どもがいるかもしれない……」

ラフィーナは、そっと紅茶のカップを掴み、飲み干して……それから改めて、ミーアに視線を向けた。

「もしかして、ミーアさん、それが次の生徒会長選挙の時の公約かしら……？」

——はぇ？

再び、ちょっぴりアレな声を上げてしまいそうになるも、かろうじて、心の中だけにとどめておく。心の中で『はぇ？』の盛大な反響を聞きながらも、ミーアは表情を取り繕い、

「……ええ、まぁ、そんな感じですわ」

深々と頷く。

すでに、流れに身を投じてしまったミーアである。今から、その流れに逆らうのは不可能だし、なにより疲れるだろう。

それが、仮に、自身の意図とは違う流れであっても、望まぬ流れであったとしても、とりあえずは乗る。そうして、途中で他の、もっと楽そうな流れが来たら、そちらに乗り換える。

それこそが、海月戦術の基本だ。

……まぁ、たいていの場合、流れを乗り換えるなんて器用なことはできずに……、そのまま嵐に巻き込まれ、沈まぬように苦労する羽目になるわけだが……。

それはともかく、ミーアはもう一度言う。

「このセントノエルで、次の蛇になりそうな子どもたちを積極的に受け入れ、教育を施す、これこそが、わたくしの欲するところですわ」

「なるほど……。この学園に通う者たちも、いずれは自国に戻り、国を治めるようになる。その者たちに、孤児たちと触れ合う機会を作る。そうして、蛇を生み出す土壌そのものを変えてしまおうというのね。素晴らしいわ、ミーアさん」

ラフィーナは、感動に瞳をキラキラさせながら、ひっしとミーアの手を掴んだ。

「ぜひ、私にも協力させていただきたいわ」

かくして、セントノエル学園に、新しく孤児たちを受け入れる特別初等科が設けられることになった。それは、今まで教会が担っていた役割、貧しい子どもたちへの教育を、各国にて制度化していく一つの契機になるのだが……。

無論、そんなことは知る由もないミーアなのであった。

第十九話　令嬢トークは終わらない

——ふむ、上手く片付きそうでなによりですわ。

ミーアは、心地よい満足とともに、お皿の上に残った最後の二枚のクッキーを眺める。

——お話も上手くまとまりましたし、クッキーもあれが最後の二枚。どちらも、もめずに済みそうですわね。

あれが一枚しか残っていなかったら一大事だった……などと、ペロリと唇を舐めたところで……。

「そういえば、ミーアさん、私、すっかり誤解してしまっていたわ」

ふと、ラフィーナが言った。

「はて……？　なんのことかしら？」

首を傾げつつも、ミーアの意識は、すでにクッキーに持っていかれている。

なにしろ、最後の一枚である。

これから先、ずっと食べられないわけではないにしても、しばしの別れであることは変わらない事実。しっかりと味を、この舌に刻んでおこうと、集中してクッキーをパクリ、サクリ、としていたのである。

「誤解していたわ。ベルさんのこと……。私ね、ミーアさんたちの様子を見て、てっきり、ベルさんが死んでしまったんじゃないかって、思ってたのよ。だって、ミーアさんたち、すごく落ち込んでいたから」

「ラフィーナさま……」

そう言えば、とミーアは思い出す。

あの、蛇の廃城から戻ってきてから、ラフィーナはどことなく優しかった気がする。リンシャのことを親身になって考えてくれたし、生徒会でも何かにつけてフォローしてくれていた。ミーアのテストの点が若干アレな感じになっていても、優しく見守ってくれていた。

——気遣っていただいていたのですわね。

改めて、そのことに気付くミーアである。そして……。

——ならば、ベルのことは適当に誤魔化したりせず、きちんと説明しなければなりませんわ。ラフィーナさまだけではなく、アベルにもシオンたちにも、ちゃんと説明しておかなければなりませんわね。でもまぁ、個別に説明するのは面倒なので、一度に説明したいなぁ、などと思うミーアである。効率的に、省エネに生きたいミーアなのである。

さぁて、どういう手順でしようかなぁ……などと思案に暮れている間も、ラフィーナの話は続いていた。

「それに、ヴァレンティナさんも、そんなようなことを言ってたわ。ミーアさんのそばにいた子を射殺した。親友の大切な者を奪った私を生かしておいていいのか？　って、私を挑発するのよ。とっても困ってしまったわ」

頬に手を当てつつ、ため息を吐くラフィーナ。その目が、まるっきり笑っていないことに気付いて、ミーアはわずかに震え上がる。

「ラフィーナさまにまでそんなことを……。それは、こわ……ざかしいですわね。さすがは蛇ですわ」

思わず、ラフィーナを挑発するだなんて「怖いもの知らずですわね！」などと言いそうになるミーアであったが、慌てて言い直す。それから、クッキーにむせた風を装って、ケホケホ咳き込んでみせる。

ついでに、目の前の紅茶を一すすり。口の中をすすぎ、頭をクリーンにする。

大切なのは、危険度の高さを計ることだ。

しばし、心を落ちつけて、考えて……。

――まぁ、パトリシアのほうが解決すれば、ベルのことはそこまで心配しなくってもいいんじゃないかしら？

そう結論を出すミーアである。

なにしろ、ベルは未来から来たことを何人かに話したという、そういう未来からやってきたのだ。要するに、必要とあれば、ベルは自身の秘密を話すことができるのである。というか、その必要がある人に事実を告げた未来からやってきたわけで……。

――今回は、わたくしがなにかしなければ、ラフィーナさまが司教帝になっちゃうということもないのでしょうし……。帝国も安泰みたいですし……。

危険度的に高そうな案件を片付けたことで、やや力を抜くミーアである。

それは、端的に言ってしまうと、油断に他ならないものであったのだが……。

そして、ミーアが油断した時には、たいてい恐ろしいことに巻き込まれるわけで……。恐ろしいモノを、呼び寄せてしまうわけで……。

「てっきり、ヴァレンティナさんに騙されてしまうところだったわ」

苦笑いを浮かべるラフィーナに、ミーアはおずおずと言った。

「あの、ラフィーナさま、実は、そうではありませんの」

「え……？　どういう意味かしら？」

「ええと、後でアベルやみんなにも説明しようと思っているのですけど……。ベルには少しだけ事情がございまして。ヴァレンティナさんに首を射抜かれたことも、あの時に命を落としたことも、本当のことなんですの」

「命を……落とした？　まさか……じゃあ、ミーアさんと一緒にいたように見えたベルさんは……幽霊？」

目を見開き、震える声で言ったラフィーナに、ミーアは思わず笑った。

「ほほほ、ラフィーナさま。そんなわけがありませんわ。そんな、幽霊だなどと、そんなもの、この世界にいるはずもありませんわ。ほほほ」

おかしそうに笑うミーア。であったが……なぜだろう、ラフィーナはまるで笑わない。

「ああ……そうか。ミーアさんには、見えないのだったわね……」

「はぇ………？」

その時、ミーアは唐突に気付いた。気付いて……しまった。

ラフィーナの視線が、どこか定まらないものになっていること……。否、定まらないというよりは、どこか遠くに焦点が合っているような……。ミーア自身よりやや後ろの……なにもないはずの空間を見つめているような……。

それは、そう……あの、〝猫がなにもない空間を見つめてじっとしている〟ような、あるいは〝犬が誰もいないはずの場所に向かって吠える〟ような……、人間には見えていないナニカを自身のペッ

トが見ているのだと、飼い主に確信させてしまうような、そんな行動に似ていて……。

「ら、らら、ラフィーナさま……？　なっ、なにか、わたくしの後ろに、ありますの？」

「ふふふ、ミーアさん、この世界には、知らないほうが幸せなことって、あるのよ？　ふふふ……」

ややうつむき気味に、不気味な笑みを浮かべるラフィーナに、ミーアが、ひぃぃっと震え上がった、次の瞬間っ！

「なぁんてね」

ラフィーナが顔を上げた。その顔には、悪戯っぽい笑みが浮かんでいて……。

「………はぇ？」

思わず、間の抜けた声を上げてしまうミーアであったが、

「らっ、ラフィーナさま、酷いですわ！　そんな風に、わ、わたくしを脅かすなんて」

「ふふふ、さっきからかわれたお返しよ。だって、すごく恥ずかしかったんだから」

くすくすと笑うラフィーナに、ミーアはぷくぅっと頬を膨らませるが……すぐに吹き出してしまう。

恋愛話に怪談話、年頃の、普通の令嬢が交わす賑やかな会話の風景が、そこにはあった。

「そう。事情があるのね。よくわかったわ。アベル王子のお姉さんにも関係することだし、一度、生徒会で集まって、そこでお話を聞きましょう。それで大丈夫かしら？」

ラフィーナの提案に小さく頷くミーア……だったが……。

「それはそうと、ミーアさんは、怖い話が苦手なのね。では、こんな話は知っているかしら？」

「で、ですから、ラフィーナさまっ！」

にぎやかな令嬢トーク（怪談話）は、もう少し続きそうだった。

第二十話　ミーア姫、いわれなき誹謗中傷を受ける！

ラフィーナとの打ち合わせの結果、生徒会の会合が翌日に持たれることになった。

そこで、ベルについての説明と、特別初等部について相談することになったのだ。

なにしろ、それは、ただの弱者救済というわけではない。それは『混沌の蛇』を生み出す土壌に対する働きかけだ。上手くいけば、あの破壊者たちを生み出す連鎖を食い止めることができるかもしれないのだ。

生徒会の関係者には、しっかりと協力してもらう必要がある。他の生徒たちが賛成するような雰囲気を作れるよう、動いてもらわなければならないのだ。

途中、スイーツ談義に、ホラー談義に、とキャッキャひぃぃい！　な楽しい雑談を交えつつも、しっかりと決めることは決める。

緩急のついた会談はミーアの成長の証だろうか？　それともラフィーナがミーア色に染まりつつある証か？

「いずれにせよ、蛇に対する対策という点を前面に押し出していけば、事情がわかってる方たちは反対しないでしょうし、パトリシアの面倒を見ることの言い訳もできる……。ふむ、いろいろと想定外のこともございましたけれど、まぁ、上手くいったのではないかしら？」

うんうん、と頷きつつ、ふと思う。

安直にパトリシアをラフィーナに預けた場合、なぜ、現在に揺らぎが生まれたのか……？　と。

「今のラフィーナさまであれば、そう悪いことにはならなかったでしょうに……妙ですわね。もしや、わたくしがしなければいけないことが……なにかあるということかしら？」

まだ、頭に糖分が残っているおかげか、ミーアの頭脳はいつになく仕事をしているようだった。

そうして、思案に暮れつつも、ミーアは自室へと戻ってきた。

「あ、ミーアおば……、お姉さま、お帰りなさい」

扉を開けると、明るい笑みを浮かべたベルが、出迎えてくれた。

「ええ、ただいま帰りましたわ……って、ちょっと狭いですわね……」

部屋のテーブルの周りには、ベルとリンシャ、アンヌとパトリシア、それにシュトリナの姿もあった。

「リーナさんも呼んであげたんですわね」

「ええ。私がお声をかけて差し上げました。せっかくですから……」

リンシャは上機嫌に言った。

「ふふふ、ありがとう、リンシャさん。こんな楽しい会に呼んでくれて」

いつも通りの可憐な笑み……ではなく、無邪気な年相応な笑みを浮かべるシュトリナ。どうやら、本気で呼んでもらったことを喜んでいるらしい。

意外なことに、というべきか、リンシャとシュトリナの仲は悪くない。

それはベルという共通項があるから。あるいは……ベルを喪失(そうしつ)した痛みを共有した経験から……、だろうか。

ベルがいなくなって、落ち込むシュトリナを一番心配していたのは、ほかならぬリンシャだった。

そんなリンシャを、ミーアは当初、イエロームーン家のメイドに推薦しようと思っていた。

シュトリナ付きのメイドにしてやれば、シュトリナを立ち直らせるのを手伝ってもらえるかもしれない、と思ってのことだったが……。

リンシャは首を振りながら、言ったものだった。

「……ミーアさま、お忘れかもしれないですけど、私は、シュトリナさまのところのメイドに頭をかち割られたんですよ？　それも、シュトリナさまにおびき寄せられて……。そんな方に仕えると思いますか？」

どこか呆れ顔で、肩をすくめつつ、リンシャは続ける。

「それに、あの子の……ベルさまとのかかわりが深かった人間が近くにいたら、いつまでたっても思い出してしまいますから。それはつらいと思います」

それは、シュトリナのことを思いやると同時に、自分自身のことを語る言葉でもあったのかもしれなかった。

ともかく、ベルのことを悲しみ、心から寂しがっていた二人だったから、ベルが帰ってきた時の喜びもまた、共有できたのだろう。

っと、シュトリナが立ち上がり、そばまで歩いてきて……マジマジとミーアの顔を見つめた。

「……ど、どうかなさいましたの？　リーナさん」

「いえ……。まさか、ミーアさまがお友だちのお祖母さまだなんて、思ってもいなかったので。つい……」

わずかに声を潜めたのは、アンヌやパトリシアがいたためだろう。シュトリナはものすごく真面目

な顔でミーアを見つめてから、

「その……お体に異常はありませんか？　ミーアさま、しっかりと丈夫なお世継ぎを産めますよう、滋養強壮のつくものを……」

などと、たいそう真剣な口調で言うのだった。

「ええ……リーナさん、お心遣いだけ頂戴しておきますわ」

ミーア、若干引きつった笑みを浮かべつつ、それを受け流し、それから、改めてベルのほうに目を向けた。

「ところで、ベル。ラフィーナさまと相談してきましたけれど、生徒会でベルのお帰りなさいの会をすることになりましたわ。そこで、あなたの事情を話してもらおうと思っているのですけど、それで大丈夫かしら？」

大丈夫……その言葉に込められた意味を吟味するように、ベルは一度、口の中でつぶやいてから……。

「はい。わかりました。大丈夫です、予定通りだと思います」

予定通り、すなわち、ベルの秘密は生徒会内で共有されるということ……。会合の中で明かされるということ。

確認せずに決めてしまったので、いささか心配していたミーアだったから、ベルの返事に安堵の吐息を吐く。

「よかった。そうなんですのね。あ、それと、パトリシアのことなのですけど……詳しいことは省きますけれど、パトリシア、あなたにはこのセントノエルで、特別初等部に通っていただくことになりますわ」

っと、それに反応したのは、パトリシア本人ではなく、ベルのほうだった。

「……特別、初等部……ですか？」

ベルは、どこか混乱した様子で首を傾げた。

「……妙ですね。セントノエルにそんなのがあるって、聞いたことありませんけど……」

むぅうっと眉間に皺を寄せてから、ベルは一冊の、分厚い手帳のようなものを取り出した。

「あら……？　それは？」

「はい。ルードヴィッヒ先生の日記帳です」

「まぁ、ルードヴィッヒの……」

途端に、興味津々に前のめりになるミーアである。いったい、あのクソメガネがどんな日記を書くのか、気になって仕方なかった。のだが……、ベルの口から出たのは、単なる好奇心を上回る驚きの事実だった。

「しかも、揺らぎによって夢と現実が入れ替わった時のためにって、夢の記憶も現在の記憶もぜーんぶ書き記してあるんだとか……」

「ほう！　……ということは？」

「前の皇女伝の時にも、記述が書き換わっていましたが、今回は、夢と現実、どちらも記録してありますから、より正確に歴史の動きを観測できるんじゃないかって、ルードヴィッヒ先生、言ってました」

なぜだか、ドヤァッと胸を張るベル。対して、ミーアも思わず感嘆の声を上げてしまう。

「なんと！　そんな便利なものがあるのでしたら、ぜひ、わたくしも読ませ……あら？」

目をらんらんと輝かせるミーアにベルは……、なぜだろう、日記帳を胸に抱えて、一歩引いた。

「どうしましたの？　ベル、ほら、わたくしにも、早く……」

「ええと、こういうものを見せると、もしかするとミーアお姉さまがサボって油断してしまうかもしれないって言われてますから……」

「まっ！　誰がそんなことを？　許せませんわね、そのような誹謗中傷をどこのどなたが……」

「はい、その……未来のミーアお祖母さまが……」

「なっ……！」

ミーアが未来の自分を信用していないように、未来のミーアもまた、過去の自分を信用していなかった。

変わらぬ自らの姿勢に、ミーアは思わず感銘を受けてしまう。

——そう、人とは悲しいほどに変われない生き物なのですわね……。

などと、心の中でつぶやいている間にも、ベルは手帳をササッと確認。

「……やっぱり、書いてませんね。うーん……」

「まぁ、パトリシアが現れなければ、そういう話にはならなかったでしょうから、おかしくはないと思いますけれど……」

ふと目を向けると、パトリシアは黙ってミーアたちのやり取りを見つめていた。

気にはなっているのだろうけれど、その口からは一切、言葉が発せられることはなかった。

一瞬、そのことに違和感を抱くミーアであったが……その答えをすぐに見出した。

パトリシアの、小さくも可愛らしい唇、そこについたクッキーの破片を！

——なるほど。美味しいクッキーでしたしね。テイスティングに夢中になるのは、よくわかりますわ。口の中のクッキーの風味を逃がさないために、できるだけ口を開けたくないというのは、よくわかりますわ。

心なしか満足げな顔でクッキーを味わうパトリシアに、ミーアは確かな血の繋がりを感じずにはいられなかった。

第二十一話　一味違うミーア姫

「……さて、と」

楽しいお茶会は夕食前にはお開きになった。

その後、食事をとり、もろもろの就寝準備を終えた頃には、パトリシアはすでに、うとうとしていた。ベッドに入るよう促すと、すぐに、くーくーと可愛らしい寝息が聞こえてきた。

慣れない場所にいきなり連れてこられたので、疲れたのだろう。

静かに目を閉じ眠る姿は、年相応の幼子のように見えた。

――起きている時にはお人形みたい、と思いましたけれど……あれはもしかしたら、この子なりの仮面だったりするのかしら？

表情を読み取られないように、あえて意識的に無表情を作る。蛇が教えそうなことだった。

ミーアは、それから、隣のベッドに目をやった。そちらにはベルが、スースー寝息を立てていた。どうやら、ベルも、シュトリナとリンシャの相手で疲れてしまったらしい。

そんな二人を見て、ミーアもつられるように、ふわわむ、っとあくびをする。けれど、まだ眠るわけにはいかない。なぜなら……。

「アンヌには、きちんとベルのことを話しておかなければなりませんわね……」

アンヌとエリス、それにルードヴィッヒ。

少なくともその三人には、ミーア自身の口から、ベルのことを話しておきたかった。そうしなければいけないいんじゃないかと思うのだ。

――孫娘が世話になったわけですし……わたくしの口からお礼を伝えておかなければいけませんわ。

それと、ルードヴィッヒには知恵を借りなければなりませんし……。

『時間線の揺らぎ理論』という仮説を組み立てたルードヴィッヒである。祖母であるパトリシアのことを合わせて説明すれば、より正確な理論を組み立ててくれるかもしれない。

――たぶん、ベルがいた歴史では、そのお願いをするのはもっと先のことだったのでしょうけれど……。

すでに、ベルの知る歴史からも微妙に事情は変わってしまっている。パトリシアの出現により、流れが変化したことは明らかで。だからこそ、使える者は何でも使い、より正確な情報を把握しておくべきだろう。

というか、より頭の良い人に全貌を把握してもらっておいて、危機を回避する必要があるのではないか？　と考えるミーアである。

まぁ、それはさておき……。

「アンヌ、ちょっと、ここに座ってくださらない？」

そう言って、ミーアはポンポンッとベッドを叩いた。

「はい……。なんでしょうか？」

不思議そうに首を傾げるアンヌに、ミーアは極めて真面目な顔で言った。

「ベルのことを、お話ししなければなりませんわ」

そうして、チラリとベッドで眠るベルを見る。穏やかな……というか、ちょっぴり緩んだ寝顔の孫娘である。皇女たるもの、そんな隙だらけの顔を見せるもんじゃありませんわ……などとつぶやきつつも、ミーアはアンヌに目を向ける。

「アンヌ、信じてもらえるかはわかりませんけれど……ベルは、わたくしの孫娘なんですの」

ミーアは、アンヌの目を真っ直ぐに見つめながら言った。

「…………へ？」

きょとん、と瞳を瞬かせてから、アンヌは慌てた様子で言った。

「え、えっと……それは、どういう意味なんでしょうか？」

「そのままの意味ですわ。あの子はわたくしの孫娘。どうやって過去に来たかと言われると、なかなかわたくしにも説明しがたいのですけれど、それでも紛れもなく、わたくしの大切な孫娘なんですの」

そうして、ミーアは話しだす。ベルの秘密、アンヌに受けた恩の話を……。

「あの子は、前に来た時には、恐ろしい世界からやってきましたの。帝国が滅んでしまう、恐ろしい未来ですわ。わたくしも、ベルの母も死んでしまって、誰も味方がいない、そのような中であなたとあなたの妹のエリスは忠義を尽くし、あの子の母親代わりをしてくれた」

思えば……とミーアは改めて感慨にふけってしまう。

祖母、孫ともにアンヌには返しきれない恩義があるのだなぁ、などと思う。

地下牢で見せてくれた忠義と、ベルに与えてくれた愛情……。アンヌには本当に返しきれない恩ができてしまった。

そんな思いを胸に、ミーアは静かに頭を下げる。

「アンヌ、改めて言いますわね……。ベルがお世話になりました。あなたとエリスに、あの子は返しきれない恩がございますわ。もちろん、それは、わたくし自身もですけど……。本当に、本当に感謝いたしますわ」

ミーアの話を黙って聞いていたアンヌは、小さく息を吐いた。

「それで、その、今のベルさまは……」

「ええ。あの時、矢で射られたベルは、それをきっかけに未来に帰った。そこは、わたくしたちが変化させた別の未来。だから、大丈夫ですわ。だってあの子、とっても元気ですもの」

未来がどのようになったのか、詳しく聞くことはできていない。それに、もしかしたら、ベルは教えてくれないかもしれない。

でも、ベルの顔を見ていればわかる。ベルが、こちらの世界にいた時と同じぐらいには、幸せなのだろうな、ということが。

「わかりました。ミーアさま。あ、えっと、もちろんわからないこともありますけど、でも、大切なことは、伝わりましたから」

それから、アンヌは胸に手を当てて、

「私とエリスがミーアさまの……ベルさまのお役に立てたなら、よかったです」

いつもと変わらない、穏やかで優しい笑みを浮かべるのだった。

「では、ミーアさま、私は床で寝られるよう準備を……」

話も一段落したところで、アンヌが立ち上がろうとした。そんなアンヌの手を掴み、ミーアは静かに首を振る。

「ああ、アンヌ。今日はわたくしのベッドで寝ると良いですわ」

「え……？　そんな、ミーアさま……」

戸惑うアンヌに、ミーアは悪戯っぽい笑みを浮かべる。

「たまにはよろしいではありませんの？　あなたはわたくしの腹心なのですし、床で寝かせるなんてこと、絶対できませんわ」

「でも……」

「いいから。ほら、寝ますわよ」

「きゃっ、ちょ、ミーアさま！」

ぐいぐい、っとアンヌの手を引き、ベッドに引き込むミーアであった。


そうなのだ。高等部に上がったミーアは一味違うのである。

大恩あるアンヌを床に寝かせて、風邪でもひかれたら一大事。身分の差など関係ない。ぜひともアンヌにはきちんとベッドの上で寝てもらわなければ、と使命感に燃えるミーアである。

今夜はどうしても一緒に寝てもらわなければ、と……切迫感に背中を押されるミーアである。

ちなみに……言うまでもないことではあるが、ミーアは、別にラフィーナとの会合で、ちょっぴり怖い話を聞かされたから、アンヌをベッドに誘ったわけではない。断じて違うということだけは、ミーアの名誉のために明記しておきたい。

別に夜、一人で寝るのが怖いから、とか、そんなことは本当にない。断じてない！

高等部に上がったミーアは一味違うのである！

第二十二話　ハイパワーアイプリンセス、再び

さて、夜は明けて翌日。

ミーアは、普段と同じく授業に出ていた。

パトリシアは、アンヌとベル、それにシュトリナに任せていた。

ちなみに、ベルはセントノエルへの転入の手続きが済んでいないから、まだ授業に出られない。それは、まぁ仕方ないのだが……シュトリナのほうは今朝がた「体調が悪いから授業を休む」と言って、ミーアの部屋に遊びに来たのだ……遊びに来たのだ！

笑顔で悪びれることもなくそんなことを言うシュトリナに、ミーアは苦笑しつつも、

「まぁ、昨日の今日ですし、ベルと一緒にいたいのはよくわかりますわ」

などと、大変寛容な気持ちになる。

これまでのシュトリナの落ち込みようを考えれば、授業の一日や二日、ズル休みすることがなんだというのか。

孫娘とその友だちを見つめる、お祖母ちゃんの瞳はとても優しいのだ。

そんなわけで、ごくごく真面目に授業に出ていたミーア……なのだが、本日は、朝から、トロン、と眠たげな目をしていた。

「ふわぁむ……」

あくびを飲み込み、涙目になりつつ、ミーアは睡魔との死闘を繰り広げていた。

――ううむ……やけに眠いですわ。昨日はよく眠れなかったからかしら？

アンヌにベルのことを話した関係で、いつもより半刻も遅く眠りについたミーアである。大変な寝不足なのである。

――しかし、寝るわけにはいきませんわ。わたくしは『ミーア先生』。その呼び名に恥じぬように、勉学に励まなければなりませんわ。

眠気に負けぬよう気合を入れて、ギンッと目を開けておく「血走った瞳の姫（ハイパワーアイプリンセス）」ミーアである。授業の内容は耳から耳へと抜けていっていたが、そんなのは気にしない。

ともかく、目を開けておくことこそが肝要！　すべての精神力を瞳に込める眼力姫ミーアなのである。

さて……その日の授業がすべて終わり、ミーアが、のびのびーっと体を伸ばしていたところに、

「ミーア。今日は生徒会の会合があると聞いたのだが……」

アベルが話しかけてきた。

「準備ができているなら、一緒に生徒会室までどうかな？　今朝からアンヌ嬢もいないようだから、エスコートしようかと思うのだが」

「まぁ、ふふふ。そうですわね、では、お願いしようかしら」

ミーアは笑いつつ、差し出された手を取って……それから、チラリ、とアベルの顔を見た。

ここ最近のことだが、ミーアはアベルの顔をよく観察するようになっていた。ちょぴっと血走った眼で、じっとアベルを見つめる、「観察眼姫（ハイパワーアイプリンセス）」ミーアである。

それは、少年から青年に移り変わる美少年の姿を、しっかりとその目に焼き付けるため……ではない。もちろんない……！

確かにミーアの中には、そういった邪念が皆無とはいわないが、あくまでも、それはほんの少しのこと。せいぜい三割強といったところなのである。

そして、それ以外の理由は、もちろんアベルのことが心配だったからだ。

最近、アベルは無理をしているんじゃないか？　ミーアの脳裏に、そんな心配があった。

あの、蛇の廃城でのこと。彼は実の姉、ヴァレンティナが蛇であったことを知った。それも、巫女姫という、蛇を統括する立場だったのだ。

その事実が、彼をどれだけ傷つけたのか、ミーアにはよくわかっていた。

――アベルはわたくしと同じで繊細で……とても優しい方ですわ。あのことでなにも思わなかったわけがありませんわ。

さらに、ヴァレンティナはベルの命を奪った。

ミーアが妹と公言していたベルをヴァレンティナが殺したこと……そのことをアベルが気に病まないわけがない。

そして、そんなミーアの心配は当たることになった。

あの日の姉の償いをするかのように、アベルは無理をするようになった。

周りに気を遣い、より一層、剣の鍛練に励み、立派な王族として振る舞おうと、必要以上に頑張るようになった。

自己研鑽自体は素晴らしいものかもしれないが、その度を越した態度が、ミーアには少しだけ心配で……だからこそ、ミーアはアベルのことを、以前よりしっかりと見るようになったのだ。

――アベル、笑ってはいますけれど、少し疲れた顔をしてるみたいに見えますわね。心なしか目の下にうっすらと……。うう、心配ですわ。また、元気になって、あの笑顔を見せてくれるようになってくれればいいんですけれど……。

そのためにも、今日のベルの帰還の報告会は大切だと思っていた。

――ベルが生きているということがわかれば、少しは気持ちが軽くなるはずですわ。

「ところで、今日はなんの会合なのかな？　時期的に言えば、生徒会選挙の関係だろうか？」

「ああ。そうですわね。それもありますわ。少しみなさんにお願いしたいことがありまして……」

「お願いしたいこと……？　それは、昨日の事件と関係あるのかい？」

「そうですわね。まぁ、無関係とも言い難いのですけれど……ところでアベル、その後、どうですの？　ヴァレンティナお義姉さまは……」

「ああ……うん」

その問いかけに、アベルは、少しだけ顔を曇らせる。

アベルは、時間を見つけてヴァレンティナの幽閉されているところに通っていた。

そこは、セントノエルにほど近い場所。ヴェールガ公国内にある、とある塔の一角だった。

表向き、修道院ということになっているその建物は、蛇の巫女姫を幽閉しておくための、特別な建物だった。そこに住む修道女たちは、みな、蛇に対する術を学んだ者たちだ。

本来、そこに囚われた者と会うことは許可されないのだが……。ヴァレンティナの場合、他国の王族であることに加え、ラフィーナの口添えもあって、アベルたちには特別に面会を許されている。

だから、アベルは時間を見つけては、会いに行くことを繰り返していたのだが……。

「相変わらず、だね。兄上も折を見つけては通っているようだけど……」

「あら……。ゲインお義兄さまもですの？」

それは、少し意外なことではあったが……。

「兄上もいろいろと思うところはあるみたいなんだが……」

「そう……なんですのね。ふむ……もしかしたら、今日、これからの会合が、お義姉さまのことに役に立つかもしれませんわね」

そんなことを話しつつ、二人は生徒会室にやってきた。

第二十三話　帝国のえーちの考えた、最強の生徒会！

「ご機嫌よう、みなさん」

生徒会室に入ると、すでにメンバーは揃っていた。

「ああ、来たか。ミーア」

立ち上がり、ミーアを迎えたのは、副会長のシオンだった。高等部に上がった彼は、すっかり背が伸び、ミーアを見下ろすほどになっていた。

その爽やかで精悍な顔つきは、相変わらず女子生徒の人気を集めているようだったが……。未だに、彼のハートを射止める者はいなかった。

「昨日は大変だったみたいだな。怪我がなくてなによりだ」

「ええ。アベルが来てくれましたから」

ミーアの言を受けて、アベルは真面目くさった顔で頷き、

「君との鍛練のおかげもあって、無事に助けることができたよ」

「それはよかった。しかし、互いに剣術の鍛練に手は抜けないな。大切な者を守るために」

などと、握手をする二人の王子。アツイ男の友情を眺めやりつつも、ミーアは他の生徒会メンバーに目を移した。

テーブルにつき、四人の少女たちが談笑していた。

副会長のラフィーナ、その隣には会計のクロエと書記のティオーナが並んでいる。

そこまでは以前までと同じメンバーだが、後の一人は……。

「お疲れさまです。ミーアさま」

「ああ、ラーニャさん。ご機嫌よう。ふむ……今日のお茶菓子はペルージャン産のものかしら？」

「はい。今日は、カッティーラを持ってきました」

朗らかな笑みを浮かべるのは、ラーニャ・タフリーフ・ペルージャン。農業国の第三王女である。

卒業したサフィアスの代わりに書記補として、ミーアが指名したのはラーニャであった。

その人選は一部の者たちから『皇女ミーアのお友だち生徒会』などと揶揄されているらしく……、それをもとにミーアを批判しようという者がセントノエルにも帝国内部にもいるらしいのだが……ミ

ーアは一顧だにしなかった。

自信があったのだ。これこそが、ミーアの考える最強の生徒会である、と。これ以上の陣容は、ミーアとしては考えられなかった。

その理由はとても簡単で……大飢饉がやってきたからだ。

いや、より正確に言うならば、大飢饉へと繋がりうる時期がやってきたというべきだろうか。昨年の収穫は、その前年に比較して恐ろしいほどに減っていた。そもそもその前の年から徐々に収穫高が減ってきているから、状況は極めて深刻だ。

下手な手を打てば餓死者が続出し、一挙に大飢饉の悲劇を招きかねないこの状況。数年間にわたる農作物の不作という時期にあって、農業国の姫たるラーニャの話を聞かないことはあり得ない。

周りを専門家で固めてこそ、自らはイエスマンでいられる。その信念のもと、ミーアは今回の生徒会メンバーを選んだのだ。

農作物の事情がよくわかっているラーニャと、帝国貴族の中で大きな農業地帯を保有するルドルフォン辺土伯令嬢のティオーナがいる。さらに流通の事情通である、商人の娘クロエもいる。この三人は、今後の情勢の中で最重要の役員といえるだろう。

そして、同じ理由から、ミーアもまた会長の地位から降りられずにいた。

今こそ、パン・ケーキ宣言の真価が問われる時。

そのような状況にあって、ミーアが生徒会長を外れるわけにはいかなかったのだ。

だからこそ、ラフィーナは、生徒会長選に出ることを辞退し、ミーアへの推薦を表明している。生徒会長選挙に立候補するのは誰でも可能ではあるが、空気を読まずにミーアに盾突く者は一人もいなかった。

では、ミーアは公約を出す必要がないのだろうか？

対立候補なし、争うこともなく、すんなりと生徒会長になってもよいものだろうか？

答えは否である。

選挙が行われないからこそ、ミーアは証明しなければならないのだ。

自身が生徒会長に相応しいと。選挙をするまでもなく相応しいのだと……証明しなければならないのだ。

——なんだか条件が選挙をする時以上に厳しいような気がしますけれど……。

などと思わなくもないミーアであるが、ともかく、ここしばらくのミーアは選挙公約作りに勤しんでいた。それはこの場に集うみなが知っていることだった。なので、

「それで、ミーア、今日の用向きはなにかな？　今度の生徒会長選挙のことか？」

シオンはそう首を傾げた後、

「それとも、例の蛇の……？」

わずかばかり眉をひそめた。

シオンは、あの巫女姫との最終決戦の場にいなかった。それゆえにどこか煮え切らない思いを抱えている様子だった。それは、彼の従者キースウッドも、ティオーナとリオラも同様だった。

一方で、蛇、という言葉を聞いた時、ラーニャも顔をしかめていた。

すでにラーニャには、蛇のことを知らせている。帝国の反農思想に蛇が関係していると知って、ラーニャはたいそう憤っていたものだった。

――農業国の姫として、肥沃なる三日月地帯を汚すという思想は、理解できないのでしょうね。

そんなラーニャを眺めながら、ミーアは小さくため息を吐く。

ちなみに、ラーニャの怒りが初代皇帝でなく、混沌の蛇へと向いているのは、ミーアの巧みな誘導によるものだった。ヤバそうなことは蛇に責任を押し付ける方針のミーアである。

まぁ、実際、無関係じゃないので、それはいいとして……。

「そうですわね。とりあえず、どちらでもあると言えるのですけれど……その前に、みなさんにご挨拶したい者がおりますの……」

と、そこでタイミングよく、ドアがノックされた。

「ああ。来ましたわね。どうぞ、入って」

その声に応えるようにドアが開き、そして、

「失礼いたします」

響いた声に、ひときわ驚いた様子だったのは言うまでもなくアベルだった。

第二十四話　ミーア議長、もぐもぐと会議を取り仕切る

部屋に入ってきたベルは、みなの顔を見て、深々と頭を下げた。

「ベルさま、お久しぶりです！」

笑顔でベルに歩み寄ったのは、ティオーナとリオラだった。サンクランド旅行の際にすっかり仲良

くなった彼女たちに、ベルは輝くような笑みを浮かべる。

「お久しぶりです。ティオーナおば……、ティオーナさま。リオラさん」

さらに、

「ご無沙汰しています。ベルさま」

次に声をかけたのはラーニャだった。彼女とは、一緒にダンスレッスンをした仲である。ベルは親しげな笑みを浮かべて、その手を取る。

「お久しぶりです。ラーニャさま。ダンス、練習してますか？」

「ああ、ええと、時々……かな？」

「ふふふ、ボクもです。ついうっかり」

そうして二人は、悪戯がバレた子どもみたいに笑いあう。

ベルを中心にして生まれた温かな空間に、ミーアは思わず、微笑ましい気持ちを抱いてしまう。

その光景が、未来でベルがどのように扱われているのか、表しているように見えたから。

――そうか。この続きにあるのが、ベルの生きる未来なんですわね……。

そうして、ちょっとした満足感に浸っていたミーアだが、ふと気付く。

未だにアベルが、言葉を失い、立ち尽くしていることに。

――ああ、そうでしたわね。アベルは、混乱しても仕方ないですわね。早く、説明させなければ……。

ベルのほうを見て、声をかけようとしたところで、

「君は……何者だ？」

鋭い声が、温かな空気を切り裂いた。

誰何したのはシオンだった。いつもは涼やかな色を湛える瞳に浮かぶのは、疑惑の色だった。

「アベルから聞いている。君は、蛇に殺されたはずだ……」

その言葉に周りの者たちは、一様に驚きの表情を浮かべる。対照的に、シオンが浮かべるのは驚きではなく、現実的な警戒の色だった。

それも仕方ないことかもしれない。なにしろ、殺されたはずの人物が目の前に現れたのだ。怪しく思わないはずがない。

そして、そういうよからぬ陰謀を好むモノのことを、ミーアたちはよく知っている。

「もしも、君がベル嬢の偽物で、悪辣な蛇の策謀の一部なのだとしたら……我が友、アベルとミーアを愚弄するその行い、とても許せるものではないが……」

静かなる怒りを露わにするシオンを制したのは、じっと黙ってベルを見つめていたアベルだった。

「……シオン。間違いない。彼女は、ベル嬢だ」

「アベル……？」

怪訝そうに眉をひそめたシオンに、アベルは口元に疲れた笑みを浮かべた。

「いや、大丈夫。ボクは正気だ……。いや、まぁ断言はできないけれど、少なくとも、自分の正気を疑える程度には、まだ冷静だと思う」

ため息を吐き、それから、ベルのほうに改めて視線を向ける。

「一瞬、姉の罪を軽くするために、彼女が生きていたと思い込もうとしているのだと思った。その感情が強すぎて、ボクの目を曇らせているんじゃないかと疑った。でも……」

アベルは静かに、ベルのほうに歩み寄った。

「ボクにはわかる。彼女は、ボクたちの知っているベル嬢だ」

確信のこもったアベルお祖父さまの言葉に、ベルは嬉しそうに頷いた。

「さすがは、アベルお祖父さま。わかっていただけて、嬉しいです」

ニコニコと笑うベルに、アベルは小さく首を傾げた。

「えっと、お祖父さま……？　それは、いったいどういう意味かな？」

ベルは一度、ミーアのほうに目を向ける。ミーアは深々と頷いて、

「とりあえず、みなさん、一度、テーブルへ。続きはお茶をいただきながら話しましょう。少し難しい話になりますし」

それから、ミーアは、そっとテーブルの上、お皿の上に置かれた黄金色の焼き菓子へと視線を注ぐ。

――難しいお話ですし、美味しいお菓子が必要ですわ。

ごくり、と喉を鳴らしつつテーブルにつき、それから小さく咳払い。その後、

「さ、ベル。改めて名乗りなさい。それが皇女としての礼儀というものですわ」

ベルは、その言葉を吟味するように、小さく目を閉じ、そして口を開いた。

「ボク……いえ、私はミーアベル。ミーアベル・ルーナ・ティアムーン。栄光ある帝国の叡智、ミーアお祖母さまの孫娘です」

堂々たる名乗り。帝室の姫に相応しい、堂々たる気品あふれる態度で静かに目を開ける。長いまつ毛の奥、知性の光を湛えた瞳が、その場に集う一同を見つめた。

彼女の放つそれは、紛れもなく姫の気品。皇女の空気。

それが――次の瞬間……呆気なく霧散するっ！

どうだぁっ！　っとばかりに調子に乗った笑みを浮かべ、胸をむんっと張った瞬間に！

渾身のドヤァ！　顔を披露したベルは、みなの反応の鈍さに、すぐに不安そうな顔になる。

「あ……あれ？」

キョトキョトと周りを見回して……。

「あ、ええと、つまりですね……。ボクは、未来の世界からやってきたんです」

今度は、ちょっぴり困った顔で言った。

──ふぅむ、名乗りの時には風格がございましたのに、いまいち長続きしませんわね。ベルも……。

などと思いつつ、ミーアはもぐもぐ、カッティーラを味わう。あまぁい砂糖の味、生地の表面に固まったカリッカリの砂糖の感触が、なんとも美味しくって……。味覚に走った甘美なる刺激が、ミーアの脳みそを覚醒へと誘いつつあった。

「未来の世界……？　ミーアの孫娘、だって……？」

はじめに冷静さを取り戻したのは、アベルだった。

「そう言われれば確かに、ミーアの面影があるような気がするが……。そう考えると、ミーアの反応も……」

ベルの顔を見つめたまま、感慨深げにつぶやくアベル。だったが、

「そうか。君はミーアとアベルの孫娘だったのか。もしかすると、その名前は、ミーアとアベルとを合わせたものなのかな？」

シオンの言葉に、んっ？　と顔を上げる。

「どういうことだい？」

「いや、彼女の名前だよ。ミーアとアベルというのは、ミーアとアベルを合わせたものなのでは、と、ふと思ってな」

苦笑いを浮かべるシオン。刹那(せつな)、ピンと来たのか、アベルは深々と頷いた。

「なるほど……言われてみれば……」

っと、彼らの視線を受け、ミーアはわずかに狼狽(うろた)える。

自らの、ちょっぴりアレなネーミングセンスが、みなの前でバレてしまいそうになっているからだ。

が……。

「ふふふ、君のご両親は、ミーアとアベルのことを素直に慕っていたのだな」

そう笑ったシオンに、ベルはニッコリ笑みを浮かべる。

「はい。ボクのお母さま、ミーアお祖母さまと、アベルお祖父さまのことが大好きでした」

「と、ともかく、ですわ。この子は、わたくしの孫娘。未来からやってきた孫娘なんですの」

ミーアは慌てて割り込んだ。これ以上、余計なことを言われないように、と。

――しかし、これ、よくよく考えると、信じてもらえなかったら、説明のしようがないですわね……。

などと思うミーアだったが、みなは、特に疑う様子を見せなかった。むしろ、

「そうなんですね、私、全然わかりませんでした。確かに言われてみればミーアさまに似ておられますね」

気付けなかったことを恥じるようなクロエと、

「ペルージャンで縁の方だとは聞いてましたけど……そういうことだったなんて。気付けませんでした」

どこか悔しそうなラーニャである。他の者たちも大体同じような反応を見せていた。

「では、前の時に矢で射られた君は……？」

「ええと、詳しい説明は難しいので省きますが、前に来たボクというのは、ボクがいる未来とは別の未来から来たボクで、確かに、蛇の廃城で死にました。でも、その時のボクの魂は、ミーアお姉さまがこれから築く予定の未来に飛ばされて、そこで、今のボクと統合された感じ……でしょうか」

日記の文章は書き換わる。命を持たぬ物質も歴史の因果から逃れることはできず、それゆえ、それが存在していた未来が消えた時点で消えていく。

だから、ベルも命を失った時、その体は物と化し、彼女がいた未来世界の消失に合わせて消えてしまったのだ。

ただ唯一、消えることのないのが魂。あるいは、それに刻み込まれた記憶だった。

揺らぎによっていくつかに分かたれた魂は、いずれ最も濃い時間線の魂へと収束していく。そして、その時に行われる記憶の継承こそが夢……。

なぁんて、説明を始めようとしたベルを、ミーアは慌てて止める。

時間線の『揺らぎ』などという話が出始めた時点で、さすがに、ついていけずに戸惑う者たちが多かったから、それを気遣って……ではない。

戸惑う者たちに、ミーアが質問を受けるのを避けるためだ。

どうも、生徒会の一部の者たちは、とりあえずミーアに聞けばなんでも教えてもらえると思っている節があるようなのだが……ミーアとてベルが何を言っているのか完全には理解していない。

なんだったら、今話を聞いている者たち以上に理解できていないかもしれない。

ということで……。

「まぁ、難しい話は良いですわ。ともかく、ベルはわたくしの孫娘であり、ここでの生活の記憶をすべて持っている。あの時のベルとだいたい同一人物である。そういうことでよろしいですわね？」

聞かれても答えられる事実だけ告げる。

それ以上のことは、どうでもいいことだと、聞いても仕方のないことだと質問の範囲を制限したのだ！

生徒会長ミーアの、議長としての手腕が冴え渡る！

……よく見ると、ミーアの目の前に置かれていたお皿の上のカッティーラはすでに消えていた。

英気十分、糖分を補給したミーアの、議長としての手腕が冴え渡る！

第二十五話　モリベル

「なるほど。確かに、これ以上、世界の仕組みを知っても、あまり意味があることではないかもしれないわ」

黙って聞いていたラフィーナが、そこで口を開いた。

「どういうことですか？　ラフィーナさま」

不思議そうに首を傾げるクロエに、ラフィーナは優しい笑みを向ける。

「簡単なことよ。秘されたことには、秘されるだけの意味がある。神秘という言葉があるけれど、それを解き明かすのは、それほどよいこととは思えないもの。だって、それは神によって秘されたことでしょう？　人には、知らぬほうがよいことだってある」

紅茶のカップを片手にとり、一口。それから、ラフィーナは続ける。

「我らの神は、人が平穏に生きるのに必要な知識を与えたもうた。この地を治める道徳、倫理のすべては、神聖典に書かれているの。なぜ、人を殺してはいけないのか？　それは、神がそれを禁じるから。なぜ、他人のものを盗んではいけないのか？　それは、そのように神聖典に書かれているから」

すべての人に共有された動かぬルールがある。それに照らし合わせればこそ、貴族も民も納得するのだ。

「神からいただいた神聖典により、私たちは、そのように諭せるし、その秩序を根拠にして悪事を咎め、裁くことができる。神聖典という、誰もが認める権威ある書に、それが明文化されている意味は、そこにある。そして、それは人が平和に暮らすために必要な知恵だからこそ、人に明かされている」

それから、ラフィーナは少しだけ表情を硬くする。

「逆に言えば……人の分を超えた知識、人を歪め、悪へと走らせる知識というのもあるのではないかしら？　例えば、人を騙す方法とか、国を崩す方法とか、ね。その最たるものが、恐らくは『地を這うモノの書』でしょう」

どうやって国を崩すのか、わからなければ、普通でいられたものを……そのやり方を知ってしまったがゆえに、革命に走る者がいる。

救われるべき弱者を、悪へと変えてしまう知識、それこそが地を這うモノの書の誘惑。それは確かに、知るべきではない知識といえるだろう。

「だから、分を超えたことを話さないほうがいい。ミーアさんが言っているのは、そういうことではないかしら？」

涼やかなラフィーナの瞳が、ミーアのほうを見る。

聞かれたら困るから、聞かれても困らないことに議論の範囲を絞る……などという、ちょっぴりアレなたくらみに、極めて壮大な解説をつけられてしまったミーアは、実に神妙な顔で頷いて。

「……ええ、まぁ、そんな感じですわ」

いけしゃあしゃあと言ってのけた！

「なるほど。確かに、その通りかもしれませんね。未来のこととかわかってしまったら、私なんか、サボってしまうかもしれません」

ちょっぴり冗談めかして笑ったのは、滅多なことではサボらなそうなティオーナであった。そんな主の発言に、うんうん、っと元気よく頷くリオラ。

「私も、そう、思う、です。どこに獲物がいるかわかったら、探すの、面倒なくていい」

無邪気な彼女の発言に、その場のみなが明るい笑みを浮かべた。

にぎやかな生徒会の雰囲気に、微笑ましげな表情を浮かべて、ラフィーナは言った。

「そうね。神秘や、未来の知識などというものを知っていて、なお、謙虚（けんきょ）に、有益に使えるのは……それこそミーアさんぐらいじゃないかしら？」

それは……聖女ラフィーナの判断力を、女帝ミーアの判断力が上回った決定的な瞬間であった。

帝国の叡智、女帝ミーアは自身の怠惰を知り抜いているのだ！

「ん？　待てよ？　ということは、もしかすると、ミーアが大飢饉が起こると言って備蓄を進めていたのは、その未来の知識によるものなのか……？」

と、小首を傾げるシオンだったが、すぐさまクロエが反論する。

「いいえ。ミーアさまが食糧の備蓄を始めたのは、ベルさまが現れる前ではないかと思いますが……」

「はい、もちろんです。ボクが来るより前に、ミーアお祖母さまは備蓄を始めています」

厳かな口調でベルが言った。

「むしろ、いろいろな未来のことを教えるのは、よくないことであると、諫められてしまいました。過去のミーアお祖母さま自身にもあまり教えないように、と言われています。だからこそ、ミーアお祖母さまは、帝国の叡智と呼ばれているんだと、ボクは思いました」

モリモリ盛る。盛りに盛るベルである。モリベルである。

「そう。やはり、ミーアさんでもそう考えるのね。自分自身をも厳しく諫めるだなんて、さすがね……」

ラフィーナは、感心した様子でつぶやく。

「ということは、ベル嬢からこれから先に起きることを教えてもらうのはなしにしたほうがいい、ということか。だけど、いいのかな？　アベルとミーアとのことは……」

「あ、はい。大丈夫です。それは教えても大丈夫な情報なので」

憧れの人、シオンの言葉に、嬉しそうに頷いてから、ベルは説明を続ける。

てっきり、未来ですでに明かされている情報が云々、という話をするのかと思えば……。

「ボクのお母さんが生まれなくなってしまうと困るので……ボクが」

とんだちゃっかり者だった！

けれど、そのことにツッコミを入れる者はなく……。みなの顔に浮かぶのは優しい理解の色だった。もともとの性格に加え、ミーアの孫娘という地位を得たベルは、名実ともにみなに愛され、可愛がられる立ち位置を獲得していた。

とんだちゃっかり者である！

ベルの持つ能天気な雰囲気で、一気にその場が和やかなものへと変わっていく。

これで、アベルの元気が、少しでも出ればいいのに……っと、ミーアが視線を転じると……、アベルは変わらずに硬い表情をしていた。

「アベル……？」

「そうか……。では、やはり、姉上が殺したということには、変わりがないのだな」

心配になって声をかけるミーアだが、安心させるようにアベルは頷いてみせて……。

「ベル嬢、少しいいだろうか？」

アベルは、思いのほか真剣な顔で、ベルに声をかけた。対して、ベルは、

「うふふ、アベルお祖父さま、くすぐったいです。呼び捨てでいいですよ」

無邪気な笑みを浮かべる。それに気勢を削がれたのか、アベルは虚を突かれたような顔をして、

「ああ、そうか……。うん、わかった。それならば、ベル、一つお願いがあるんだが、後で少し付き合ってもらえないだろうか？」

「はて？　お願い、ですか？」

きょとん、と首を傾げるベルに、アベルは言った。

「ああ。ボクの姉……ヴァレンティナのことだ」

「あら……お義姉さまの？」

それは聞き捨てならん、とミーアがしゃしゃり出てこようとするが……。

「ああ、別に大したことじゃないんだ。ただ、ボクもミーアに倣（なら）おうと思ってね」

「はて、わたくしに……？」

「前に君がシオンにやったことさ。わからずやの姉を蹴り上げてやろうと思うんだけど、ボクがそれをするのはどうかと思うから、孫娘に代わってもらおうというわけさ」

そうして、アベルは悪戯っぽい笑みを浮かべた。

その顔を見て、ミーアは、ふっと心が軽くなったように感じた。

その笑みは、実に数か月ぶりに見る、少年らしい幼い笑みだったからだ。

第二十六話　流れ矢に射抜かれる……キースウッド

「アベル、いったい何を……？」

「いや、それは後にしよう。今は先にミーアの話を聞くよ。彼女の正体や帰還の報告が、今日の会議の主旨じゃないんだろう？」

そう言われてしまえば、重ねて聞くわけにもいかず。気にはなりつつも、ミーアは本題に移ることにする。

「アベルの言う通り、ベルのことは、今日の本題ではありませんわ。実は、ラフィーナさまにご相談させていただいたのですけれど、セントノエル学園に特別初等部を作ろうという話になりましたの」

「特別初等部……？　それは、いったい……？」

聞きなれない言葉に首を傾げるシオン。ミーアは、さて、なんと説明したものか……とラフィーナのほうを見ると……ラフィーナはちょっぴり嬉しそうに頷いた。どうやら、ミーアから説明をお願いされた、と勘違いしたらしい。

頼られたのが、ちょっぴり嬉しかったらしい、ラフィーナである。

「では、私のほうから説明するわね。中央正教会が各国に設けている孤児院、そこで、貧しい子どもたちに教育を施していることは、みなさん、ご存知かしら？」

その問いかけに、生徒会の役員たちは各々頷いて答えた。

中央正教会は、救いに関する知の独占を固く禁じている。富む者であれ、貧しき者であれ、神の救いには等しく与（あずか）ることができるよう、そんな願いのもと、神父たちが行ったのは、識字教育だった。

要は、あらゆる人が神聖典を自力で読むことができるのを目的に教育を施してきたわけだが……。

「それは、確かに必要なことで、価値のあることだった。それは決して変わらないわ。でも……」

そこで、ラフィーナは、静かに首を振った。

「それで十分なのだと、私たちは勘違いしてしまった。十分なはずがないのに。もしも、それで十分だと満足してしまったら、それは、貧しさを理由に、親がないことを理由に勉学を諦めさせることになる。それだけで満足しろと、踏みつけにしたことになる」

その言葉に、アベルも、シオンも苦しげな顔をする。

「そんな弱き者たちに、蛇は近づき、仲間に引き入れる……。そして、悪を成した者たちを、私たちは裁かなければならない。それは、次の蛇を生み出す要因となる。無限に繋がるその鎖を断ち切る術を、ミーアさんは、私に教えてくれた……そうよね？」

ミーアのほうを見て、ラフィーナは続ける。

「聞いたわ、ミーアさん。孤児院で勉学を頑張っていたセリアさんという女の子を自分の学園に、招待してあげたそうね」

一瞬の沈黙の後……ミーアは神妙な顔で頷いた。

「……ええ。そんなことがありましたわね。うん」

自分だけが苦労するのはシャクだから巻き込んだだけ、などという不都合な真実は、記憶の彼方に放り投げてしまうミーアである。

「それを聞いた時、私は思ったの。そうか、そんな方法があったんだって」

「なるほど。蛇を生み出す温床を潰す。その温床すらも味方にしてしまい、将来の禍根の芽を摘み取ろうと、そういうことか……。それは確かに効果的な方法なのかもしれないな」

鋭い表情で頷くシオンと、力強く頷くラフィーナ。みなに納得の表情が広がっていくのを横目に、ミーアは考える。

――まぁ、この調子ならば、生徒会の方たちを説得するのは、そう難しくもないでしょうけど、問題はやっぱり、ここにいない方たちですわね。さて、どう説得したものか……。

そんなことを考えつつ、ミーアはフォークを伸ばそうとして……愕然(がくぜん)とする！

つい先ほどまで、目の前にあったカッティーラ。それが……完全に消えていた！

――まっ、まさか……っ！

慌てて、お腹をさすったミーアは、思わず頭を抱える。

――ああ、やってしまいましたわ。またしても……。甘いものを食べ過ぎてはいけないと、昨日もアンヌに言われておりましたのに……。タチアナさんにも、怒られてしまいますわ。

無意識に食べているとは、恐ろしい現象だ……などと思った時、唐突に……ミーアの脳裏に閃くものがあった！

──ああ……そうか。そういう……ことでしたのね。

耳に甦るのは、低く穏やかな声。料理長の、声だった。

「お食事を食べずに、お菓子だけを食べてはいけません」

自身を諌める声、その言葉の意味が、ようやくわかった。

なぜ、お菓子を食べ過ぎるな！　ではなく、食事を食べてから……なのか？

それは……。

「お菓子の食べ過ぎを防ぐためには、お菓子を食べさせなければいいというわけではない……。空腹であれば、たとえ禁じられたとしても、お菓子に手が伸びてしまうものですものね」

だからこそ、料理長は言ったのだ。食事を食べずに、お菓子を食べたらいけない、と。

「お菓子の食べ過ぎを防ぐためには、体に良い食事を食べさせ、満腹にさせてしまえばいい。そうすれば、そうたくさんは、お菓子は食べられない」

じんわーりと頭の中にしみこんでいく納得感に満足しつつ、顔を上げたミーアは……。

「……はぇ？」

思わず、瞳を瞬いた。

なぜなら、みなが、目を丸くしてミーアのほうを見ていたからだ。

「ミーアさん……」

いち早く、冷静さを取り戻したラフィーナは……直後に、愛のない自身を恥じた。

――やっぱり、ダメね……私……。

ラフィーナの目に映っていたのは、あくまでも、蛇に対する効果的な手段だ。

蛇の教育を受けた者に対する再教育、蛇から遠ざけて、悪しき者にならぬよう、悪から遠ざからせる。そのための、効果的で、効率的で、合理的な手段と、ラフィーナは考えていたのだ。

けれど……ああ、けれどなのだ。

それは、決して、ミーアの欲するところではない。

ミーアにとって蛇への対策よりも、もっと重視すべきことが、ほかにあるのだ。

国を担う優秀な人材を育てること？　未来を担う子どもたちに、忠誠心を植え付けること？

否、そうではない、とミーアは言う。それは、ただの結果に過ぎないのであると……。

彼女は言うのだ。

「良い食物で、子どもの腹を満たせ」と。

それこそが、大切なことだ、と。

彼女の目が捉えるのは、あくまでも、子どもたちのこと。

子どもたちをどう扱うか、そのことだけだった。

それは慈愛に満ちた視点。ラフィーナは、その視点が、自分には欠けていることを自覚する。と同時に、思わず嬉しくもなってしまう。

ミーアと友だちになれたことが、今は、とても嬉しい。

彼女の持つ優しさを、学び、自分もまた、持ちたいと思う。

「子どもを悪の道に染めないためには、悪から遠ざけるのではなく、良いもので満たせ……と、そういうことなのね……ミーアさん」

かすかに震える声でつぶやくラフィーナに、ミーアは……。

「はぇい……」

なんだか、気の抜けたような返事をするのみだった。


この時のミーアの言葉は、後に一つの格言を生むことになった。

「あなたの子どもの皿から、悪しき食べ物を取り除け。されど、その子を空腹でいさせてはいけない。ゆえに、その皿に良き食べ物を山のように盛り、子の腹を満たせ」

というこれは、法秩序の大切さを教えた「少年少女よ、法志(ほうし)を抱け」と並んで、教育者ミーアのポピュラーな格言として広まっている。

(……ちなみに、そちらの格言は、子どもたちをキノコ狩りに連れていった際に言った言葉として知られている)

ともあれ、生徒会のメンバーの了解を取り付けたミーアは、無事、特別初等部の設立へとこぎつけることになるのだった……。


——変わらないな、ミーア姫殿下は……。

一方で、一連の流れを見ていたキースウッドは、ミーアの言葉に納得感を覚えていた。

——国の別にかかわらず、その人間が持っている才を開花させることなく枯れる……それを、ミーア姫殿下は許せないんだ。

彼女の示した指針、それは剣術大会の際にキースウッドが見出だしたミーアの本質をなぞるものだった。

——思えば、ミーア姫殿下ほど、子どもの教育に向いている方もおられないかもしれないな。

などと、ミーアに感銘を受けるキースウッドであったのだが……。

「あ、そうだわ。ところで、キースウッドさん」

不意に、ラフィーナの明るい声が、耳に届いた。

「はい。なんでしょうか？」

主であるシオンではなく、自身に声がかかったことに、彼は危機感を覚えるべきだった。

けれど悲しいことに、この時の彼は、ミーアの言葉に感動し、注意力が若干、散漫になっていた。

そんな彼の油断、それはさながら、堅牢な鎧（よろい）に開いた隙間……そこに、容赦なく、ラフィーナの刃が滑り込む！

「馬形のサンドイッチというのを、ミーアさんにお勧めされたのだけど……」

「…………はぇ？」

思わず、口からおかしな声が出てしまうキースウッド。そんな彼にラフィーナの追撃が迫る！

「聞いたわよ？　キースウッドさんに手伝ってもらったって。ものすごく、お料理が上手なんだって、ミーアさん、とっても褒めてたわ」

思わず、ミーアに、ちょっぴーり殺気のこもった視線を向けてしまう、と、ミーアは……「しっかり、評価しておきましたわ！」などと、力強く頷いてみせた！

――まぁ、そうなんですがね？　普通は額に汗したことを評価してもらったら、嬉しいんですけどね!?　くそったれ！

ぐぬぬ、っと葛藤（かっとう）にあえぐキースウッドに、ラフィーナは、聖女の笑みを浮かべて言った。

「今度、その作り方を伝授してもらいたいの。できれば、お手伝いも……。お願いできるかしら？」

聖女の笑みが……どこか邪悪な笑みに見えるキースウッドである。さらに、

「ええ、構いませんよ。しっかり頼むぞ、キースウッド」

シオンも快諾してしまう。その爽やかな笑みに、思わず、殺意にも似たナニカを抱きそうになるキースウッドである。

――ぐぅ、し、仕方ないとはいえ……これは……。

かつて、一人で二匹の狼を相手にした時と同様の死地……圧倒的なプレッシャーに思わず腹をさすりながら、キースウッドはうぐぐっと唸る。

――ああ……ちくしょう！　サフィアス殿……うらやましいなぁ！

今はここにいない友を思う、キースウッドであった。

第二十七話　悪い孫娘、祖母に恋愛のコツを語る

セントノエル学園、特別初等部構想――生徒会長ミーア肝（きも）入りの、その政策は、あまり好意的には

受け入れられなかった。

ラフィーナや生徒会メンバーら、一部の生徒を除き、多くの者が示したのは戸惑い。そして、それを大きく上回る反感だった。

「まぁ、そうですわよね……。やはり……」

なにしろ、セントノエルに通うのは、各国の次代を担う〝高貴なる身分の者たち〟だ。

いきなり、同じ学び舎に孤児を受け入れると言われても、すんなりとは納得できないだろう。

にもかかわらず、ミーアは生徒会長への再選を果たした。

もちろん、ラフィーナが出馬を辞退したことが大きな要因としてあったが、同時に、ミーアの公約に表立って反対する者が現れなかったことも関係していた。

そう、特別初等部構想に反対の声を上げる者は、ただの一人もいなかった。ミーアの公約は、静かな反感を持って、受け止められたのだ。

――誰も反対の声を上げない。それが、逆に恐ろしいところですわね。絶対に、心の中で反対している方もいるでしょうし、頓挫させたい方もたくさんいるんでしょう……。

そんな彼らが黙っているのは、一つにはミーアの持つ絶大な権力が怖いから。

そして、もう一つは、特別初等部構想が道義的に〝正しい〟ものだったからだ。

各国の孤児たちに、よりよい教育を施すこと。それは、紛れもない慈悲であり、道徳的に全く正しいこと。ゆえに、それは何者の反論も許さないある種の正論……ではあるのだが。

――総じて、そういうものほど反対者からは嫌われるもの。きっとちょっとしたことでも揚げ足を取ろうという者がいるはずですわ。

絶対な力で抑えつけた意見は、その力関係が崩れた時、容易に吹き上がる。

そして、正論によって抑えつけた意見は、その〝正しさ〟が揺らいだ時、止めどもなく湧き上がるもの。

正直、ミーアとしては今の状態は決して望ましいものではないが……。

——こうなってしまった以上、仕方ありませんわ。ここは、文句のつけようがないように、完璧に事を進めていくしかありませんわ。今日は午後から、特別初等部の講師と打ち合わせがありますけれど、しっかりやらないといけませんわね。うう、しかし……いろいろ考えると、お、お腹が……。うう……。

あまりの、プレッシャーに、お腹がきゅうっと痛くなり……痛くなり……痛く？

「むっ……この匂いは！」

不意に、ミーアの鼻先に、美味しそうな香りが漂ってきた。それは、チーズの焦げた香ばしい匂い。そう、ミーアは、今、食堂にいるのだ！

お腹が痛いとか思ったけど、勘違いだった！　ただ、空腹を錯覚していただけだったのだ！

ちなみに、ミーアの隣には、ちょこんと行儀よくパトリシアが座っていた。

こちらは、ミーアのようにしまりのない顔をしたりはしない。その顔は、ただひたすらに、お人形のように、無機質な表情を浮かべていた。もっとも、その手は、ミーアと同じようにお腹をさすっていたりするのだが……、まぁ、それはさておき。

「五種のキノコグラタンでございます」

空腹のため、お腹をさすっていたミーアの目の前に、ホッカホカの湯気を立てるグラタン皿が置かれた。

「おお、待っておりましたわ！」

パンッと手を打って、ミーアは漂う香りに心を委ねる。

チーズの焦げた香ばしい匂いに、ミーアのお腹がクゥッと元気よく鳴った。

「今日は朝からこれが食べたくって、お勉強に身が入らなかったんですのよ？」

そう悪戯っぽい笑みを浮かべると、食堂のスタッフは深々とお辞儀をした。

「ありがとうございます。最高の賛辞として、シェフに伝えさせていただきます」

そうして、食堂のスタッフが行ってしまうのを待って、ミーアはアンヌに声をかけた。

「ああ、アンヌ、申し訳ないですけど、パティのこと、気をつけてあげてちょうだい。容器がとっても熱くなっておりますから、やけどがないように」

「わかりました。ミーアさま」

その場に控えていたアンヌは、ふん、っと気合を入れて、両手にスプーンを持った。それから、パティ、ことパトリシアのグラタン皿から、もっと小さな小皿に、中身を小分けにしていく。

びよーんっと伸びたチーズを見ていると、再びミーアのお腹がクゥッと鳴った。

──あのとろーりしたチーズを、キノコに絡めて食べると、たまらなく美味しいんですわよね。

などと、思いつつ、ミーアは自らのグラタンをやっつけにかかる。

フォークで刺した大ぶりのキノコ。平べったく切ったそれに、たーっぷりのチーズと、クリームソースを絡めていく。ふーふーと息を吹きかけるも、我慢できずに、ぱくりんっと一口。

「あふほふ……」

熱い。口の中に広がる熱。舌に絡みつくチーズに涙目になりつつも、ほふほふ、と息を吸う。瞬間、チーズの、まろやかな風味が鼻を駆け抜けていく。

コリリッと……。噛みしめるたび、心地よい音を立てるキノコ。クリームソースに彩られた淡い味わいに舌鼓を打ちつつ、次なるキノコへ。

──歯ごたえの違う五種のキノコ……このセレクトがこのお料理の肝ですわね。しかも、キノコそれぞれの特性に合わせて切り方を変えている……。このシェフ、なかなかできますわ！

異なるキノコの立てる心地よい五重奏に身を委ねることしばし……グラタン皿の中身は、見る間に減っていく。

「素晴らしい。さすがは、大陸最高峰のセントノエル学園。堪能いたしましたわ」

……別に、料理が大陸最高峰というわけではないのだが、そんな細かいことをいちいちツッコむ者は、ここにはいなかった。

そうして、一心不乱にグラタンを食べて、ホッと一息。

口の中に残る濃密な味の余韻に浸っていたところで……ミーアはふと気付く。

パトリシアが……グラタンを残しているということにっ！

「あら、パティ、お腹いっぱいなんですの？」

まぁ、体が小さいし仕方ないかな？　と思うミーアだったが……。パトリシアは小さく首を振って答える。

「いいえ、ミーアお姉さま。まだ、食べられます。デザートにケーキが食べたいです」

「ふむ。ケーキは同意いたしますが、それならば、きちんと食事を食べなければいけませんわ。残さず、最後まで食べなければ……」

　と、パトリシアは、不思議そうに首を傾げた。

「なぜです？　ミーアお姉さま。高貴な血筋の者は、最後まで食べずに必ず残し、美味しいところだけを食べなさい、と言われています」

　その答えを聞き、ミーアは思わず、クラァッとする。

　――おお……それは、実になんとも、帝国貴族っぽいですわ。

　クラウジウス侯爵家で育てられたというパトリシアである。その感覚が、貴族的なのは仕方ない話ではあるのだが……。

　――ああ、その考え方が、帝国を滅ぼすことになるのですわね……あら？

　ミーア、そこで、ふと気付く。

　――そうですわ。この子は、蛇の教えを受けた者。帝国を滅ぼし、混沌へと落とすことこそが、蛇の目的のはず。であれば、このいかにも帝国貴族、という思想を教え直すことこそが、すべきことなのではないかしら。

「ミーアお姉さま？」

　首を傾げるパトリシアに、ミーアは腕組みして考え込むことしばし……。やがて、一つの答えにたどり着く！　それは……。

「なるほど。それは……高貴なる女性の価値観として正しいと思いますわ。けれど……皇帝の心を掴むには、どうかしら？」

「……どういう意味でしょう？」

「あなたは、皇帝に近づき、妻として、彼を堕落させなければならない。そうですわね？」

真剣な顔で見つめるミーアに、パトリシアは小さく頷く。

「では、他の令嬢に埋もれるような、普通の行動をしていてはいけませんわ。むしろ、綺麗に、意地汚く食べ尽くしてやればいいのですわ。そうすれば、皇帝の印象にだって残るに違いありませんわ！」

恋愛軍師ミーアは、ずがががが｜ん！　っと効果音を背負って言った。

「…………っ！」

一瞬の沈黙の後、パトリシアは、深い、ふか｜い！　納得の顔をして、

「なるほど……とても勉強になります！」

尊敬のまなざしを向けてきた。

――ああ、すごく、チョロいですわ、お祖母さま……。

それを見て、ミーアは、してやったりな顔をする。

祖母を騙す、悪い孫娘ミーアなのであった。

第二十八話　ミーアがそう言うのなら……

さて、ミーアが食堂で舌鼓（したつづみ）を打っている頃、生徒会室では、シオンとティオーナが、午後の会合の準備をしていた。

セントノエル学園は、もともと中等部以上の教育を施すための機関である。

それよりさらに下の初等教育となると、新しく講師を用意する必要があるため、今日はその候補者との顔合わせをする予定なのだ。

聖ヴェールガ公国から届いた教師の情報に目を通し終えて、シオンは小さくつぶやいた。

「特別初等部構想、か……」

「シオン王子は、どう思われますか？」

隣で書類をまとめていたティオーナが、顔を上げて言った。

「大したものだ、と思う。ミーアの掲げた政策は的確で、しかも、重層的だ」

「重層的、ですか？」

怪訝そうな顔をするティオーナ。対照的に、納得の頷きを見せたのはキースウッドだった。

「重層的……か。なるほど、言い得て妙ですね」

彼は、基本的にシオンの従者として、王族や貴族同士の会話には入らないようにしている。けれど、ここ、生徒会は別だった。

なにしろ、生徒会長のミーアは、周囲に話を振るのが大好きな人なのだ。いろいろな者たちから意見を聞くことを大切にする、それは、よい統治者の資質だ。

だから、キースウッドのミーアに対する評価は実に高い。

馬形サンドイッチなどという、いささか以上に面倒な仕事を押し付けられたとしても……それを、よりにもよって大陸が誇る聖女ラフィーナに伝授しなければならないとしても、その評価は変わらない。恨みになんか全然思ってない……本当だ！

さておき、

「えっと、それはどういう意味でしょうか……？」

首を傾げるティオーナに、シオンは自らの考えをまとめながら、言った。

「その狙いというか、効果というか……利点が複数あるということさ」

「確かに、その通り、です。ミーアさま、ルールー族の村を救う時に、皇女の町を建てた。それが学園都市になり、小麦の開発をするようになった、です。全部、繋がってる」

ティオーナの従者、リオラ・ルールーの同意を聞きながら、シオンは、目の前の書類の余ったスペースにペンを走らせる。

「特別初等部を作る一番の理由は、次なる蛇を生み出さないための予防だ。けれど、今この時に特別初等部を作る理由はもう一つある。大飢饉への備えだ」

「大飢饉への……？」

「特別初等部への入学対象となる子ども……孤児や貧民街の子どもたちというのは、飢饉になった際に一番に見捨てられる者たちだ。ミーアは、食糧不足の懸念が高まりつつあるこの時期に、あえて、その子どもたちを気にかける姿勢を見せようとしているんだ。それは、各国の王族、貴族たちへの強いメッセージになる」

少なくとも、サンクランドの貴族たちに対しては、かなり強い影響を及ぼすだろう、とシオンは考えていた。

ミーアの助言を入れて、備蓄を進めていたサンクランドは、帝国ほど潤沢ではないにしろ、それなりの量の食糧を確保することに成功していた。

にもかかわらず、不安の声を上げる貴族たちは一定数いる。

正義と公正を旨とするサンクランドであっても、孤児たちを見捨てるという判断をする者が現れるかもしれない。

平時であれば人徳者として振る舞える者であっても、有事の際には冷酷な本性を表してしまうもの。それが人の弱さというものだと、シオンは思っているが……。

「ミーアはその引き締めをしようとしたのだろう。彼女はいつだって、大陸を大飢饉が襲うということを心配していたから」

「国内の貴族の中には、『大飢饉などオーバーだ。そんなもの起こるはずがない』なんて声を上げる者も多いようですけどね」

肩をすくめるキースウッドに、シオンは深刻な顔で頷く。

「お前の思っている通りだな。キースウッド。それは実に蒙味（もうまい）な考え方だ」

不安に駆られて、食糧をケチるのも問題なら、そんなことは起こらないと楽観視して、備蓄を怠るのもまた問題だ。

目の前の状況を理解しようとせず、大した危機ではないと豪語する。それもまた愚かなことだった。

「そもそも、この大飢饉、最大の肝は、その存在を民に知られないことだろうに……」

そう言いながらも、シオンは思っていた。

自分は、もしかしたら、今、初めてミーアと同じ視座に立つことができているのではないか、と。

「民に知られてはいけない……。それは、どういうことでしょうか？」

再びのティオーナの疑問。どう答えようか考えをまとめつつ、シオンは少しだけ戸惑う。

彼女に説明することで、頭の中が整理されていくことを実感したから。そして、それが少し楽しいと感じている自分を見つけて。

「そう、だね……。この大規模な不作の問題点は二つある。一つは言うまでもなく食糧の不足。もう一つは、その不足で生まれる民の混乱だ。食糧の不足だけであれば、なんとか耐えきれるかもしれない。それこそ、民が兵のように、規律正しく整然と動いてくれるならば、この事態は乗り越えることができるだろう。しかし、もしも不安と恐怖に駆られ、暴動が起これば、もはや収拾がつかなくなる」

流通網は乱れ、その結果、さらに食糧は不足する。価格の高騰により、貧者は餓死し、体力を失った者を病が襲う。こうして生まれた負の連鎖を止めるのは、容易なことではない。

「そうしないために大切なことは、食糧を不足させないために備蓄をしておくこと。食糧を入手する術を確保しておくこと。そして、民を不安にさせないことだ」

「ああ。そうか……民を不安にさせないためには、食糧が不足しているということを、知られてはならない。そういうことですね？」

シオンは首肯しつつ、続ける。

「同時に大事なのは、仮に食糧が不足しても、王が必ず助けてくれると、民から信頼されていることだろうが、しかし、すごいな……。ミーアは……」

ここまで言ったところで、シオンは思わずといった様子でつぶやいた。

「ミーアさまは、そのすべてをしっかりと整えてきたのですね」

ティオーナは、明るい声で、シオンに同意する。

民からの信頼を得るため、自らの誕生祭を活用した。

食糧が不足しないよう、民に食糧不足を感じさせないよう、第一の臣下であるルードヴィッヒに準備させた。

　備蓄に努め、遠き異国より小麦を輸入するための手立てをも整えた。

「それどころか、国家間の緊張が高まらないように、パン・ケーキ宣言をして、その上で、ペルージャンにて、フォークロード、コーンローグ、両商会を掌握した……か。本当に、この大飢饉に備えて、行動してきたように思えるな……」

　それを聞いて、ふと、キースウッドが首を傾げた。

「しかし、実際のところ、どうなんでしょうね？」

「なんのことだ？」

「例の、ベルさまがミーア姫殿下のお孫さんだという話です」

　その問いかけに、シオンは腕組みしてから、

「そうだな。にわかには信じがたいが……別に疑う必要もないように思うな」

「というと？」

「つまり、ミーアがそう思っておいてほしいと言うなら……そう思っておけば問題ないだろう、ということさ。ミーアは悪を成すために偽りを口にすることはないと思うから。そうだな、例えば、パッと考えつくものだと、周りが自分に頼りすぎないようにするため、とかそんな理由じゃないかな？未来の知識を得ていたから、まともな判断をできたというのと、なにも情報がないのに、未来に対する正確な予測が立てられたというのとでは、違うだろう？」

「確かにそうですね。ミーアさまを万能だと思ってしまったら、頼りすぎてしまうかもしれません。ミーアさまは常々、自分一人でするんじゃなくって、仕事を他の人に割り振ることを大切にされてい

ましたから」

ティオーナが納得の頷きを見せる。そんな彼女に、シオンは真剣な顔で続ける。

「だから、まぁ、ミーアが偽りを言ってるなら、それを信じておいても問題ない。それに……もしかしたら、本当のことを言っているかもしれない。あれは、こちらを騙そうとするには、あまりにも突拍子がなさすぎる嘘だったから」

「吐くならば、もっとマシな嘘にしろ、というやつですか？」

キースウッドの問いに、シオンは肩をすくめた。

「言い方は悪いが、まぁ、そういうことだ。以前はベル嬢のことを妹のようなもの、と言っていたが、今回もそう説明されたほうがよほど納得できただろう」

「なるほど。矢を受けたけれど、奇跡的に生きていたというほうが、まだ無理がないですね。アベル王子が目撃したことというのも、ベルさまが、光の中に消えたというだけですし……」

狼使いに襲われた時にも、ミーアとベルは光っていた。あの時と同じだと言われれば、そのほうが容易に納得できただろうし、それを思いつかないミーアでもないだろう。

「にもかかわらず、よりあり得そうもない説明をするというのは、なにか意図があるか、あるいは、本当に真実を告げているのか……ですか」

キースウッドのつぶやきに、シオンは苦笑いで首を振った。

「理屈ではそうさ。ただ、俺としては別の判断をしたいと思ってる」

「別の判断というと？」

「友を信じる。それだけさ。俺はアベルの直感を信じる。それに、ミーアのことも。疑わない理由は、

「それで十分じゃないかな？」

それから、彼は、ティオーナのほうを見つめて、言った。

「ティオーナも、そう思うだろう？」

「はい。私も信じたいと思います。ミーアさまが、そう言うのですから……」

と、そこにタイミングよく、話題の中心人物、ミーアが入ってきた。

「あら、みなさん、なんのお話をしておりますの？」

きょとん、と首を傾げるミーアに、みなは優しい笑みを浮かべるのだった。

第二十九話　権威主義者ミーア！

「お待たせしてしまい、申し訳ありません」

生徒会室に入ると、みなの視線がミーア……の隣に立つ少女へと向かう。

「その子が、例の……？」

代表するように口を開いたのはシオンだった。ミーアは静かに頷いて。

「ええ、そうですわ。パティ、ご挨拶を。こちらは、シオン王子ですわ」

「シオン、王子……？」

きょとん、と首を傾げるパティに、シオンが優しく微笑みかける。

「初めまして。お嬢さん。俺は、シオン・ソール・サンクランド。サンクランド王国の第一王子だ」

「サンクランド……？　でも、サンクランドの王子の名前は……」

「パティ。そういうことだと思っておけばいいですわ」

そう言って、ミーアは軽くウィンクする。

「なるほど、はい、わかりました」

表情は一切変わらないまでも、心得ました！　と元気よく頷き、パトリシアはシオンに頭を下げた。

「パトリシア・クラウジウスです。以後、お見知りおきを」

彼女の堂々たる名乗りを眺めながら、ミーアはふと思う。

――しかし、この子、シオンを見てもまったく態度が変わりませんわね。

老いも若きも、あらゆる世代の女性陣を魅了するのがシオン・ソール・サンクランドである。かつてはミーアでさえも、その爽やかな笑顔に目を奪われたものである。

――それなのに、まったく見惚(みと)れもしないし、緊張もしないだなんて……。さすがはお祖母さまということかしら？　それとも、蛇の教育の根深さを嘆くべきかしら？　あるいは、恋愛にうつつを抜かす余裕がない事情があるとか……？

などと考察しているうちに、ラーニャ、クロエが順番にやってきた。

そして、最後にやってきたのは、ラフィーナと、もう一人。

「みなさん、揃ってるかしら？」

涼しげな笑みを浮かべるラフィーナ。その隣に立つ男に目をやりつつ、ミーアは気合を入れる。

――今はアベルがいないんですし、わたくしがしっかり頑張らねばなりませんわね。

そう……アベルは今、セントノエル島にはいない。ベルを伴って、姉に会いに行っているのだ。

いつも傍らで支えてくれる彼の不在を心細く思いつつも、それを吹き飛ばすように、ミーアは深呼吸して、口を開く。

「ラフィーナさま、その方が？」

視線を向ける先、立っていたのは、すらりと背の高い優男だった。

年の頃は二十代後半、あるいは、三十に届くだろうか？

端整な顔には、知的な眼鏡がかけられていて、レンズの奥の瞳は、穏やかな笑みを浮かべている。

シオンやアベルには劣るものの、これまた甘いマスクの男であった。面食いのエメラルダ辺りであれば、自身の家の執事などにスカウトしたかもしれないが……。さすがにミーアは、そんな容姿など、歯牙にもかけない。

むしろ、ミーアが注目していたのは、別のものだった。それは……。

「お初にお目にかかります。ユリウスと申します」

ユリウスは、一歩足を引き、胸に手を当てて頭を下げる。

それは、帝国貴族の伝統的な礼だった。

「まぁ、これは、ご丁寧に。生徒会長をしております、ミーア・ルーナ・ティアムーンですわ」

ミーアはスカートの裾をちょこん、と持ち上げて礼を返す。他の者が、それぞれに挨拶を交わしたところで、

「それにしても、驚きましたわ。あなた、帝国のご出身なのね？　どこの家の方かしら？」

尋ねると、ユリウスは恥ずかしそうに頭をかいて、

「申し訳ありません。実は、没落した貴族の出身なので、今は家名を名乗らないことにしているので

す。オベラート子爵家という名前に聞き覚えはございますか？」

「オベラート子爵家……ええ……まぁ……どこかで聞き覚えがある気がしますわ。詳しくは存じ上げませんけれど……」

などと愛想笑いを浮かべるミーア。実際のところ、まるで聞き覚えはなかったのだが、まぁ、それはさておき……。

「いずれにせよ、頼りになりそうな方で安心いたしましたわ」

ミーアの一言に、ユリウスは、小さく目を見開いた。

「頼りになりそう……ですか？」

怪訝そうな顔をするユリウスは、小さく首を傾げた。

「栄光ある子爵位をいただき、先代の陛下より金銭を援助いただいたにもかかわらず、それをすべて食いつぶし、頼りの爵位までをも失った無能者の家でございますが……」

「ふふ、なにをおっしゃいますやら……。爵位を失ったと言いますけれど、あなたが家を継ぐ時に、どうにもならなくなっていた、などということもあるでしょう」

ミーアはふと思い出す。

破滅を回避するために、忠臣ルードヴィッヒと駆け抜けた日々のこと。

いろいろな場所に行き、手を尽くしたけれど、すでに、あの時点では手遅れで……。

——ご先祖の負の遺産が巡ってくる不幸というのは、往々にしてあるものですわ。それに……。

ミーアは、ユリウスの顔を見つめる。大切なのは、そこではないとばかりに……。ミーアはただ一点を見つめ続ける。

「そもそも、爵位は世襲(せしゅう)のもの。信用する根拠にはなり得ませんわ。あるいは、あなたが自身の才覚でそれを得たというのであれば、それをもって信用することに理があるのかもしれませんけれど……」

名のある貴族の家名をもって近づいてきた挙句(あげく)に、無能を曝(さら)す愚か者など、ミーアはいくらでも知っている。あの当時の帝国で、爵位に相応しい働きをした者など、皆無だったのだ。

そもそも筆頭格である四大公爵家でさえ、あの当時はまったく信用ならなかったのだ。平民のルードヴィッヒのほうがよほど役に立ったのだから、爵位などなんの判断基準にもならない。

「むしろ、家が潰れ、なんの後ろ盾もない外国に流れ着き、そこで、学問を身につけて名を成す。その実績にこそ、信頼がおける。そうではないかしら？」

ユリウスの実績を評価するミーアである。そして、それ以上に信頼するのは……。

「なるほど……。それが帝国の叡智の考え、ですか……」

感銘を受けた様子のユリウスに、ラフィーナが嬉しそうに笑みを浮かべた。

「ふふふ、驚いたでしょう？　ミーアさんは、爵位であるとか、既存の権威をあまり重視しない、柔軟な人なのよ」

その声を聞きながら、ミーアはユリウスの顔をジッと観察していた。その端整な顔……にかけられた……眼鏡のことを！

――ふむ、あの眼鏡、なんだかルードヴィッヒ感がありますわね。であれば、この方、きっとできる方に違いありませんわ。間違いありませんわ！

貴族(きぞん)の爵位(けんい)は重視しないが、眼鏡(けんい)にはガッチリと囚われている、眼鏡(けんい)主義者のミーアなのであった。

第三十話　復讐者(ハイキッカーズ)たち集結す

セントノエル学園をぐるりと囲むノエリージュ湖。

少し前まで荒れに荒れていた湖面は、今では穏やかな波音を立てていた。

その湖を左手に見ながら、一台の馬車が走っていく。

それは『蛇の巫女姫ヴァレンティナ・レムノに復讐し隊』通称ハイキッカーズの面々が乗った馬車であった。

メンバーは自らの孫娘を殺されたレムノ王国の王子アベルと、殺された張本人たる孫娘ミーアベル。

それに、直接的ではないとはいえ、頭をかち割られたリンシャ……と、誘拐されてネチネチ嫌がらせを受けたシュトリナである……シュトリナである!!

ちょこん、と馬車の中、かしこまって座るシュトリナ。その顔には、いつもと変わらない可憐な笑みが浮かべられていた。

ベルがヴァレンティナにお礼参りをすると聞いたシュトリナは、ぜひ、自分も同行したいと、力強く言ったのだ。とてもいい笑顔で言ったのだ！

最初は、ひさしぶりのシュトリナとの旅行が嬉しかったベルではあったが、あんまりに良い笑顔だったもので、ちょっぴり心配になってしまった。

ということで、馬車の中で一応確認しておくことにする。

「リーナちゃん、一応聞きたいのですけど、リーナちゃんも復讐するつもりなんですか？」

そう聞くと、シュトリナは笑みを崩さないまま、

「もちろんよ。だって、リーナ、いろいろと嫌なことされたし、言いたいことたくさんあるんだから」

「リーナちゃん……確認したいんですけど、言うだけ、ですか？」

「もちろんよ。乱暴なことなんかしない……」

「本当の、本当に……？」

そうして、ベルはジッとシュトリナの目を見つめる。見つめる……。っと、シュトリナがシュシュッと目を逸らしたのを見て、ベルは小さくため息を吐いた。

「リーナちゃん、お話ししておきたいことがあります」

それから、キリリッと、とても真剣な顔でベルは言った。

「ボクの知っている、未来の世界のリーナちゃんは、とても優しい方……優しい？」

と、そこで、ベルは首を傾げる。

「いや、意外とお勉強をサボったりすると、怖い時もあるような……。ダンスの時も……。ま、まぁ、でも、ともかく、リーナちゃんは、だいたい優しい方なんです」

微妙に歯切れ悪く言って、ベルはシュトリナの手をギュッと握りしめる。

「そしてリーナちゃん、言ってました。自分がこんな風に笑っていられるのは、暗殺とか後ろ暗いことにかかわってこなかったからだって。ミーアお祖母さまが、そんな世界を作ってくれたからだって……。ボクはそんなリーナちゃんのことが大好きで……。リーナちゃんと一緒にいる時が大好きなんです。だから、絶対に短気なことをしないでください」

「ベルちゃん……」

いつになく、真剣な声で言うベル。そんなベルを見てシュトリナは深々と頷きつつ、

「もちろん……リーナ、ベルちゃんが悲しむようなことしないよ。うん。そんなこと考えもしなかった」

「本当ですか……？」

「本当。そんなこと、考えなかったもん……ちょっとしか……」

またしても、微妙に目を泳がせながら、シュトリナは言った。こう……若干、気まずそうに。

そんな彼女を逃がさないように、ベルは一歩踏み込む。その気合の踏み込みは、さながら、彼女の祖父、アベルのごとく！

「もしも、リーナちゃんがボクのために復讐しよう、なんて思うんだったら、そんなことする必要ありません。そして、もしも、リーナちゃんが、自分の気が済まないから復讐するというなら、ボクからのお願いです。やめてください」

シュトリナが復讐する理由を力ずくで奪い取ってから、ベルはふわりと笑った。

「せっかく、ミーアお祖母さまが、イエロームーン家が、暗殺にかかわらなくってていいようにしてくれたんですから、それを大切にしてください。リーナちゃんは、もう、誰も傷つけなくってもいいんですから」

「ベルちゃん……」

シュトリナは、感動した様子で瞳を瞬かせてから、

「あ、でも、それじゃあ、ちょっとお腹が痛くなって、十日ぐらい食事が喉を通らなくなるぐらいの……」

「……ダメです」

「じゃあ、三日ぐらい。三日ぐらいお腹が痛くなるお薬なら……」

「まぁ、そのぐらいなら……」

「いや、それもやめてくれ」

話を聞いていたアベルが、思わずと言った様子で止めに入る。それから、

「シュトリナ嬢、こうしてゆっくりと話す機会がなかったが、改めて、謝りたい」

とても真面目な顔で頭を下げた。

「我が姉、ヴァレンティナが迷惑をかけた。ボクで償えることがあれば、なんでも言ってもらいたいのだが……」

「あ、いえ……」

シュトリナは、ちょっぴり慌てた顔をする。けれど、すぐにいつもの可憐な笑みを……いや、どちらかというと、悪戯を思いついた子どものような、ちょっぴり小悪魔めいた笑みを浮かべて、

「……そうですね。それなら、アベル王子、一つ約束をしてください」

「なんだろうか？」

「ミーアさまと、どうぞ仲良くなさってください。温かで、幸せな家庭をお築きください」

「…………うん？」

はて、なんのことだろう？　と首を傾げるアベルに、シュトリナは続ける。

「大切なお友だちの家庭の問題なので、少し気になって。間違っても、他の女の人と浮気なんてしないでくださいね」

からかう気満々の笑みを浮かべるシュトリナ。であったが、彼女に答えたのはアベルではなく、その孫娘のほうだった。

「大丈夫ですよ、リーナちゃん。アベルお祖父さまといえば、ミーアお祖母さまにラブラブと評判で。浮気なんて考えられません。もう、見てるこっちが恥ずかしくなるぐらいで」

「なっ⁉」

アベルは、思わず絶句する。

そうなのだ……。今までは、姉をなんとかすることだけ気になっていて、まともに考えてはいなかったが……よく考えると、目の前の少女、ベルは、自分とミーアとが結ばれることの証のような存在なわけで……。

そうして、ベルは無邪気な笑みを、シュトリナに向けて。

「リーナちゃんのところに負けず劣らずのラブラブっぷりなんですよ？」

ニッコニコとまるで悪意のない笑みを浮かべたまま、

「こっちも見てるボクのほうが恥ずかしくなるぐらいで……」

「なっ⁉　べ、ベルちゃんっ⁉」

直後、飛んできた流れ矢に貫かれ、シュトリナが、けふっ！　とむせる。

ベルが無差別に放つ矢は、的確にアベルとシュトリナを貫いた。

その矢は、恋の天使が放つ矢のごとく、二人にとある感情を植え付ける。それは淡い恋……などではなく、同じ被害者であるという強固な共感だった！

それは、サフィアスとキースウッドの間に芽生えたものに似た感情でもあった。ミーアの血筋が取り持つ縁とでも言えるだろうか。

ちなみに、もう一人の同乗者リンシャはといえば、自分のほうに矢が飛んでこないよう、できる限り、存在感を消していたのだった。

かくて、賑やかな復讐者（ハイキッカーズ）たちは一路、ヴァレンティナの幽閉された塔に向かっていくのだった。

第三十一話　ミーア姫、密告される！

天牢塔（てんろうとう）――それは、ヴェールガ公国南方にひっそりと建てられた白い塔だ。

滑らかな手触りが特徴の白流花（しらるか）石を積み上げて作ったその塔は、極めて美しく、荘厳な監獄（かんごく）だった。

「ふわぁ……」

巨大な塔を見上げて、ベルはぽかーんと口を開けた。

「すごい……。ミーアお祖母さまの像とどっちが大きいだろう……？」

などと……ものすごーく！　不穏なことをつぶやいていたが、あいにくと、ミーアがそれを聞くことはなかった。かくして、ミーアの心の平穏は守られたのである。

……そうだろうか？

「なるほど。ここから脱出するのは、難しそうね」

一方で、冷静に塔を観察していたのは、シュトリナだった。塔の表面を細い指先で撫でて……それから、改めて頂上を見上げる。

「すごく高いし、掴まる場所もない。外からじゃあ狼使いでも、さすがに登れないだろうし……。ここを登れるとしたら、ディオン・アライアぐらいかな……あっ……」

そうつぶやいたシュトリナは、直後に、ハッとした顔をした。無意識につぶやいてしまった名前……それを聞かれてはしないか、と恐る恐るベルのほうを見る。っと、ニマニマ、笑ってるベルがいた！

「うふふ、やっぱり、リーナちゃん……」

「なっ、ちが、もう！　ベルちゃん！」

ポカポカと手を振り回して向かってくるシュトリナを、笑顔で迎え撃つベル。

キャッキャとイチャつく令嬢たち。

そんな彼女たちを尻目に、リンシャは、ふん、っと鼻を鳴らした。

「逆に命を絶つのは簡単そうですけど」

「ああ、そうだね。ボクも最初は心配していたんだけどね……。飛び降りられるような窓がそもそもほとんどない上に、窓にも鉄格子が入ってるんだ」

リンシャの懸念に答えるように、アベルが指さした。その先には、確かに鉄格子がしっかりとはめられた窓があって……。

「あら、そうなんですね。てっきり、収監している人間が飛び降りるのを待つ施設なのかと思った」

そうして皮肉っぽい笑みを浮かべるリンシャである。没落した貴族令嬢にして、革命に走った兄を持つリンシャである。その視線は、極めてドライなものだった。

「なるほど。死罪にできない厄介な囚人が、自ら命を絶つのを待つための場所か。それは、あまりいい趣味の場所とはいえないな」

苦笑いを浮かべつつ、アベルは肩をすくめた。

「まぁ、実際のところ、ヴァレンティナ姉さまは、ラフィーナさまの手にも余る存在なんだろうけどね」

そんなことを話しつつ、一行は塔の入り口へ。

そこで待っていたのは、

「おひさしぶりです。アベルさま」

「やあ、モニカ。元気にしていたかい?」

「はい。少々忙しくて、学園のほうには帰れていませんが……」

元風鴉（かざがらす）にして、ラフィーナのメイドを務める女性、モニカ。

彼女は、巫女姫ヴァレンティナの捕縛以来、もろもろの後片づけや調整のために、国内を走り回っているらしい。今日は、アベル一行の面倒を見るため、この塔にて待機していてくれたのだ。

「相手は蛇の巫女姫ですから、万一のことがあってはならない、とラフィーナさまから同行するように仰せつかっております」

モニカは、静かに頭を下げると、そのまま、四人を塔の中へと誘った。

頑丈な入り口の扉を抜け、監視の兵の間を通り過ぎた先、延々と続く階段が見えた。

「こ……これを登るの?」

辟易（へきえき）した顔をするリンシャに、ベルが笑みを浮かべた。

「リンシャか……、さん、運動は今のうちからしておかないと、腰とか膝とか、痛くなっちゃいますよ? 最近、よく体の節々が痛くなるって、嘆いてましたから」

「お、恐ろしいことを言うのはやめてください。ベルさま」

無邪気なベルに突き刺され、うぐぅ、っと胸元を押さえるリンシャだったが、すぐに、ふん、っと気合を入れて、階段を上り始めた。

長い階段を上る。一段、一段と、巫女姫が近付いてくるにつれて……シュトリナは、緊張に顔を強張（こわば）らせた。

あの、蛇の廃城でのことを思い出す。

大切なもの……大切なお友だちを奪われた……あの時の恐怖が甦ってきて、思わず、手に力が入って……。その時だった。

「リーナちゃん……」

ふと横を見ると、ベルが真剣な顔で見つめていた。

「……なに？　ベルちゃん」

ベルは、とてもとても……生真面目な口調で、言った。

「ヴァレンティナ、さんを、ボクは何と呼べばいいんでしょうか？」

「…………ん？　えっと……」

「大伯母さま？　でしょうか……。ヴァレンティナ大伯母さま、とか？　いえ、それとも……」

その、いつもと変わらないのんきな様子に、シュトリナは思わず吹き出してしまった。それと同時に、肩に力が入りすぎていたことを自覚する。

そうだ。あの時、奪われたと思ったものはすぐそばにいる。自分の隣で微笑んでくれている。だから、なにも恐れることはない。

「うん、ありがとう。ベルちゃん……」

「？　別に、お礼を言われるようなことはなにも……」

と、首を傾げるベル。その手をさっと取って、シュトリナは笑った。

「一緒に、巫女姫を蹴り上げてやりましょう」

「ふふふ、そうですね。ミーアお祖母さま直伝のキックをお見舞いしてあげましょう」

それから、ベルは朗らかな顔で、

「あ、そうだ。リーナちゃん、知ってますか？　嫌な男の子は、こう、足と足の間を蹴り上げてやるといいみたいですよ？」

ぶん、ぶん、と足を振りながら、微笑むベル。一方、突如、はしたないことを言い出したベルに、かっちーんと固まるシュトリナである。

「えっと……。ベルちゃん、それ誰から聞いたの？」

「へ？　もちろん、ミーアお祖母さまですけど……」

「……そっか。うん、わかった。ミーアさまには、しっかりと言っておかないとね……。ね、リンシャさん」

「ええ……そうですね。たぶん、レムノ王国での経験譚なんでしょうけど……変なことを教えないように、しっかりと言っておいたほうが……よさそうですね」

ものすごく生真面目な顔で頷くリンシャである。

こうして、ミーアお祖母さまに、リンシャとシュトリナから教育的指導が入ることが決定するのだった。

そんな賑やかなやり取りを交わしつつ、階段を上ることしばし。一行の目の前に重たい木の扉が現れた。

「準備はいいかな？」

振り返り、アベルが問う。リンシャが、ベルが頷き、最後にシュトリナが頷く。一呼吸の後、アベルは扉を開けた。

「失礼します。ヴァレンティナお姉さま」

「あら……アベル。また、来たのね」

中から聞こえてきたヴァレンティナの声には、ほんの少しの呆れが含まれていた。

「ふふふ、三日前まで、ゲインが来ていたのよ？　あなたたち、いい加減に姉離れしないと……ゲインはどうせモテないからいいとしても、あなたは意中の女の子に逃げられてしまうわよ？」

かくて、一行は、再び巫女姫と対峙（たいじ）することになった。

その復讐の帰結が、どこに行き着くのか、今の時点で知る者は一人もいなかった。

第三十二話　ベルロンパ

ヴァレンティナ・レムノが閉じ込められていたのは、質素な部屋だった。

家具といえばベッドと、小さな机のみ。そして、机の上には無造作に神聖典が置かれていた。

「まったく悪趣味よね。蛇の巫女姫に、神聖典を一冊だけ渡して閉じ込めるなんて」

ヴァレンティナは楽しそうに笑って、神聖典を手に取った。

「退屈したら読めってことなのかしら？　ふふふ、聖女ラフィーナと『地を這うモノの書』で同じことをしたら、どんな風になるのか、試してみたいわ」

ぽーいっと神聖典を投げ捨てて、ヴァレンティナはベッドに腰を下ろした。

「せめて、紙とペンがあれば、『地を這うモノの書』の複製に勤しむのだけど……。ということで、時間を持て余していたから歓迎するわ。アベル。今日は何をしにきたの？」

そんなヴァレンティナを部屋に入ってすぐのところで、アベルは見ていた。

「お元気そうでなによりです、姉上。今日は、会ってほしい人がいたので、お連れしました」

そうして、アベルは一歩、部屋の中に入る。その後ろから現れたのは……。

「あら、嬉しいわ。リーナさん。あなたが自分から会いに来てくれるなんて、思ってなかった」

ヴァレンティナは、軽やかな笑い声を上げた。

「あなたには、もう一度、会ってお話ししたいと思ってたのよ？　本当なら、お茶を淹れて歓迎するところなのだけど、今は囚われの身。なんのおもてなしもできないことを許してほしいわ」

対して、シュトリナは、華やかな笑みを浮かべて首を振る。

「ご機嫌よう、巫女姫ヴァレンティナさま。せっかくですけれど、おもてなしは結構です。なにが入っているか、わかりませんから」

「あら……ずいぶんと、いい顔で笑うのね、リーナさん？」

怪訝そうに眉をひそめて、ヴァレンティナは言った。

「私は、あなたの大切なものを奪ったつもりでいたのだけど……誤解だったのかしら？　てっきりあの子は、あなたの無二の親友と見ていたのだけど……あっ、もしかして、そんなに大切ではなかったとか？」

煽るように、えぐるように、シュトリナの心を責め立てるヴァレンティナの言葉。けれど、シュトリナは、それに眉一つ動かさない。

「あ、それとも、死んでしまったあの子……ええと、ベルちゃんだったかしら？」

その名前が、ヴァレンティナの口から出た、その一瞬だけ、シュトリナの肩がピクリと震える。それを見て満足そうに、ヴァレンティナは笑う。相手の感情を逆撫でするよう、計算しつくされた嘲笑を浮かべて……。

「あのベルちゃんが、天国に行ってしまったベルちゃんが復讐を望まない。リーナちゃんの手を汚すことを望まないで幸せになってほしいって……そう思ってるから、復讐をやめたのかしら？　うふふ、素晴らしいわ、美しい友情ね」

そんな風に笑っていた、その顔が……次の瞬間、カチンと固まる。

なぜなら……、

「わっ、すごい。さすがは巫女姫。完全に当たってます。よくわかりましたね！」

「……は？」

シュトリナの後ろから現れた少女に……その口が、ぽかんと開く。

その……自分が殺したはずの少女、ベルの姿を前に……。

そんなヴァレンティナの動揺になど、まるで構わずに、ベルは、いっそ能天気と言ってしまいそうなぐらい自然な態度で、ちょこんとスカートを持ち上げて。

「はじめまして。ヴァレンティナ大伯母さま。ミーアベルと申します。以後、お見知り置きを」

堂々たる、名乗りを上げる。

「………どういうこと？　あなたは、あの時、確かに……」

余裕のない声で問うヴァレンティナに、ベルはニッコリ笑みを浮かべる。

「ああ。あれ、すっごくビックリしました」

首筋をペタペタ撫でながら、ベルが言う。そんなベルの手を握って、シュトリナが言う。

「ベルちゃんは生きてる。だから、あなたに復讐する必要はない。それだけのこと……。リーナは、あなたの口車に乗って、毒を盛ったりなんかしない」

キリッとした顔で胸を張るシュトリナに、ベルが「あれっ⁉」と、なにやら言いたげな顔をしていたが……すぐに気を取り直したように首を振って、

「はい。そのとおりです。リーナちゃんは、優しい？　ので、誰かに毒を盛ったりなんか、しません。たぶん……！」

自信満々に言い切って、ベルはビシッとヴァレンティナを指さした。

「残念ですが、あなたの狙い通りになんかなりません」

この先の歴史を知り尽くした賢者のごとく、その言葉は力強い。

対するヴァレンティナは、小さく肩をすくめる。聞き分けのない子どもに向けるような苦笑いを浮かべて、

「ああ……そう。まぁ、それでも同じことよ？　あなたが生きていても、リーナさんが蛇に堕ちなかったとしても。だって、蛇は死なないもの。人が人である限り、人が強者と弱者を作り続ける限り、

混沌の蛇は何度でも甦るのだから」

「うーん、まぁ……確かに死なないのかもしれませんけれど……」

ベルはきょとんと首を傾げてから、

「眠らせ続ければいいだけのことですから」

ニッコリ、笑みを浮かべた。

「起き上がってきたら、後ろから頭をガツンと殴ったりとか。相手が男の子だったら、こう、下からキックを……」

「ベルちゃん……」

「ベルさま……」

後ろから声をかけてくるシュトリナとリンシャ。ベルは、ぐむっと口を閉じ、

「ええと、ともかく、蛇が死なないなら、蛇が起きないような状況を整えればいいだけです。この世界を、壊したりしたらもったいないって思えるような、そんな世界にすればいい。それだけです」

「あはは、子どもね。そんな夢みたいな話が実現すると信じているの？　そんなもの、今まで一度も実現したことがないのに」

「信じていますよ。だって、幸せな夢の続きの世界を作ってくれた人のことを、ボクは知っていますから。ボクたちは、それを守っていけばいいだけなのですから」

ベルの言葉は揺らがない。

ヴァレンティナの言葉は蛇の言葉。相手の心の隙を突き、揺らし、不安を生み出し自信を奪う、計算の言葉。

けれど、ベルは小動もしない。

なぜなら、彼女は、夢みたいな世界からやってきたから。

ミーアが築いた世界が、確かに、蛇の出現を抑えることを知っていたから。

「ボクは、あなたが『地を這うモノの書』から、どんなことを読み取ったのか知りません。でも、それは、世界が始まった時から永久に変わらない不変のルールでもなければ、誰しもが従わざるを得ない絶対的な支配でもない」

特に気負うでもなく、静かな口調で、ベルは続ける。

「ミーアお祖母さま、言ってました。統治者が油断したら民が不満を持つのは当たり前のこと。それを放置すれば破滅がやってくるのは当然のことで、それは絶対の法則なんだって。だからこそ、統治者はいつでも民を、踏みつけにされる弱者を見ていなければならないって」

「なるほど。確かに、一人の優れた指導者がいれば、その人物が生きている間は平和が来るかもしれない。だけど、それとて一時的なもの。どれだけ苦労して作ったとしても、それが永遠には続かない」

「そうですね。でも、それは結局、その時代を生きる人たちが、ちゃんと責任を持って頑張るしかないことなんじゃないでしょうか。前の世代から受け継いだ大切なものを壊さないように、油断なく、子の世代、孫の世代が、次なる世代に受け継いでいく。そうするしか、ないんじゃないでしょうか？」

ベルはそう言ってから、ニッコリ笑みを浮かべた。その輝くような、まぶしい笑みを見て、ヴァレンティナは、ポツリ、と……。

「……あなた、なに？」

つぶやいた。それは、ベルに言った言葉というよりは、自分自身に対する問いかけのようで……。

「あなたも、ミーア・ルーナ・ティアムーンも、なんなの？　あなたたちは変だわ。この世界から逸脱してる」

「してませんよ？　そう思ったのだとしたら、あなたの世界に対する理解が間違っていただけ。この世界には酷いこともたくさんあるけど、それでも、壊したらもったいない、優しくて、温かくて、かけがえのないものだってあるんです」

堂々と胸を張り、ベルは言い放つ。ヴァレンティナを蹴り飛ばす一言を……。

その堂々たる態度を前に、ヴァレンティナは……ただ、沈黙を守るのみだった。

第三十三話　ミーア式教育論「五つのキノコグラタンの教え」

「ところで、ラフィーナさま、特別初等部の教員は、ユリウスさんお一人ですの？」

「ユリウスさんに統括してもらって、学園の他の講師陣で対応する予定よ。ただ、最初は、それほど人数は割けないと思う」

ミーアは、ふぅむ、と唸り声を上げる。

――まぁ……ぶっちゃけ、パティさえ上手く教育できればいいわけですし……そこまでの規模は必要ないんじゃないかしら？

ミーアはパトリシアのほうを見て、ふむ、ともう一度唸る。

「ああ、その子は、もしや、特別初等部の生徒候補ですか？」

「ん？　ああ、そうですわね。パティ、ユリウス先生にご挨拶をなさい」

ミーアの言葉に従い、ちょこん、と立ち上がったパティが挨拶する。

「はい。これからよろしくお願いします」

ユリウスは丁寧に言ってから、優しそうな笑みを浮かべる。

「なるほど。しっかりと教育を受けたお子さんですね。まぁ、セントノエルに通わせようというのですから、それも当然のことでしょうか」

それから、ユリウスは、ふと気がついたといった様子で、

「ちなみに、孤児院から送られてくる子どもたちも、やはり、相応の礼儀を身につけた能力の高い子どもたち、という理解でもよろしいですか？」

そうして、ラフィーナのほうに目を向けた。ラフィーナは、小さく首を傾げてから……ミーアのほうに目を向けた！

生徒会長へのラフィーナの気遣い、それを受けたミーアは意味深に大きく一度頷き……シュシュッとシオンのほうに目を向けた！

そのまま流すのではなく、一度受けて考えたふりをしてからの絶妙なパス。生徒会長三年目にもなると、蓄積してきた経験値が違うのである！

さて、無言で話を振られたシオンは、

「そうだな。こういうのは前例に倣うのが無難なのだろう。ミーア学園では同じようなことをしていると聞くし、基本的にはそれに倣えばいいんじゃないかな？」

「孤児院のほうで選抜して、優秀な子どもを送ってもらうということね……」

そうつぶやいたラフィーナは、少しだけ難しい顔をしていた。

——なにか、気に入らないところがあるのかしら……？

などと思いつつ、ミーアも考えてみることにする。

なにしろ、この場でミーアだけは考えるべきことが違う。ミーアが考えるべきは、どうするのがパトリシアの教育によいのか、ということだ。

チラリ、と視線を向ける先、お行儀よく座るパトリシアの姿があった。礼儀はなっている。けれど……。一つ懸念があった。

——パティの頭のよさがどのぐらいなのかが問題ですわね……。

自身の祖母、パトリシアが勉学に練達した人であった……などという話は、聞いたことがない。であれば、おそらく彼女の学力は並。ないし、それより下だろう。

——もしそうなった場合、お祖母さまに、強力な劣等感を植え付けることになりそうですわ。

ミーアがイメージする優秀な平民といえば、ルードヴィッヒばかりの学び舎で勉強がしたいか？　と問われると、答えは否である。大いに否である。

——周りがクソメガネばかりで、しかも、毎日、バカにするような視線に晒されでもしたら、とてもではないですけど、心がもちませんわ！

今のルードヴィッヒであるならばともかく、かつてのガミガミ言ってくるルードヴィッヒが周りにたくさんいたら……と考えると、背筋に冷たいものが流れるミーアである。

パトリシアも表情にこそ出さないものの、その辺りの感性はおそらく普通だろう。となれば、下手をすると、性格が歪んでしまって、蛇に付け入る隙を与えてしまうかもしれない。

それは避けたいところだ。

ゆえに……。ミーアは静かに口を開く。まるでこの世の真理を悟った賢者のような口調で、話し始める。

「特別初等部に入学させるのは……普通の子どもたちでいいのではないかしら？　勉強のできる、できないで区別されるのも、それはそれで辛いもの。もちろん、勉強したくないという者を無理に連れてくる必要はありませんけれど、最初から勉強ができる優秀な子に絞る必要はないのではないかしら？」

言っていて、ミーアは若干、不安になる。

なにしろ、ここにいるのは、みな勉強ができる者たちばかりだ。そんな彼らにこの気持ちがわかってもらえるかどうか……。

――まぁ、わたくし自身、勉強はできるほうですし、あくまでもベルとかを見ていて気持ちを想像しているだけですけど……。

などと、おこがましいことを考えていると、賛意を示す者がいた。

ほかならぬ、教師候補のユリウスである。

「なるほど……。わかります。ある著名な教育者の言葉で、こんなものがあります。子は麦のようなもの。育ててみなければ、それがどんな麦かはわからない。実りを迎えてみてはじめて、それがよい麦か、毒麦かがわかる、と。子どもの可能性を論じる言葉ですね」

子どもの時点での能力は、判断の基準にはならない。教育を施した結果を見てみないことには、どれほど優秀な人材になるのかは判断ができない。

それが教育の姿勢である……。ユリウスが言っているのは、そういうことだった。

「ああ、そのとおりですわ。でも……」

ミーアはそれを聞き、少しの納得と、同時に少しの危惧を覚えて、付け加えることにする。

「わたくしとしては、こう付け加えたいですわね。人は麦ではない。ゆえに、生まれながらの毒麦はない、と」

きっちりと、強調しておく！

なにしろ、ミーアはパトリシアを教育しなければならない立場である。では、もしも、今の言葉を蛇に置き換えたらどうなるだろう？　育ててみなければ蛇になるかはわからないから、育ててみよう、とはならないはずである。

むしろ、危険な芽は早めに摘むべき、などという結論になりそうではないか！

「子どもたちがどのような実りをつけるかは、わたくしたちの教育しだい、そうではないかしら？」

というか、そうでなければ困るので、そういうことにしといてね？　と、眼力で伝えておく眼力（アイコンタクト）姫ミーアである。

それから、再び辺りを確認すると……っ!?　みなの顔には深い納得の色が見えた！

「なるほどな。ミーアの言うことに一理ありそうだ」

「そうですね。現時点での学力は、あまり考慮に入れないほうがよさそうな気がします」

頷くシオンと、考え深げにつぶやくティオーナ。他の面々も、なんだか、ミーアに尊敬の目を向けているようで……。

——おっ、これは……もしや、いいことを言ってしまったのではないかしら？

すっかりいい気分になるミーアである。

——うふふ、やはり、お昼が美味しいと、わたくしの頭は冴え渡りますわね。あの五種のキノコグラタン、とても美味しかったですしね。あの歯ごたえといい、チーズの焦げ具合といい、実にお見事な味で……。ああ、思い出しただけでも口の中に幸福感が広がっていきますわ。

などと……ついつい余計なことを考えている間にも、話し合いは進んでいて……。

「ミーアさん……ミーアさん、どうかしたのかしら？」

「はぇ……？」

ふと我に返ると……ラフィーナが不思議そうな顔をしていた。

——あっ、まずいですわ……。

不意を突かれたミーアは、若干焦る。さすがに、食べ物のことを考えてボーッとしていた……などと素直に答えられるはずもなく……。

なんと誤魔化そうかなぁ、とミーア、しばしの黙考……その後、とりあえず、褒めておくことにする。セントノエルの学食を褒められれば、ラフィーナだとて悪い気持ちはしないだろう、と……。

「ラフィーナさま、お昼はもうお食べになりましたかしら？」

「いえ、まだだけど……」

「それならば、五種のキノコグラタンがとてもおススメですわ」

「ああ。ふふふ、あれね。あれは、ミーアさんのためにお願いして用意してもらったものよ？　キノコは体にもいいっていうから」

「まぁ、そうでしたのね？　ありがとうございます。とても楽しめましたわ」

そう言ってから、ミーアは、うっとりとした顔で続ける。

「あの五種類の歯ごたえが違うキノコを使ったのは、実にお見事。弾力に合わせて、それぞれの厚さを調節して、一番美味しい形を模索しているのも、素晴らしかったですわ」

それから、ふと、ミーアは言った。

「そう、あのキノコが子どもたち、料理をするのがわたくしたち……教育とはそういう感じではないかしら？」

「キノコを……料理？」

ガタッと……音を立ててキースウッドが立ち上がったが……理由がよくわからないので、放っておいて。ミーアは話を続ける。

「子どもたちはそれぞれに違いがある。生まれ持った才には違いがあり、だから、成長した姿ももちろん違う。けれど、食べられるキノコには変わりはない。それを適した形に整えて美味しく食べられるようにしてあげることこそが、大切なのではないかしら？」

そう言って、ミーアは、内心でほくそ笑む。

――これは、上手くまとまりましたわ！　会議の途中で、食べ物のことを考えていたのを上手いこと誤魔化せましたし。そのうえ、学力が未知数のパトリシアを見捨てさせない言い訳にもなった。これは、まさに、ウサギを追う者、キノコをも得る、ではないかしら？

……ちなみに、一つの行動で二つのメリットを得るというミーア格言の一つである。

第三十四話　共感と嘆きと希望的観測

――あ……焦った……。ミーアさまの、たとえ話か……。

ミーアが大満足で笑っているのを尻目に、キースウッドは、何気ない風を装って、椅子に腰を下ろし……ふぅうっと深いため息を吐く。

――さすがに、キノコ料理を作りたい、などと言い出されたらお手上げだったな。

ただでさえ、ラフィーナという強大な敵を相手取らなければならないのだ。そのうえ「キノコ料理が作ってみたい」などというミーアが出現しては……もはや降参するしかない。

狼二匹を相手に戦えと言われて、さらにそこにディオン・アライアが敵として出現したような……そんな絶望感に一瞬襲われたキースウッドであった。

――まぁ、しかし……よくよく考えてみれば、そうそう悪いことばかり起こるはずもない。そうだ、ラフィーナさまに教える件だって、実際には、それほど絶望的状況ではないのかもしれないな。俺としたことが、いささか冷静さを欠いて、過度に絶望視しているだけなんじゃないか？　ラフィーナさまが、ミーアさまたちより料理ができるという希望だってあるわけだし……。

サンドイッチのことをお願いされた後のことだ。ラフィーナから直々に呼び出しを受けたキースウッドは、そこで、こんなことを言われた。

「パンを馬の形にしたサンドイッチなんて、挟むのが難しそう」

と……。

その一言に、キースウッドは希望を見出だした。すなわち、ラフィーナはサンドイッチを作ったことがあるに違いない、と。

だって、作ったことがなければ、挟むのが難しいだなんて、思うはずがない。だから、彼女は経験者だ。そうに違いない……そうであってほしいなぁ！　などと……淡く儚い希望を持ってしまったのだ。

――だから、ふたを開けてみれば、ミーアさまたちを相手取るより遥かに楽だということもあり得るな。うん、あり得る！

……基本的に、キースウッドは現実主義者である。

戦いに慣れた狼を相手取った時も、決して勝てるなどと楽観視しなかった。むしろ、自分にできるギリギリを見極め、最善の立ち回りをした。そういう男である。

希望的観測に身を委ねる愚は、重々承知している。にもかかわらず……、この問題に関しては希望的観測にすがりがちなキースウッドである。

今回の場合、そうしたほうが心の平和を保てるだろうと、彼の本能が告げているのだ。

――しかし、まぁ、そんなことより、ミーア姫殿下は変わらないな。

気を紛らわすようにつぶやいて、彼はミーアに視線を戻した。

ミーアの言葉、特別初等部の生徒の選考基準のこと。

――国の別を問わず……才の多寡を問わず……その才が生かされないことを許さない。これは、あの剣術大会の時、アベル王子に向けたものと同じだ……。

差別なく、区別なく、その者を一人の人として見る。その者の可能性を見る。そのうえで、それが開花しないのは許さないという姿勢。

それは、聖ミーア学園でも見られたものではあったが、ここ、セントノエルではさらに研ぎ澄まされているようにも思えた。

――才を評価して取り立ててくれる王は善王だ。その王にアピールするように自らを高める生き方、努力に報いてくれる王の下で生きるのは、ある意味で幸せな生き方といえるだろう。どれだけ努力しても、評価されないよりは、よほど幸せなことで……だけど、それは同時に、才を失った時に寵愛を失うのではないか？　という不安に苛まれる生き方でもある。

幼き日にエイブラム王に拾われ、シオンと兄弟のようにして育てられたキースウッドには、その気持ちはよく理解できた。

王や王妃の人柄はよくわかっている。尊敬し、敬愛し、信頼している。

けれど、もしも無能を晒したら捨てられるのではないか、という不安は、本能レベルで、彼の心に刻み込まれていた。

だからこそ、自らの剣の才を、弛むことなく鍛えて、伸ばし続けたのだ。

――そのおかげでサボらずにいられたと考えることもできるが……ミーア姫殿下は違うのだろうな……。

それが、今の五つのキノコグラタンのたとえ話だろう。

ミーアは別に、天才を求めてはいない。才の大きさは問題ではない。

ほどほどの才であったとしても、その才が生かされる道を探してあげること……。それこそが国の上に立つ者の務めであると、彼女は言っていたからだ。

民をキノコとするならば、その味を見極めて、料理するのが統治者である自身の務めであると……。その良さ、悪さを理解し、ただ、その者の最善の生き方を模索し、用意してやること。それがミーアの出した答え。

——捨てられるかも、という危機感により才を伸ばす者はいるだろう。だが、ミーア姫殿下はその逆。恩を与え、その恩に報いよ、と奮起を促すのだ。その者が生きる場所を用意し、そこで最大限、自分の力を尽くせ、というのだろう。

先に大恩を与え、お前にできる最善の忠義で返せ、という……その姿勢に、キースウッドは、思わず感嘆のため息をこぼした。

——なるほど、この人は善王の器を持っている。いや、普通の善王ではない……。

その、あまりの器の大きさに、キースウッドは心から感心して……同時に、ついつい、こうも思ってしまう。

——その才の一部でも、料理のほうに割いてくだされぱな……。いや、まぁ、完璧な人間がいない以上、仕方のないことであるのはわかっているのだが、ああ、でもなぁ……。

ラフィーナとの料理教室を想像し、思わず、キースウッドは天を仰ぐのだった。

……キースウッドは知らなかった。

ミーアのように、周りを頼れば……案外、助けてくれる人というのはいるもので……。

ラフィーナのメイドのモニカが……まぁまぁ、それなりに料理ができるということを、キースウッドが知るのは、もう少し後のことであった。

第三十五話　眠れぬミーア（ミーア比）の悩み事

その後もいくつか議題を片づけて、その日の会議は終わった。

心地よい疲労感をお風呂のお湯で洗い流し、美味しい夕食とデザートで舌とお腹を満たしてから、ミーアはベッドに倒れこむ。

「ふわぁむ……なかなか、有意義な会議でしたわ。ユリウスさんも頼りになりそうな方でよかったですし」

優しげな……〝眼鏡をかけた〟顔を思い出す。

――あの眼鏡、実に安心感がありますわ。あれならば、パティのことを任せてしまっても……。

などと、安堵して、そっと目を閉じて……。

――本当に、そうかしら……？

ふと、嫌な予感がして、ミーアは目を開けた。

――確かに、頼りになりそうな方ではありましたけれど、あの方は蛇のことを知らない。そして、そもそもわたくしがすべきことは、パティによりよい教育を行うことではない。パティを蛇の教えから救い出すことですわ……。であれば、任せっぱなしにできるはずもなし……。

ミーアは、ふむむ、と唸ってしまう。

――それに、よくよく考えてみれば、あの方はもともと『帝国貴族』でしたわね。

嫌なことまで、思い出してしまう。

帝国貴族……それは、ミーアにとって不信の証である。

前の時間軸において、ミーアは、信頼のおける帝国貴族というものにほとんど会ったことがない。

帝国貴族という響きには、眼鏡の権威に拮抗しうる不信感を持っているミーアである。

――凋落（ちょうらく）したと言っておりましたけれど、油断は禁物。一応、調べておくに越したことはないですわね……あ。そうですわ。

とそこで、ミーアはよいことを思いついた。そうして、隣のベッドで眠るパトリシアに声をかけた。

「パティ、まだ、起きておりますの？」

「……ふぁい？　なにか、ご用でしょうか？　ミーアお姉さま」

目元をこすりこすり、パトリシアが上半身を起こした。

「ちょっと聞きたいことがあるのですけれど……」

ちなみに、現在、アンヌは就寝準備に行っている。深夜にミーアが起きた時、もしも喉が渇いていて食堂に行くことがないように（別に、暗い中を食堂に行くぐらい、ミーア的には何でもないのだが……全然怖くなどないのだが……）水を汲んでおいたり、食堂のスタッフなどに挨拶に行ったり、専属メイドは寝る前まで忙しいのだ。

ともかく、そんなわけで、今は部屋の中にはミーアとパトリシアしかいない。多少、キワドイ話をしても大丈夫だとは思うが……。

「ふむ、念のためですわ。パティ、わたくしのベッドに来なさい。そこで、少しお話ししましょう」

「……はい、わかりました」

わずかの間、その後、パトリシアがミーアのベッドに移動してくる。

「それで、お話とはなんですか？」

淡い月明かりに照らされたその顔には、いささか困惑の色が見て取れた。

「ええ。今日の午後の会議のことを少しお話ししておこうと思ったのですわ。あなた、もしや、オベラート子爵という名に心当たりがあったりはしないかしら？」

今は凋落したとはいえ、パトリシアの時代にはそうではなかったはず。となれば、噂ぐらいは聞いたことがあるのでは？　という予想は、見事に的中し……。

「はい。聞いたこと、あります」

こくり、と頷くパトリシアに、ミーアは思わずほくそ笑む。

――ほほう。これは好都合ですわ。どんな家か聞いておきましょう。

などと、ニンマリしていると……。

「それはテスト、ですか？」

「はて、テスト……？」

きょとん、と首を傾げるミーアに、パトリシアは抑揚（よくよう）のない声で言った。

「オベラート子爵は、好色な人。美しい女が弱点で、誘惑し操るのは簡単です。黒い髪が特に好みらしく、身分の低い女に子を孕（はら）ませることもしばしばで、跡取りに問題が……」

「ちょちょちょっと、パティ！　そ、そこまでですわ」

幼い子どもの口から、子を孕ませる、などという言葉が出てきたので、若干、狼狽えてしまうミーアである。

「そっ、そんなことを、誰から聞きましたの？」

「？　先生です」

「せ、先生……？　ああ、クラウジウス家の教育係ですわね」

などとつぶやきつつ……ミーアは改めて、蛇の恐ろしさを思う。

——心を操るのは蛇の得意とするところ……。そう聞いておりましたけれど、帝国貴族の性格をきちんと調べておりますのね。これはなかなかに厄介な……。

帝国を意のままに操るため、人を意のままに操るため。蛇の用意周到さには、相変わらず驚かされるミーアである。

——しかし……イエロームーン家は、蛇そのものというよりは、初代皇帝の怨讐に縛られた人たちでしたけれど、クラウジウス家の場合は、より蛇の影響を強く受けた家柄だったということかしら……。まぁ、基本的に蛇というのは、統一された組織というわけでもないですし、そういうことがあってもおかしくはないと思いますけれど……。

「正解ですか？　ミーア先生」

ふと見ると、パティがジッと見つめていた。

上目遣いに見つめてくる瞳、そこに底知れぬ暗い色を見て、ミーアはかすかに背筋を震わせる。

「え、ええ。大丈夫ですわ。合ってましたわ。さすがですわね、パティ」

「そう……。よかったです」

っと、パティは静かにため息を吐いた。途端に、わずかに崩れた表情、そこに浮かぶのは、安堵だった。それから、パトリシアは再び、見つめてきて、

「お話は、それだけでしょうか？　もう、戻っても？」

「ええ。構いませんわ。よい夢を」

そう言ってやると、パトリシアは、ニコリともせずに頭を下げて、

「よい夢を。ミーアお姉さま」

立ち上がり、律儀に、寝間着の裾をちょこんと持ち上げてから、自らのベッドに戻っていった。

その後ろ姿を眺めながら、ミーアは思わず考えてしまう。

――ふぅむ、この先、パティのこと、どう扱ったものかしら……？　それに、オベラート子爵家のユリウスさん……。やっぱり彼に任せきりにはできなそうですわ。ううう、またしても悩み事が増えてしまいましたわ！

などと、今日もまた眠れぬ夜を迎えてしまうミーアであった。


……ちなみに、しばらくして部屋に帰ってきたアンヌが発見したのは、ぐっすりと意識を失い、ベッドから落ちかけているミーアの姿であった！

番外編　ミーア姫、飛び火する

「誰もがミーア・ルーナ・ティアムーンのように振る舞えるわけではない」

「不幸なことに、うちの領主さまは、ミーア姫殿下ではないのだ」

それは自国の貴族の不甲斐なさを嘆く、諦観の定型句として知られる言葉である。

その言葉を最初に言ったのは、中央正教会の聖人『皮肉屋のヨルゴス』であったと、歴史書は伝えている。けれど、彼がその発言をするに至る、きっかけとなる出来事が語られることは少ない。

これは、歴史の裏に隠された、とある姉弟と神父のお話である。


ガヌドス港湾国の、狭い路地を二人の子どもが走っていた。

生ゴミが腐ったような、ねっとりとした臭い。肌にまとわりつく、悪意の空気を振りはらうように懸命に手足を動かしながら、前を行く姉が声を上げた。

「急げ、キリル！　急がねぇと捕まっちまうぞ！」

ボロボロの服に身を包んだ年端もいかない少女だ。ボサボサに伸ばした前髪から、子どもには似つかわしくない、ギラついた瞳が覗いている。

「ま、まって、ヤナおねぇちゃん」

その後を追って走るのは幼い男の子だった。少女と同じ、ボロボロの服を着ていた。

姉のほうは十歳に届くかどうか、弟のほうはそれよりさらに幼い。まだまだ、親の庇護を受けなければならない、年頃の姉弟だった。

そんな幼い姉弟を追いかけて、大柄な男が走ってくる。

「待ちやがれ、ガキども！」

怒気を秘めた低い声、ゴワゴワの髭(ひげ)を生やしたその顔は、実になんとも悪党面で……こんな男に怒鳴りつけられでもしたら、多くの子どもはトラウマになってしまいそうだった。

……ちなみに、いかにも物騒な雰囲気を発するこの男だが……漁師である。この道二十年のベテランで、とても腕のいいまっとうな職人である。

さて、そんな漁師と姉弟との追走劇だが、その幕切れは呆気ないものだった。

「ひゃんっ！」

弟のキリルが、道に足を取られて、転んでしまったのだ。

「キリルっ！　くそっ……きゃあっ！」

慌てて戻ってきた姉……ヤナだったが、直後、その腕に走った痛みに悲鳴を上げる。

「捕まえたぞ、ガキが」

ひねり上げられるは細い腕、幼いその手に握られていた魚が地面に転がり落ちる。

「よくも、俺らの獲った魚を……」

「ヤナねえちゃんを放せ！」

漁師の太い腰に、キリルがタックルする。けれど……残念ながら、海で鍛えられた大男に、幼い少年の攻撃が届くはずもなく。

漁師は怒りに任せて、キリルを蹴り飛ばした。

「やっ、やめろ！　キリルに乱暴するな！」

バタバタと手足を動かすヤナを漁師は鼻で笑い飛ばす。

「はん！　盗人のガキが、生意気な口を利いてんじゃねぇ！」

直後、漁師が腕を振り上げる。大きな握りこぶしを見て、ヤナは思わず目を閉じる。

が……助けは意外な方向から現れた。

「我らの神は、子どもを愛し慈しむ神だ。その神の家の前で子どもを殴るというのは、いささか恐れを知らぬ行為ではないかね？」

突如響いた静かな声。恐る恐る目を開けたヤナは、そこに、いかにも不機嫌そうな顔をした男が立っているのを見た。ひょろりと背の高い、細身の体を覆うのは黒い神父の服だった。

神父は、そのままゴミ箱のほうに向かうと、キリルを助け出してから、改めて漁師に顔を向ける。

「これは失礼しました、神父さま。まさか、こんな掃きだめみたいな裏道に教会があるとは知らなかったもので……」

へへへ、とへつらうように笑う漁師に、神父はため息混じりに肩をすくめる。

「なに、私のような皮肉屋は、貴族からは好かれんのでね。それに、道徳心が必要なのは、どちらかといえば掃きだめのほうだろう……。まぁ、その点、高貴なる身分の方々も、心の中は掃きだめというのが多いらしいが……」

さらりと暴言を吐いてから、両手を後ろで組んで、神父はヤナを見た。

「それで、この子たちは何をしたのかね？」

「こいつの面を見てわからねぇのかい？　神父さん。こいつは、盗人の子どもさ」

そうして、漁師は乱暴にヤナの前髪を持ち上げた。乱暴に髪を引っ張られ、ヤナは痛みに歯を食いしばる。露わになる額……そこに、あるものがなにか、ヤナはよくわかっていた。

弟と自分に入れられた消えない証、自身のルーツを現す、それは「目」の形の入れ墨。

それを見た神父は、不機嫌そうに眉をひそめる。

「三つ目の入れ墨。なるほど、海賊の子というわけか……」

かつて、港湾国近辺に住まう海の民がいた。討伐され、散り散りにされた彼らは、今でこそただの海賊扱いではあったが、もともとは一つの民族であった。

そんな彼らが育んだ独自の文化の中に、一族の印として、額に目の入れ墨を彫る、というものがあった。それは、親が子に刻む、絆の証。されど、一族が散らされた今となっては、それは、海賊の子という蔑(さげす)みの証に過ぎない。

「だが、それはこの子の罪ではあるまい」

その指摘に、漁師は呆れたように首を振る。

「盗人の子は盗人ってことさ。俺らが獲ってきた魚を盗みやがったんだ」

その言葉に、神父の目がチラリ、とヤナの足元を見た。そこには、干した魚が二匹、転がっていた。

「なるほど。その魚、いくらかね？」

「おいおい、やめとけよ、神父さん。盗人を助けたって、また同じことをするだけだぜ？」

「そう思うなら、次からお仕置きは、私の目が届かないところでやってもらおうか。子どもが暴力に晒されているのを目の前に、神父が、見て見ぬふりなどできるはずがないだろうに」

実に面倒くさそうにため息を吐いて、神父が硬貨を漁師に渡す。

「難儀なもんだねぇ。神に仕えるってのも」

「なに、大したことじゃない。私は、魚が好物なものでね」

神父は、魚を拾い上げてから、ジロリと漁師を睨んだ。

「それで、その子たちを放してもらえるのかね？」

漁師の手から逃れると、ヤナはすぐにキリルのところに走った。きょとん、とした顔で自身を見上げてくる弟に、ヤナはとりあえず安堵のため息を吐く。

「よかった。怪我はないようだな……」

「おい、小僧ども」

ふと見ると、神父が睨んでいた。

思わずムッとして、ヤナは言い返す。

「余計なことしやがって……。それに、小僧じゃない」

そう言ってやると、神父は、変わらず不機嫌そうな口調で、

「貴婦人扱いしてもらいたいなら、その乱暴な口調をなんとかすることだ。それより……」

と、彼は、さらに不機嫌そうな顔で、自身の持つ魚を見て……。

「この魚は私が買い取ったわけだが……どう責任を取るつもりかね？」

「どういう意味だよ？」

首を傾げるヤナに、神父は眉をひそめて、

「私は、魚が大嫌いでね。とてもではないが、こんな生臭いものを食べられない。といって、神に仕える身が、食べ物を粗末にするわけにもいかない。お前たちに、責任を取って食べてもらうことにするから、逃げるんじゃないぞ」

それだけ言い残すと、神父はさっさと、古びた教会堂の中に入っていってしまった。

その後を追って、しぶしぶ教会の中に入ったヤナは、その日は、教会で過ごすことになった。

焼いた魚を食べ、水浴びをさせられ、着替えさせられて、それから、粗末ながらベッドを与えられる。

「これが、孤児院ってやつか……」

教会には自分たち以外にも身寄りのない子どもたちがいた。

自分自身の子どもでもないのに、こうして衣食を与えて、養ってくれる。なんの得にもならない慈善事業……、そんなものをヤナは信用していなかった。

大人は信用できない。同じ子どもだって、信用なんかできない……そう思っていて、だから……。

翌日、渋面の神父から、出ていくように言われても特に傷つきはしなかった。

いつものことだ。落胆なんかしない。しないけれど……嫌味の一つも言いたくはなる。

「てっきり、ここに閉じ込められるもんだと思ってたよ。ここは、孤児院ってとこだろ？」

ふてくされたように言うヤナを、神父は鼻で笑い飛ばした。

「ここに置いてもらえると思っていたか？　残念だが、ここでは無理だ」

「……あたしたちが、三つ目だからか？」

「そうだな。その認識は正しい」

にべもなく言われても、ヤナに失望はなかった。

教会に来れば助かる。孤児院で、食事にありつけて、安心して寝られる……。そんな甘い話があるわけがない。

むしろ、売り飛ばされなくてよかったと安堵すべきだ。

酷い目に遭わされることなく、殴られることなく……。食事を食べられて、泊めてもらえただけ幸運だったのだ。

――やっぱり、大人なんか信用できない……。大丈夫、頼ったりなんかしないから、裏切られることもない。

神父は、一枚の羊皮紙をヤナに差し出した。

「お前たちには、ヴェールガ公国に行ってもらう」

「ヴェールガ公国？」

首を傾げるヤナに、神父は心底面倒くさそうな顔で首を振る。

「ああ。そこにある学校に入れるための子どもを送れと連絡があってな。だが、うちの孤児院には、この辺りにルーツを持つ者が多い。孤児院を出た後も、この近くで生きていくほうが都合がいいだろう」

「そこにちょうどよく、あたしたちが来たってわけか」

「そうだな。お前たちは、逆に、この地では生きにくかろうよ」

「あたしたちが、どうして都合よく、あんたの言いなりになるって思うんだ？」

そう言って睨みつける。と、神父はきょとんと首を傾げて、

「まぁ、好きにすればいいさ。ただし、次に、漁師に捕まった時には、都合よく助けが入るとは思わないことだ」

突き放すような冷たい言葉……。ヤナは、悔しさにただ唇を噛みしめる。

それでも、神父の言葉に従ったのは、彼の言葉に正しさを見出だしたからだ。

確かに、この国で弟と生きていくことは難しく……。だから、もしも、神父が国から出る手助けをしてくれるなら、いっそ『利用してやろう』と……。そう思ったからだった。

「わかった……。あんたの言うとおりにしてやる」

そう頷いたヤナに、神父は、一言。

「そうか……」

と、返すのみだった。


ただ一人で、弟を守らなければならない状況。

もしも警戒心を解いて、裏切られでもしたら、自分だけでなく、弟も終わってしまう境遇だったから……。心を固く固く閉ざしたヤナは、気付くことができなかった。

この神父が、恐ろしく口下手で、子どもの扱いが、とんでもなく下手くそであるということ。

そんな彼が、できる限りの優しさを自分たちに示してくれていたことも……。

それに彼女が気付いたのは、セントノエルでの生活が始まって、しばらくしてからのことで……。


後日、セントノエルから神父に一通の手紙が届く。

不機嫌そうな神父ことヨルゴスへの手紙……そこに何が書かれていたのかは、定かではない。

ただ、その手紙を読んだ時、彼の顔には、いつもの皮肉げなものとは違う、穏やかな笑みが浮かんでいたという。

第三十六話　ミーアの違和感と遠き助言者

帝国の叡智、ミーア・ルーナ・ティアムーンの寝覚めは悪くない。

早寝早起き、毎日リズムよく生活する。それは、ミーアの怠惰（たいだ）を許さない忠義のメイド、アンヌの働きかけの賜物（たまもの）といえる。

そんなわけで、ふわあああむっと、あくびとともに目覚めたミーアは、ベッドの上でのびのびーっと体を伸ばす。

そして、そこで最初の選択肢が訪れる。

このまま着替えるのか、あるいは朝風呂としゃれこむのか、である。

「ふむ……そうですわね」

ペタペタと服を触り、それから、腹をさすって空腹具合を確認！　我慢できないほどの空腹ではない。急いで着替えて食堂に行く必要はなし！　となれば……。

「特に寝汗をかいているわけではありませんけれど……。今日は特別な日ですし」

などとつぶやいていると、アンヌが部屋に戻ってきた。

「あ、ミーアさま、おはようございます」

「おはよう、アンヌ。いい朝ですわね」

上機嫌に笑ってから、ミーアは言った。

「これから、浴場に向かいますわ。準備をお願いできるかしら?」

その問いかけに、アンヌは堂々と頷き、

「はい。すでに」

すちゃっと、ミーアの着替えセットを掲げる。ふわふわのタオルと着替え、ミーアお気に入りの洗髪薬に、体を洗うための石鹸(せっけん)。さらには、お肌に塗るための香油(こうゆ)を入れたカバンである。

「あら、準備がいいですわね」

「今日は特別な日ですから、身を清めてから迎えたいのではないかと思いまして」

以心伝心、自分の気持ちを完全に理解していてくれる忠義人に満足げに頷くミーア。それから、まだ、ベッドで寝ているパトリシアを見て……。

「それでは、もう少ししたらパティを起こして、それから、朝風呂としゃれこみましょう」

そう、今日は特別な日。

今日は、特別初等部の生徒たちをセントノエル学園に迎える、大切な日なのだ。


生徒会での会議から早十五日。

聖女ラフィーナの号令は、早馬によって大陸各国に届けられた。

けれど、内容が内容だけに、反応は鈍かった。

貧しい民草(たみくさ)の子どもや孤児たちに、高度な教育を施そうという考えには賛成できても、場所がセントノエル学園と聞くと、どうしても気後れしてしまうもの。

結果として、特別初等部の最初の生徒は六人ということになった。

「パティを含めて七人であれば、まぁ、ちょうどよいかもしれませんわね……」

「おはようございます、ミーアお姉さま」

っと、ミーアとアンヌの会話が聞こえたのか、パトリシアが起き出してきた。

眠たげに目元をこしこしこすりながら、ふわぁっとあくびをする。


「おはよう、パティ。寝汗を流しにいきますわよ。準備なさい」

「はい。わかりました」

こくり、と素直に頷いて、パトリシアが手際よく自分の着替えを用意し始める。それを見て、ミーアは、ふーむ、と唸ってしまう。

──なんか、この子、違和感があるのですわよね……。

首をひねりつつも、ミーアは、パトリシアを伴って大浴場へと向かう。

パトリシアに関して、疑問に思うことはいくつかあった。例えば、入浴がそうだ。

パトリシアは一人で服を脱ぎ、自分で体を洗うことができる。

最初こそ、アンヌの手を借りてはいたものの、今では自分一人でこなすことができている。唯一、できないのは髪を洗うことである。

アンヌがそっと動き出そうとするのを、ミーアは右手で制し、

「大丈夫ですわ、アンヌ。ここは、わたくしが……」

そう言うと、ミーアは上機嫌に洗髪薬を手のひらに出した。お気に入りの、馬印(うまじるし)の洗髪薬を！

それを、しゃこしゃこと泡立ててから、パトリシアの髪につけて洗い始める。

ギュッと目を閉じ、体を固まらせるパトリシア。動きがないから、実に洗いやすい。

「うふふ、なんだか、馬の毛を洗っている感覚ですわね」

それは、馬術部での経験が生きたともいえるが……ミーアが馬シャンの秘密に迫りつつある、ということでもあるのかもしれない！

ともあれ、パトリシアの髪を洗いつつ、ミーアはやっぱり思う。

――ううむ、やっぱりなんか変な気がしますわ。

パトリシアから感じる違和感。それは、ある種の『慣れ』と言ってもよいものだった。

服を脱ぎ、体を洗うこと。大貴族の令嬢であれば、これを自分ですることは珍しい。たいていは召使いの手を借りてするからだ。

過去の経験上、ミーアは自分でいろいろできたほうがいいと思っているから、大体のことは自分一人でできるようにしているが、普通はこうはいかない。

にもかかわらず、パトリシアは、ごくごく普通にそれをする。貧民街で育ったベルのように、それをいとも簡単にして、戸惑う様子もない。

……ただ、最初のうち、

「貴族の令嬢がこういったことをするのは変なのでは？」

と怪訝(けげん)な顔をしていたが。

その反応もまた、考えてみるとおかしい。生まれながらの貴族のご令嬢は、なにが〝それらしいのか〟なんて考えたりしない。自然に、その振る舞いが身についているものである。

――となると、パティは生まれながらの貴族の令嬢ではないのではないかしら？

よくよく考えれば、ミーアは祖母のことをよく知らない。会ったこともないし、クラウジウス家という実家とも、一切交流はなかった。

だから、パトリシアの出自や、家庭環境がいまいち把握できずにいた。

――お父さまからも聞いたことありませんし、これは、ルードヴィッヒに調べてもらうのがいいかしら？

「ところで、ミーアお姉さま。今日、朝風呂に入るのは、特別初等部の他の生徒を迎える準備なのですか？」

湯船に浸かり、ほひゅーっと息を吐いていると、隣でパトリシアが尋ねてきた。

「ええ、そうですわ。しっかり身綺麗にしてお出迎えするのが、礼儀（れいぎ）というものでしょう？」

「でも、初等部の学生は平民のはず。貴族の令嬢である私が、そんな風に迎えるのは変なことでは？そもそも、民に交じって勉学に励む必要がありますか？」

かすかに首を傾けるパトリシアに、ミーアは笑みを浮かべて、

「もちろんですわ。相手が誰であれ、身分に相応しい姿で出迎えるのが高貴なる者の在り方。それに民を知ることは、皇帝の妻となるには必要なことですわ」

「でも、私には、不要だと思いますが……」

怪訝そうな顔をするパトリシアに、ミーアは優しい笑みを浮かべておく。

「パティ、これも蛇になるためですわ。民草の気持ちを知ることは、とても大切なことなのですわよ……ね？　蛇として」

それを聞くと、パトリシアは、

「わかりました」

かくん、と素直に頷いた。

——ふぅむ、相変わらずこの子、蛇のことを話に出すと、すごく素直になりますわね。便利な感じもしますけれど、このままというのはさすがによくないですわね。

それも、ミーアの悩みどころだった。

いつ〝自分が蛇ではないこと〟を、パトリシアに打ち明けたものか……。

——蛇の教育を受けていると思わせて、こっそりとまともな教育を施すという作戦は、今のところは上手くいってますけれど……。

このまま、騙し続けるわけにもいかない。タイミングを見て、本当のことを話す必要があるだろうが……。

——心配なのは、蛇になるためって言ったら、割となんでも納得しちゃうことなんですのよね……。なんだかよくわからないが、パトリシアはかなり蛇になりたいらしい。その理由をきちんと把握しておかないと、足元をすくわれそうな気がする……。ミーアの直感が告げていた。

——あれ以降、変な夢は見てませんけれど、油断は大敵ですわ。ともかく、慎重に、すべきことをしていきませんと……。

はぁ……などと悩ましげなため息を吐くミーア。それから、ふと思う。

——ああ、それにしても、アベル。まだ帰ってこないのかしら……。最近、遠乗りにも行けておりませんし、心が沈みますわね……。

ちなみに、この時のミーアに、最も適切な助言ができたであろう人物はシュトリナだった。

もしも彼女に、パトリシアの状態のことを聞いたならば、こう教えてくれただろう。すなわち……。

「パトリシアは蛇に脅されて、言うことを聞かざるを得ない状況にあるのではないか？」と。

ヴァレンティナのもとを訪れているシュトリナ・エトワ・イエロームーンが、再びセントノエルに戻ってくるまでには、もうしばらくの時間が必要だった。

第三十七話　飴になりたい、ミーア姫

さて、アンヌの奮闘により、麗しの生徒会長に化けたミーアと、身綺麗になったパトリシアは、朝食を食べ終えて、生徒会室へと向かった。

そこで、子どもたちを迎えるのだ。

他の生徒会メンバーと合流し、待つことしばし。やがて、老齢の修道女に付き添われて、六人の子どもたちがやってきた。

こわごわと、緊張も露わに、辺りを見回す子どもたち。そんな彼らを見ながら、ミーアは、事前にもらっていた資料を、頭の中で反芻する。

――ふむ、確か事前にもらった資料だと、パティと同じく十歳の男の子が二人、女の子が一人。その女の子の弟が七歳。八歳の女の子が二人……だったかしら？

年長の十歳児がパティを合わせて四人、年少の七、八歳の子が三人。ちなみに名前のほうも、きち

んと覚えている。

あなた、誰でしたっけ？　と言ってしまった時に、相手の心証をどれだけ害するか、身に染みてわかっているミーアである。

ともあれ、顔のほうはわからないので、誰が誰かなぁ？　などと思いながら、全員の顔を見渡してから、

「はじめまして。みなさん。わたくしは、ミーア・ルーナ・ティアムーン。この学園の生徒会長をさせていただいております、ティアムーン帝国の皇女ですわ」

堂々と胸を張り……、

「どうぞ、よろしくお願いいたしますわね」

完璧な皇女スマイルを浮かべる。完璧！　完璧である！

男子たちは、思わず頬を染め、女の子たちも、ふわぁっと思わず見惚れている。

外面はとってもよいミーアである。

なにしろ、笑みを浮かべる、言葉をかける、このあたりは無料である。無料で相手の好感度を稼げるというのなら、やらないのはもったいないではないか。

もちろん、ミーアとて統治者の心得を知らぬわけではない。

『民に侮られるのは、民に嫌われるより悪いことである』と。

愛され慕われるより、恐れられたほうがいい。それは、帝国に古くから伝わる統治論である。

だが……同時にミーアは知っている。それの行き着く先がどこであるか……。

その教えを順守した自分たちがどんな目に遭ったのか……。

――恐れられる、それは、自身に力があるうちは有効でも、力が弱まった時に致命的な状況を呼び込む両刃（もろは）の剣（つるぎ）ですわ。

いついかなる時でも自身の権勢を維持できるとは思えないミーアである。没落を知るミーアは、いつでも備えを怠らない。

――要はバランスが大事ですわ。甘いものばかり食べていては体に悪いけれど、口に苦い良薬ばかりでは、人生に彩りがなくなってしまう。バランスよく、何でも食べるのが大事ですわ。

目の前に並べられた皿を、満月のごとく円を描き、ぐーるぐーる、とバランスよく食べる。これこそが、ミーアが見出だしたバランスのよい食事法である！

俗にいう《満月食べ》は、帝国の叡智ミーアが生み出したというのは、とても有名なことである。

まぁ、それはともかく。

目の前にいる子どもたち、彼らは、蛇の予備軍。つまりは、貴族や王族に不信感を持ち、不満を持ち、諦めを持っている貧しい子どもたちだ。いわば「恐れ」の供給が過多な子どもたちなのである。

ならば……バランスを取り、ミーアは慕われる態度をとる！

――わたくしは、常に力を誇示して恐れられるより、力を失った時に助けてもらえる親しさをこそ、求めたいですわ！

恐れられるのは、周りの貴族連中に任せておく。その連中を従えておけば、自然と恐れの部分を満たすことは可能！　ミーア個人は愛されて慕われる、それこそが理想！

これが、ミーア式統治論である。

ちなみに、貴族連中を従えるにあたっては、ルードヴィッヒら女帝派の面々の活躍が不可欠であったりするのであるが……。

ともかく、ミーアは、精一杯愛想を振りまいた挨拶の後、子どもたちの顔を見ながら、

「それじゃあ、とりあえず、お互いに自己紹介をしましょうか……」

と、そこでミーアは気付く。

手前の二人の子どもたちが、顔が見えないほど前髪を伸ばしているということに。

「ふむ、それにしても、あなたたち、前髪が少し長いですわね。前が見えづらいと授業に支障がありそうですし、切ったほうが……」

と言いつつ、近場の少女に手を伸ばした。

「あっ！　さっ、触るな！」

次の瞬間、少女が、ばっとミーアの手をはたいた。

「あっ……」

反射的に手を引っ込めるミーア。

「あなたっ！　なんてことをっ！」

血相を変えた修道女が慌てた様子で、少女に近づいてきて、その腕をつかむ。

「ああ、いえ。別にこのぐらいなんでもありませんわ。あまり乱暴なことを……」

「いえ、姫さまに、このような無礼が許されませんわ！」

どうやら、この修道女はセントノエルに慣れていないらしい。その顔には満面の恐れと緊張が窺えた。

「粗相(そそう)をした者には、罰が必要です」

「そんな大げさな……」

「いいえ。悪いことをした子どもに罰を与え、しつけるのは、その子自身のためでもあります。ぜひ、罰をお与えください！」

真面目な顔で言う修道女に、ミーアは、ウーム、と唸る。

「罰……そうですわね……」

それから、ミーアは少女のほうを見た。悔しげに唇を噛みしめる少女と、姉のほうを心配そうに見つめている弟。

――これは……厳しい罰を与えようものなら、確実に蛇に突っつかれるパターンですわ。お尻を蹴っ飛ばす、などという厳しい罰は与えるべきではありませんし……あっ、そうですわ。

そこで、ミーアは思いつく。

「ふむ、ではそうですわね。わたくしの手をはらった罰として、あなたには、この特別初等部のクラス長をしていただきますわ」

学校に生徒会長がいるように、寮に寮長がいるように、特別初等部にも、子どもたちをまとめる立場の人間が必要だろう。

そして、この年頃の子どもたちのリーダーを決めるのであれば、年長者にやらせるのが理の当然というもの。七歳、八歳の子にリーダーをさせるのは無理があるだろう。

――その場合、男の子たちが選ばれる可能性は、ないではないでしょうけれど……。パティはわたくしと縁の者と思われているのだから、選ばれる可能性は高いはず……。

蛇の予備軍を潰すために、教育を施そうとしているのに、蛇の教育を受けたパトリシアを代表に選出する？　そんなことは、あり得ない！

というわけで……先手先手で行動するミーアであった。が……。

「は……？　正気かよ……」

ミーアの言葉に少女は、唇を釣り上げて、子どもには似つかわしくない笑みを浮かべた。まるでミーアを馬鹿にするような……歪んだ大人のような笑みを浮かべて。

「これが、あんたには見えないってのか？」

そうして、少女は自らの前髪を持ち上げる。それで、みなの前に、その額が露わになる。

少女の幼い額には、黒い墨で瞳の刺青がされていた。

「あら？　そんな風になっておりますのね。でも……それがなにか？」

珍しい刺青に小首を傾げるミーアであったが……、

「ガヌドス港湾国では知らないやつはいないよ。これは、ヴァイサリアンの民……いや、海賊の印さ」

「海賊……？」

「そうさ。あたしと弟は海賊の子だ。あんたは、海賊の子であるあたしに、この特別クラスの長をさせようってのか？」

そうして、自嘲の笑みを浮かべる少女に、ミーアは小さく首を振った。

「……その考え方、わたくしは好きではありませんわ。親の罪が子に伝播（でんぱ）する、先祖の罪が子孫にまで被せられるなどと……」

それは、ミーアが何度も否定してきた考え方だ。

なにしろ、その考え方……突き詰めれば、初代皇帝の罪をミーアが贖（あがな）わなければならなくなるわけで……それは、なんとしても避けたいミーアである。

ゆえに、ミーアは、その少女の目をしっかりと見つめて言ってやる。

「親が誰であれ関係ありませんわ。あなたはあなた。そうでしょう?」

言いながら、気付く。

これは、ミーアの自己弁護のみならず、パトリシアへのメッセージにもなるかもしれない。

パトリシアは、親が蛇だから、蛇になりたいと考えているのかもしれない。親が蛇だから、お前も蛇にならなければならない、と教え込まれているのかもしれないではないか。

それこそが、彼女が頑なに蛇になりたがる原因ならば、それを今はっきりと否定しておくべきであって……ゆえに!

「あなた自身が、賊となり悪を為したいと言っているのであれば、それを咎め、改めさせる必要はあると思いますけれど……。あなたの血筋がなんであるかは、わたくしにとってなんの意味もないことですわ」

それから、ミーアは一歩下がり、

「今一度、言いましょう。あなたが、特別初等部の長を務めなさい。それをもって、わたくしへの無礼の罰といたしますわ」

ミーアの言葉を、少女は……ポカンとした顔で聞いていた。

第三十八話　帝国の叡智、強大な権威を金で買わんとす！

ユリウスと修道女に学園内の案内を任せて、ミーアたちは打ち合わせをすることにした。

「ふぅむ、あの人数であれば、ユリウスさんお一人でも、講師については足りそうですわね」

学業に関しては、ユリウスに任せても大丈夫だろう。

彼は、さすがに秀才らしく、文学も算術も問題なくいけるらしい。あのぐらいの子どもたちに基礎的な教養を教えるのには、彼一人で事足りるだろう。

なので、問題は、倫理・道徳的なこと。蛇に染まらないようにするための教育だった。

「ふむ、そちらに関してはラフィーナさま、お願いできるかしら？」

それは、疑問の形をとってはいるものの、実際には「そっちは全部任せましたわ！」というミーアの力強いメッセージを含んだ言葉だった。

……そして、ミーアは、当然、その要請が受け入れられるものと思っていた。

だって、相手は聖女ラフィーナである。相手を教え諭すことなど朝飯前のはず。ゆえに、それは、あくまでも確認のもののはずで……。

そんなミーアの言葉に、ラフィーナは当然のごとく頷き……頷……かない⁉

「……え？　私が、するの？」

などと、むしろ、困惑した様子を見せている。

――あ、あら？　妙ですわ。この反応、想定外ですわ……。

などと首を傾げるミーアに、ラフィーナはちょっぴり困り顔で、

「ミーアさんのお願いには、できるだけ応えたいと思っているのだけど……でも、先日のミーアさんの教育論を聞いた後だと、少し荷が重いわ。てっきり、ミーアさん自身が教鞭をとるものとばかり思っていたから……」

「……はぇ？　え、えーと、先日のこととは……」

「ほら。五種のキノコグラタンのことを例に挙げて、教えてくれたじゃない。子どもたちをどう扱うのが正解か……。私、あの言葉にとっても感激してしまって……」

などと言われて、ようやく思い出す。

――ああ、そういえば、確かにあの時、ちょっぴり上手く言えたなって、自分でも思いましたけれど……。

それから、ミーアは慌てて、各メンバーの顔を見る……、と！

――ひっ、ひぃい！　なんか、みんな、わたくしがやるのが当たり前みたいな顔してますわ！

てっきり、正義と公正の権化たるシオンがしゃしゃり出てくるかと思っていたのに、なんだか、ぜんっぜん、そんな様子もない！

「え、あ、で、でも、ここはラフィーナさまか、シオンとかがいいんじゃないかしら？　ねぇ、シオン、あなたなら、サンクランドの正義と公正を彼らに存分に教えてあげられるんじゃゃ……」

なので、仕方なく話を振ってみると、シオンは……。

「弟の面倒一つ見られなかった俺が子どもたちの教育にかかわる？　それはおこがましいにもほどが

あるというものだろう」

　いつになく、やさぐれた感じで言いやがった！

――ぐ、ぐぬぬ、こいつ、まだエシャール王子のこと、気にしてましたのね。確かに、あれは、シオンにもかなーりの責任があることとはいえ……。

　生徒会の二大巨頭、ラフィーナとシオンが断ったことで、必然的に、他のメンバーにも頼めなくなってしまう。明らかに、断られるビジョンしか浮かばないし。

　ということで……。

「で、では……不肖(ふしょう)、このわたくしが、子どもたちへの倫理面での教育をいたしますわ」

　涙を呑んで、厄介事を引き受けるミーアであった。


「ああ……これは、大変なことですわ……」

　部屋に戻ったミーアは、ベッドに寝転がり、うがーっとゴロゴロする。

　やがて、ひとしきり暴れた後で、ミーアは気持ちを切り替える。

――まぁ……、でも、よくよく考えると、これはかえって好都合と思うべきかしら……。

　そもそも、特別初等部の一番の目的は、パトリシアを教育することにある。そして、それを知るのはミーアのみ。ならば、他の者に任せるわけにはいかない。

　より確実性を取るのであれば、ミーア自身が教師をするのが一番よいのだ。

――それに、これはいい予行演習になるかもしれませんしね……。

　ミーアは、さらに、自身の子どものことにも思いを馳せる。

どうやら、これから八人産まなければならないらしいが、その八人、産んだら放っておいてよいものでもない。きちんと教育しなければならないのだ。だが……。

――養育係が、きちんと機能するか、甚だ不安が残りますわ。

アンヌに関しては、おそらく問題ないだろうと思っている。ミーア同様、時に甘く、時に厳しく、きっとしつけてくれるに相違ない。ベルを見ていても、それは確信できる。

だが……他はどうか？

ミーアの子どもの教育を担ってくれるであろう筆頭のルードヴィッヒだが……ベルの話を聞く限りでは、いささか甘い。

それはもう、かつてのクソメガネを知り、さんざん涙目にされてきたミーアとしては、まったくもって納得いかないことではあるのだが……。

――ベルの前では、大変な好々爺面をしているルードヴィッヒが、わたくしの子どもたちに甘い顔をしないなどとは、到底思えぬこと。同様にリンシャさんも、少し怪しいですわ。

ベルの様子を見るに、リンシャも養育係としては、ちょっぴり甘いところがあるらしい。彼女には厳しくしつけてくれることを期待していただけに、ミーアとしては意外なところであった。

――それに、リーナさん……。あの方に関してはベルの親と仲良くなるために、むしろ、積極的に甘やかしそうな雰囲気さえございますわ。

もともと、シュトリナには頼む予定はなかったが……仮に頼んだとして、上手く務められるとは思えず……。こうして考えていくと、どうも、ミーアは程よい教育係を見つけられそうにない。となると、時々は、自分の目で子どもを見て、しっかりと大切なことを教えていく必要があるわけで……。

――嫌な男の子の黙らせ方とか、知っていると便利なことをきちんと継承してあげたいですわね。こう、どうやって蹴ればいいかとか……レムノ王国での経験を生かして……こう。

まぁ、それはさておき……。そのような明るい未来のためにも、今回のことは何かの役には立つかもしれない。であれば……。

「こうなってしまった以上、積極的に生かすべきですわね。ふむ……」

それから、ミーアは、アンヌのほうに目をやり、手際よく準備を進めていく。

その第一歩は……。

「アンヌ、申し訳ないのですけど、今から言うものを町で買ってきてくれないかしら？」

「はい。わかりました。なにを手に入れればいいのでしょうか？」

首を傾げるアンヌに、ミーアは、胸を張って堂々と言い放つ。

「度の入っていない眼鏡ですわ！」

ミーアが欲したもの……それは、権威と知恵の象徴たる眼鏡だった！

それを聞いて、アンヌは、一瞬、怪訝そうな顔をしたものの、

「わかりました。探してまいります」

すぐに頷いて、部屋を出ていくのだった。

第三十九話　低きに流れ、パンを食べ……

さて……いったい、どんなことをすればよいのか……。

どんなことをパティに教えればいいのか……。

眼鏡をかけたことで、すっかりやる気になったミーアは昨夜一晩、たっぷり寝ながら考え、早起きして朝風呂へ。そこでジッと目を閉じて考え、時々、ざんぶ！　とお湯の中に潜りながら、考え、考えて……。

「まっ、まったく、思いつきませんわ！」

そう頭を抱えたのは、午前の授業が終わった昼食前の時間だった。

ちなみに、子どもたちにミーアが教えるのは、午後からの時間である。午前中は基礎的な勉学をユリウスが教え、午後の時間にミーアが道徳・倫理的な心得を教えることになっているのだが……。

そもそもの話、別に道徳的に潔白でもなければ、倫理的な正しさを持っているわけでもなく。なんらかの哲学に通じているわけでもないミーアである。

ハリボテの叡智をいかに絞ったところで、よい考えが浮かぶはずもなし！

「こっ、子どもたちに何を教えればいいのか……。これは、もしかしたら、今までで一番のピンチなのでは……？」

かといって、情けない姿を晒すわけにもいかない。パトリシアに蛇の教育係と名乗っているのだ。

「ミーア先生の授業、楽しみにしてます」

などと、ニコリともせずに……言っていたパトリシアの顔を思い出す。

あの期待を裏切るのはマズい。今後の発言権にかかわってくる。

「ぐ、ぐぬぬ。わっ、わたくしが教えられそうなのは、紋章学とダンス、あと乗馬……」

なんとか、子どもに教えられそうなものを指折り上げていき……。

「くっ、手持ちのカードが少なすぎますわ」

そもそも、それ、教える意味あるか？　などとも思ってしまう。なにしろ、しなければいけないのは、彼らを蛇にしないことなのだ。ただの勉学ではないところに、なんとも言えない難しさがあった。

こうして悩んでいる間にも、特別初等部の授業時間が迫ってくる。

「なっ、なにか、クロエに本を用意していただいて、それを読み込んで教えるとか……？」

でも、それって……とっても面倒。難しい本なんか読みたくない……というか間に合わない！

そうして、久しぶりに頭をモクモクさせつつ、悩み悩み、悩みぬいた末……ミーアはっ！

「そうですわ！　わたくしは、遊びに連れていくことにしましょう！」

低きに流れていった！

そう……仮に波がなくとも水は流れを作るものなのだ。高いところから、低いところへ。

そうして、ミーアは流される。低いほう、低いほうへと。

「ああ……そうでしたわ。そもそも難しい勉強はユリウスさんがしてくださるはず。とすればわたくしが教えるべきは、そうしたことではないはずですわ」

何事もバランスが大事なのだ。

口に苦い良薬ばかりでは、人生は彩りのないものになる。良薬をユリウスが担うなら、ミーアがすべきは……口に甘いお菓子の役割。

不意に、ミーアは視界が開けたような気がした。

「ああ……そうですわ。そうでしたわ……。わたくしは、なにを考え違いをしていたのかしら。わたくしは、甘いお菓子を担当しようと、昨日思ったばかりでしたのに」

厳しくするのは自分じゃない。自分は、甘やかすほうを担当する。

それこそが、ミーア式統治法……甘海を泳ぐ海月式教育法なのである。

「そうですわ。要するに、蛇にならないようにするには、この世界が壊したくなくなるぐらい、いいものだと思わせてあげればいい。であれば、わたくしの時間は、子どもたちに一杯楽しい経験をさせてあげるのがいいですわ！　とりあえず、馬にでも乗せて……いえ、むしろキノコ……」

そうして、ミーアは、晴れ晴れした気持ちで、食堂に行き――目撃してしまう。

特別初等部の子どもたちが、食堂のはずれに固まって、硬い表情で座っていること。そして、それを見下ろすように、三人の男子生徒が仁王立ちしていることを。

「おい、どうして僕たちより、お前たちのほうに、先に食事が届くんだ？　孤児のくせに、生意気な……」

――ほほう、生徒会の決定に表立って文句を言う、気骨ある子がいるとは意外ですわ。この子たち、ラフィーナさまに盾突いているということがわかっているのかしら？

前の時間軸のミーアですら思いもよらぬ暴挙。このセントノエルでそのようなことをすれば、どんな目に遭うか……あの生徒たちには想像がつかないらしい。

けれど、それも仕方のないことなのかもしれない。見たところ、彼らは新入生。この春からセントノエルにやってきた、幼い男の子たちだ。

血気にはやり、民を見下す。実に貴族らしい物言いは微笑ましいほどで……。

「私たちのほうが先に注文したからじゃないでしょうか？」

特に気負う様子もなく、パトリシアが言った。チラリと男子生徒たちを見上げ、いつものように、なんの表情も浮かべない顔で……。

そんなパトリシアの様子に、ますます男子生徒は憤る。

「なんだと？　お前、俺たちに口答えするのか⁉　帝国貴族の俺たちに」

その言葉に……ミーアの背中に、さぁあ！　っと鳥肌が立った。

――てて、帝国貴族⁉　それはマズいですわ。

どっかの適当な国の貴族ならばいざ知らず、帝国貴族であれば、その非道の責任を問われるのは、最終的にはミーアである。なにしろ、ミーアは帝国皇女。帝国のトップなのである。

――くぅ、サフィアスさんやエメラルダさん、ルヴィさんがいなくなったから、抑えが効かなくなってるのかしら……。想定外ですわ。

ミーアの意を尊重し、裏で帝国貴族の取りまとめをしていた三人。そんな彼らがいなくなった影響だった。残った四大公爵家の子弟はシュトリナのみ。

シュトリナの能力は別にして、最弱のイエロームーンの家名は、他の四大公爵家よりも影響力が低いわけで……。

――今後が思いやられますわ……。

などと思いつつ、やや慌てて歩み寄ろうとしたところで……。

「やっ、やめてください。あたしらは、ただ食事がしたいだけで……」

一人の少女が立ち上がった。長い前髪に隠れ気味の顔、彼女の名は……。

——あら、あの子……ヤナさんですわね。本当なら一番に突っかかっていきそうですのに、リーダー役だからって諫める側に回ってくれてますのね。

ちょっぴり意外に思いつつ、ミーアはずんずん歩み寄っていき、そして……。

「ご機嫌よう、みなさん。これは何の騒ぎかしら？」

優雅に笑みを浮かべつつ、言ってやる。

余計なことしやがって、この野郎……などという、ちょっぴりアレな本音は胸の内にしまいつつ、ニコニコ笑みを絶やさない。

「あっ、ミーアお姉さま」

ミーアのほうを見て、パトリシアが声を上げる。それにつられて、下を向き、ジッと固まっていた子どもたちが視線を上げた。

「あ、あなたは、ミーア姫殿下……」

パトリシアたちを睨みつけていた少年たちも、びっくりした様子で飛び上がった。当然だ。彼らの格はミーアはおろか、四大公爵家にも劣るもののはず。

であれば、ミーアに盾突くことなどできようはずもなし。

ミーアは、ふん、っと偉そうに鼻を鳴らしつつ、腕組みしながら少年たちを眺める。

そんなミーアに、リーダー格の少年が言った。

「ちょうどよかった。お考えをお聞きしたかったのです。なぜ、姫殿下はこのような無駄なことをなさるのですか？　金を持つ商人の子ならば、平民であっても通わせる意味はありましょう。金は力、才覚持つ者の証です。我らのために役に立つ者もおりましょう。ですが……」

彼は、一転、表情を歪めて子どもたちを見る。

「こいつらは食うのにも困る貧乏人の子。あるいは、罪人の子まで交じっているというではありませんか？」

馬鹿にするように、見下すように、ヤナを見てから、少年は続ける。

「なぜ、このような者たちを？　食事のマナーすらわきまえぬ者たちばかりではないですか？　なぜ、こんな薄汚い連中を我々と同じ学び舎に入れるのですか？」

その発言を聞きながら、ミーアは内心で冷や汗をかいていた。

——ああ、そんな大きな声で、ラフィーナさまが嫌いそうなことを……。

この食堂で、そんなことを大声で言っては、絶対にラフィーナの耳に入ることだろう。そうなれば、きっとラフィーナのご機嫌を損ねるに違いない。シオンにしても、聞いたらきっと眉をひそめるに違いない。これはよくない。

実になんとも帝国貴族らしい少年の言いように、ミーアは頭痛を感じつつ、

「なにゆえ、と問いますのね……」

さぁて、なんと答えたものだろう、と思案する。

彼らに理解させるのは、なかなか難しそうだ。非を認めさせ、子どもたちへの謝罪を引き出し、それをもって、ラフィーナの機嫌を鎮めることは、どうやらできそうにない。

かといって、なんだか、気が立っている様子の彼らを権力で押さえつけるのは、後々の禍根となり

そうだ。そもそも、特別初等部の構想自体、正論と権力によって無理に通したのだ。

ここでさらに力ずくというのも、少々危険……とミーアの直感が告げていた。

――というか、もう少し落ちついてからでないと、まともに話ができなそうですわね……。どうしたものか……。

思案に暮れるミーアは……低きに流れていく。

低き、すなわち……より原始的な欲求、すなわち……食欲へと。

ミーアの鼻が捉えたもの、それは、焼き立てのパンが放つ芳ばしい匂いであった。あれにハチミツをたっぷりつけて食べたら、たいそう美味しいに違いない。

――こんなに美味しそうなものを目の前にして言い争いなど、なんて不毛な……いえ、そうではありませんわね。

その時だった。ミーア、不意に閃く！

そもそも、彼らはなぜこんなにも腹を立てているのか？　気が立っているのか？

理由はとても簡単。ヒントはすでに出ていた。

彼ら自身が言っていたではないか。

『なぜ、こいつらが先に食べているのか？』と。

――ははぁん、なるほど。この子たち、お腹が空いて気が立っているのですわね。ならば、その解消が先決……。

腹が減れば、人はイライラするもの。であれば、まずは満腹になり、機嫌がよくなったところで、なにか適当に言いくるめるのがよかろう、とミーアは判断する。

「なるほど。よくわかりましたわ。ならば、あなたたち、ここに一緒に座りなさい」

「……は？」

きょとんとする貴族の子弟たちに、ミーアはニッコリ笑みを浮かべて。

「あなたたちは、特別初等部の子どもたちが、自分たちより先に食べることに腹を立てている。ならば、先に食べず、一緒に食べれば何の問題もないはずですわ。ああ、それと、食事のマナーも気になっているのですわね？　ならば、あなたたちで教えて差し上げれば、なんの問題もありませんわね」

そうして、ミーアは、ヤナとパトリシアの間に、席を作らせる。

「もちろん、わたくしも一緒に食べますわ。構いませんわよね？」

黙って他人が食べているのを見守れるほど、ミーアは人間ができていない。午前いっぱい考え事をしていたミーアの脳みそが、食を欲していた。

今、テーブルの上に用意されたパンなど、すべて平らげられそうな気分なのだ。

帝国の最高位、ミーアがともに食べよ、と言う。帝国貴族に属する者に、その言葉を無視することはできない。

少年たちは、戸惑いながらも、各々、特別初等部の子どもたちの間に席を作り、座る。

「さ、とりあえず、食事ですわ。お腹が満ちたら、存分に語り合いましょうか。この子たちをこの学園に入学させた意味を」

そう言いつつ、ミーアは思っていた。

――たぶん、騒ぎを聞きつけたラフィーナさまが来るはず。そこでまず、帝国貴族の子弟と特別初等部の子どもたちが仲良く食べてる姿をアピールして、粗相を帳消しにしてもらう。その後で、特別初等部の意義を『混沌の蛇』に関する部分だけ上手くボカシて語ってもらえばいいですわ。ふふふ、我ながら、完璧ですわ。

ニンマリ、内心でほくそ笑みつつ、ミーアは、目の前の柔らかいパンに手を伸ばすのだった。

第四十話　敵意には敵意を、信頼には……

ふかふかのベッドで眠る弟、キリル。その、安心しきった顔を見て、ヤナは思わず苦笑いだ。

「簡単に油断しすぎだぞ。キリル」

柔らかな髪を撫でながら、つぶやく。洗い立ての髪はサラサラで、なんとも手触りがいい。

ガヌドスにいた頃には、風呂など入ったことはなかった。水浴び自体はしていたけれど、こんな風に上等な洗髪薬を使ったこともなく……。

ヤナは自分自身の髪を軽く触って……そこから漂ういい香りに、かすかに笑みを浮かべてしまって……。誤魔化すようにつぶやく。

「ま、油断するのはよくないけど、疲れたから仕方ないよな。今日の午後の授業おかしかったし……」

あの、おかしな昼食会……自分たちに絡んできた貴族たちと並んで食事を食べるという、わけのわからない食事会の後、午後の授業は、さらにおかしなものだった。

「健全な精神は、自然の中で育まれるもの。健全な心はキノコに宿るとも言われますわ。ちょうどこのセントノエル島には、よいキノコの狩場がございますし、午後はみなでキノコ狩りに行くことにしましょう」

ミーア姫の号令のもと、ヤナたちは、セントノエル島の森へと連れ出されたのだ。まったくもって意味がわからない。

午前の授業はわかりやすかった。

講師のユリウス先生は言っていた。文字を習えば、神聖典が読めるようになる。そうすれば、どのように生きればいいのかを学ぶことができる。

なにが人の道で、どうすると人の道を外れてしまうのか……正しさとはなにか？　悪とは、罪とはなにか？

それが理解できれば、犯罪に手を染めにくくなる。それは、統治者にとっては、支配しやすい優良な民だ。

そんな理屈は、よくわかった。

誰かに勉強を教わったことがなかったヤナではあっても、それはとてもわかりやすい話で……。

だからこそ、午後の授業のおかしさが際立っていた。

みんなで連れ立って、キノコ狩りをさせられる意味はまるっきりわからなかった。

「自分たちで食べる分は自分たちで採ってこいってことなのか？　でも……」

あれは、労働ではなかった。どちらかと言えば、遊びだ。

キリルや年少組の女の子二人などは、とっても楽しそうに走り回っていた。

生きるために、必死に食べ物を得ようとしていた、あの頃とは大違いだった。ヤナは、キリルのあんなに楽しそうな顔を見たのは、初めてかもしれない。

「あの人、いったいなんなんだろう……」

自然、口をついたのは、そんな疑問だった。

それは、昨日からヤナの胸にある疑問でもあった。

帝国皇女ミーア・ルーナ・ティアムーン。帝国の叡智と名高い姫殿下。

彼女のことが、ヤナには理解できなかった。

昼食の時のことを、ヤナは思い出す。

あの貴族の少年の言いようには腹が立ったけど、同時にヤナは、その中に理を見つけてしまう。自分たちなんか、なんの役にも立たない。むしろ、治安を悪化させる害悪に過ぎない。たぶん、あの漁師はそう思っているし、ガヌドス港湾国の貴族たちも、そう思っているに違いなくって……。ましてて、ヤナは海賊の子だ。ずっと蔑まれ、厄介者扱いされてきた。

いっそ死んでしまえば面倒がない、と陰口を叩かれ、自分でもそうかも、と思わないでもなかったが……。自分に悪意を向けてくる人間の思い通りにしてやるのがシャクだったから、懸命に生きてきた。ヤナが生きる理由は、それだけだった。

——なのに……ミーア姫殿下は、あたしを特別初等部のリーダーにした。あたしを、信じてくれた……。

そう考えて……ヤナは戸惑う。

どうして、そんなに簡単に信じられるんだろう、と。

自分のことなんか、なにも知らないはずなのに、と。

唯一の家族であるキリル以外、ヤナは信じたことはなかった。信じて裏切られたら、自分も弟も終わってしまうのだから、それは当たり前のことで。

だからこそ、無条件に信じてくれたミーアのことが、まったくわからなくって……。

その時だった。こんこん、っとノックの音が響いた。

「誰だろ……？」

一瞬の警戒……けれど、すぐに苦笑いを浮かべる。

なにしろ、ここはセントノエル学園だ。特別初等部の生徒は、ミーア姫の縁者だというパトリシアを除いて、学園の聖堂の隣にある建物に住むことになった。学園敷地内に、彼らは住んでいるのだ。そこは世界で一番安全な場所。警戒する必要など、なにもないだろう。

ため息混じりにドアを開ける、と、立っていたのは、特別初等部の男子生徒。名前は、確か……。

「ああ、ええと、カロンだっけ？」

ヴェールガ公国の孤児院から来たという、ヤナと同い年の少年だった。

おさまりの悪い髪と、ちょっぴり鋭い目つきが特徴的。いかにもやんちゃそうな印象を受ける少年である。

「どうかした？」

キリルを起こさないように、廊下に出る。と、カロンは辺りをキョロキョロ見回してから、

「なぁ、ちょっと出られるか？」

「出る？　どこに？」

首を傾げるヤナに、カロンは白けた顔をした。

「どこにって、決まってるだろ？　なにか金目のものがないか探しに行くんだ」

「金目のもの？」

「なんだよ、海賊の子どもだとか言ってたから、もっと抜け目ないやつだと思ってた。てっきり、もういろいろと目星をつけてると思ったのに」

「どういう意味だよ、それ……」

知らず、ヤナの声が低くなる。

「貴族なんて気まぐれなんだってことさ。こんなふうに優しくしておいて、明日にはすぐに切り捨てるんだ。犬や猫と同じさ。だから、いつ切り捨てられてもいいように、金目のものを盗んでおこうって……ね」

ニヤリと笑みを浮かべるカロンに、ヤナは……。

「やめろよ、そんなの……」

思わず言っていた。

「え……？」

それを聞き、目を丸くするカロン。一方のヤナも、自分の言葉に驚いていた。

——あたしは、なにを言っているんだ……？　こいつの言うことは、すごくもっともなことで……。

と、冷静な部分が告げているが、それでも……口が勝手に動く。

「ここは……違うよ……。あんたや、あたしたちが今までいたところとは違う。少なくとも、あのミーア姫殿下という人は……信じていいんじゃないかって、あたしは思ってる」

「なんだよ、もしかして、リーダーに選んでもらえたのが嬉しかったのか？　あんなので信じてもいいって、どんだけ抜けてんだよ？　よくそんなので生きてこられたな」

カロンの言葉は、不思議と、ヤナの胸に響かない。

それは今までヤナが持ち続けてきた価値観に合致する言葉なのに……、今はなんだか、とても腹立たしい言葉に聞こえて……。

「別に、なんでもいい。ともかく、勝手なことはあたしが許さない」

吐き捨てた言葉に、カロンがキッと目つきを鋭くする。

「おい、どうでもいいけど、リーダー面すんなよ」

ドンッと肩を押してくるカロン。

なるほど、カロンは確かに、孤児院でそれなりに大変な目に遭ってきたのだろう。暴力と威圧により、その場を制する方法を心得ていた。

……だが、孤児院にすら頼らず、二人きりで生きてきたヤナのほうが……荒くれの漁師の目を盗み、裏路地で生きてきたヤナのほうが……修羅場の経験値ははるかに多い。

彼女は逆にカロンの襟首をつかみ、締め上げる。

「いって……」

「何度でも言う。勝手なことはするな。もしも、勝手なことしたら、絶対に許さない」

「くそ、放せよ」

苦しそうに言うカロンだったが、ヤナは手を放さなかった。

「ダメだ。約束しろ。絶対に、そんなことしないって……」

……その時だった。

「なにかありましたか？」

不意に、静かな声が、聞こえてきた。

「あっ、ユリウス先生……」

視線を向けると、静かな笑みを浮かべるユリウスが、そこに立っていた。

慌ててカロンを放すヤナに、ユリウスはわずかばかり厳しい顔を向ける。

「ヤナさん、どんな理由があろうとも、暴力を振るってはいけないよ。暴力に頼ってしまった時、君は正しさを失うんだ」

それは、この世の真理を語るかのごとく、揺らがない声。厳然たる口調。だが、それがすぐに崩れる。

「と言いたいところだが……、それは合理的じゃないな。時に、暴力が必要になることも、世界にはある。カロン君が、なにか悪いことをして、締め上げられても仕方ない状態にあったのかもしれないな」

などと、ぶつぶつ言いながら、今度はカロンのほうに目を向ける。

「いったいなにがあったのか教えてくれないかな？　告解を聞く神父ほどではないが、口は固いつもりだよ」

その声には、どこか、人を安心させるような温かさがあったが……さすがに素直に言うわけにもいかない。

顔を見合わせて、口をつぐんだヤナとカロンを見て、ユリウスは小さくため息を吐き、

「まぁいい。いろいろ事情はあるのだろうけど、仲良くしなさい。せっかくセントノエルで学ぶことになった、学び舎を共にする仲間なんだから。喧嘩なんかしてもつまらないだろう」

穏やかな声で言ってから、ユリウスは去っていった。

第四十一話　ボーイズトーク、白熱する！

さて、アベルたち一行がセントノエルに戻ってきたのは、初等部の生徒が揃って、さらに七日が経った頃だった。

本来はもう少し早く帰る予定だったのだが……。

「うふふ、楽しかったね。ベルちゃん」

「はい。とっても。うふふ、また行きたいですね、街歩き」

ヴェールガ公国名産の、巡礼用の麦藁帽を被った二人のご令嬢がニコニコ笑みを交わしている。さらに、その後ろに澄まし顔で立つリンシャも……お揃いの帽子を被っている！

そんな楽しそうな乙女たちに、アベルは思わず苦笑いを浮かべる。

よい旅だった……。そう思う。

姉、ヴァレンティナの反応は、予想外のものだった。

これまで、何度も会いに行っても冷笑的な表情を浮かべるばかりで、一度として、自分の言葉が届いているようには思えなかったのに……。ベルを見た時の、あの呆然とした顔、あの時、確かに姉は意表を突かれた。

そして、生じた隙を縫って、確かに、ベルの言葉は、姉の心に届いた。

——これにより、姉上がどのように変わっていくのかはわからないが……。それでもいい。なにも変わらないよりは、変わっていったほうが……。

もちろん、すぐにどうこうなるものだとも思っていない。時間が必要であろうことはわかっていた。

だから、アベルは気長に構えていた。

――あるいは、より悪い方向に変化してしまうかもしれないが……。

姉が自ら命を絶つ……そんな危惧がないわけではなかった。だが、それはそれで仕方のないことなのかもしれない。

――ヴァレンティナ姉さまは、許されないことをした。ミーアの言いようではないが、蒔いた種は自分で刈り取らなければならない。それが良いものであれ、悪いものであれ……。

だから……アベルはただ祈るのみだ。

姉が短慮を起こさないように。そして、ベルとの再会が、よい変化を与えるように。

それから、セントノエル学園に改めて目を向けて……。

「ミーアは元気かな……」

アベルは小さくつぶやいた。

しばらく会っていなかったからだろう。今すぐにでも、彼女の顔が見たかった。

そんな願いが叶ったのか、学園に入ってすぐに、彼は愛しい人の姿を見つけた。

思わず嬉しくなって、声をかけようとして……。だけど……。

「ミーア……」

名を呼ぶ声は、尻すぼみに消えていく。

なぜなら、ミーアが走っていったから。とても真剣な顔で……。そして、その向かう先に立っていたのは、穏やかな笑みを浮かべる眼鏡の男で……。

思わず、息を呑む。

見覚えのない男は、親しげにミーアに頭を下げ、二人は足取り軽く行ってしまう。アベルは、それを見送ることしかできなくって……。

「いや……なにを考えているんだ、ボクは……」

そこで、彼は我に返る。

不安に立ち止まり、口をつぐんでいては、かつての自分となんら変わりはない。

諦めに身を委ねることはもうやめた。こういう時に、前に出ないでどうするというのか。

アベルは顔を上げて歩きだす。そして、真っ直ぐにミーアの後を追い……追い……かけはしなかった！

アベルが向かったのは、シオンのところだった。

直接、ミーアのところに行く勇気は……まだなかった！

「ああ、アベル。帰ったのか」

男子寮の部屋にいたシオンは、爽やかな笑みを浮かべて友の帰還を歓迎する。が、すぐに首を傾げた。

「どうかしたのか？　顔色が優れないようだが……もしや、姉君になにか？」

「いや、姉は元気だったよ。まぁ、元気というのも妙な話だが……ともかく変わりなかった」

アベルはため息混じりに言った。

「でも、ベルを見て、少し思うところがあるようだったよ。彼女を連れていってよかった」

「そうか。まぁ、それならばいいんだが……。その割には、浮かない顔をしているな。なにかあったのか？」

心配そうに眉根を寄せるシオンに、アベルは小さく首を振る。

「そんなこともないんだけどね。ただ、その……帰ってきてすぐにミーアを見かけてね」

そうして、つい先ほど見かけた光景のことを話してみる。と、それを聞いたシオンは……思わずといった様子で吹き出した。

「ははは。それならば心配はいらないさ。その眼鏡の男は、特別初等部のユリウス殿だ」

「特別初等部の？」

「そうなんだ。実は、特別初等部のほうで問題が起きたから、我ら生徒会で火消しに走ってるところなんだよ。実際、ここ数日、かなり忙しくってね」

「ああ……なるほど。そういうことだったか……」

安堵のため息を吐いたアベルだったが……。

「しかし、アベル。あまり、ミーアを放っておくのもよくないぞ」

一転、真面目な顔で、シオンが指摘してくる。

「いや、そんなことは……」

と、首を振ろうとするも、シオンの追撃は、彼の剣術のように鋭かった。

「そもそも、そんな風に不安になるのは、自分自身の中にそんな気持ちがあるからじゃないか？」

「ぐっ……」

思わず、アベルは言葉を呑み込んだ。それが……図星だったからだ。

姉のことで忙しくしていることもあって、前よりミーアのそばにいる時間は減っていた。それに、少し前までのミーアは、ベルを失ったことで元気がなくなっていた。だから、そばにいて支えなければ、と強く思っていたのだが……。

ベルが帰ってきたことで、その思いが少しだけ薄らいだことも事実で……。

「ミーアに寂しい思いをさせている、ないがしろにしているという気持ちが、自分の中にあるからじゃないのか？」

そう言われると……返す言葉もないアベルである。

「確かに、そうかもしれない……」

さすがは、シオンだ、相変わらず鋭いな……などと考えているアベルであったが……。言うまでもないことながら、シオンには今まで恋人なる者がいたことは……ない！

けれど、そんな様子は一切なく、シオンは堂々たる口調でアドバイスする。

「ミーアもここ最近忙しかったからな。デートにでも誘ってやるのがいいんじゃないか？」

「デートか……。言われてみれば、確かに最近、遠乗りにも行っていないし、誘ってみるか……」

っと、腕組みしつつ考え込むアベルに、シオンは重々しく頷いて……。

「それがいい。それで彼女の良いところを十個、順位づけて（ランキングで）言ってあげるといい」

……おかしなことを言い出した!?

「順位づけて？」

聞きなれない言葉に、アベルが首を傾げる。っと、シオンは少し得意げな顔で……。

「実は先日、恋愛小説というものを読んだんだ。ああいったものは、初めて読んだのだが、なかなか興味深かったよ。それでそこに載っていたやり方なんだが……」

心なしか、得意げな顔で話し始めるシオン。ちなみに、その人生初の恋愛小説とやらだが……ミーアからティオーナへ、ティオーナからシオンへと渡った、ミーアのお抱え作家が書いたものである……。

お抱え作家が、想像力と妄想力をフルに使って書き上げた、お砂糖十倍増しのあまぁい逸品である！

「女性と付き合う時には、演出が大事だと、前にキースウッドに聞いたことがあるんだが、なるほど、こういうことか、と膝を打ったよ。なぁ、そうだっただろう、キースウッド？」

「え？　あ、ええ。そうですね」

どこか上の空で、キースウッドが頷いた。

実際のところ、彼が教えたのは、サプライズでプレゼントを渡す、と言った程度の演出であって、相手の好きなところを十個ランキング形式で発表しろ、などというトンデモなレベルのものではないのだが……。その間違いを正す余裕は、キースウッドにはなかった。

なぜなら、彼は彼で大変だったからだ。聖女ラフィーナに馬形サンドイッチを教えるという大役を担う日が、間近に迫っていたのだ。なので、

「演出は大事ですよ。アベル王子。女性は、そういうのが大好きですから」

などと、適当なことを言ってしまっても、仕方のないことなのだ！

「そうか……。なるほど、参考になるな。助かるよ、シオン」

生真面目な顔で頷くアベル。前時間軸ならばいざ知らず、剣術に恋に愚直な彼は、親友の助言をありがたーく胸に刻んでしまって……。

「ははは。なに、君とミーアの仲がこじれたら、俺も困るからな」

爽やかな笑みを交わす二人の王子。

……とんでもないことが起ころうとしていた！

一方、ミーアはというと……。

第四十二話　低きに流れたその先に……

ミーアは、いつになく絶好調だった。

気持ちよく、自らの背中を押す流れに身を委ね、すいすい、ぷかぷか、気持ちよーく浮いていた。

ご満悦な様子で鼻歌など歌ってしまうほど、上機嫌だったのだ。

いつものように、自らを押し上げる波がないと悟るや否や、低きに流れることにより、流れに乗る、などと言う離れ業をやってのけたミーアである。

さらに、その流れは、徐々に徐々に速く、力強くなっているように感じられた。

その兆候は、初日、キノコ狩りを終えたところで現れていた。

午後の時間いっぱいを使ってキノコ狩りを満喫したミーア。るんるんで、キノコを食堂に運び込みつつ、

「ふぅむ、なかなかいい感じで採れましたわ。うふふ、すっかり、わたくしが楽しんでしまいましたわね……あら？　これ……もしやラフィーナさまに、怒られないかしら？」

などと、若干、不安になったりしていたのだが……ちょうどそこへ。

「ミーアさん……」

「ひっ……！」

タイミングよく、ラフィーナが出現した！

朗らかな笑みを浮かべ、つかつかと歩み寄ってきたラフィーナに、ミーア、若干ビビる。けれど……ラフィーナはそのまま、ひっしとミーアの手を握りしめた。

「あっ、ら、ラフィーナさま、わたくし、まだ手を洗っていないので、汚れてしまいますわ」

などと言うのも聞き流し、ラフィーナはジッと、ミーアの目を見つめて……。

「聞いたわ。ミーアさん、お昼のこと……」

感動に、瞳をウルウルさせつつ言ったのだ。

「……はぇ？」

「貴族の子弟と、孤児の子どもたちを一緒のテーブルに座らせて、一緒にランチを食べさせたこと、テーブルマナーを貴族の子弟たちに教えさせたこと……噂になっているわ」

そうしてラフィーナは、ニコニコと微笑んだ。裏表のない、年相応の、普通の少女のような笑みだった。

「さすがね、ミーアさん。素晴らしいわ。セントノエルに通う生徒たちは、特別初等部の子どもたちを扱いかねている。よく知りもしないのに蔑み、疎外しようとしている。その解消のためには、お互いに知り合うことが必要。だから、一緒に食事をするのは理想的よ。ぜひ、続けていっていただきたいわ」

それを聞き、ミーアは悟る。

――ふむ、どうやら、キノコ狩りではめを外しすぎたことへのお咎めはなさそうですわ。それに、帝国貴族の子弟へのお咎めもなし。ふふふ、狙い通り……。

心の中でにんまーりと、してやったりの笑みを浮かべたミーアは、さらに、ここで天啓を得る。

「あ、そうですわ。どうせならば、あの昼食会をラフィーナさまの名で恒例のものにしてしまうのはいかがかしら？」

「？　どういう意味かしら？」

きょとん、と首を傾げるラフィーナに、ミーアは、にんまーり、と……朗らかな顔で続ける。

「学院の生徒たちと特別初等部の子どもたちとの昼食会を恒例化してしまったらどうか、という話ですわ。特別初等部の子たちだけで固まって座っていては、いつまでたっても学園の異物のままですし、ここは少し強引にラフィーナさまのお名前で、昼食会を強制にいたしますの。そうですわね、生徒会のメンバーも巻き込んで、生徒会と特別初等部の食卓に、他の学生も招く形にするというのはいかがかしら？」

生徒会、特にラフィーナやシオンのネームバリューをエサに、他の学生たちを引き寄せる作戦である。さらに、生徒会の他のメンバー、ティオーナやラーニャは、自国の農民たちとの関係が深い。特別初等部の生徒たちに対しても、特に抵抗はないはず。

さらにさらにクロエに関しては、話題がない時には、豊富な本の知識を用いて、話題を作ってもらえばよい。

「題して、聖女の昼食会ですわ」

「それは……とてもよい考えだと思うけれど……一つだけ気になることがあるわ。ミーアさんの功績を私が奪い取ってしまうのは……ちょっと……。それに生徒会を動員するのであれば、生徒会長のミーアさんの名前でするのがいいのではないかしら？」

ラフィーナは、困り顔でそんなことを言う。けれど、ミーアは静かに首を振る。

ミーアにとって、それは当然の判断だった。なにしろ、ミーアの思考の基本線は、栄光を独占することではない。リスクを分散することだ。

貴族子弟と子どもたちとの食事会がいかに素晴らしいものであったとしても、一定のリスクはある。

であれば、ミーアとしてはむしろ、その責任を誰かに押し付け……ではなく、分かち合いたいのだ。

そして、なにか問題が生じた時、その責任を問われるのは、発案者のミーアなのである。

ゆえに、これはラフィーナの名によってしなければならない。責任の一端を、ラフィーナにも一緒に背負ってもらいたいのだ。ぜひ！

「……ここはぜひともラフィーナさまのお名前で」

そのミーアの言葉に、ラフィーナは神妙な顔で頷いて、

「そう……つまり、ミーアさんは、このことをも大陸に広めたいというのね。セントノエル学園生徒会長でも、ティアムーン帝国皇女でもなく……ヴェールガの聖女の意向として……今回の交流食事会のようなことを推奨すると……そう表明すべきだ、と、ミーアさんは言っているのね？」

確認するように言った。

――うん……？

一瞬、ラフィーナの言っている意味がわからなかったミーアであるが、まぁ、ラフィーナがやってくれるならば問題あるまい、と頷いておく。

生徒会長としての呼びかけであれば、学校の中に留まる。帝国皇女としての呼びかけであれば、帝国内の貴族にとどまる。

けれど……聖女ラフィーナの名でその呼びかけをすれば、どのようなことになるのか……。その影響力にまで、考えが及んでいないミーアであったが……。

ラフィーナは、小さくため息を吐き、感銘を受けた様子でつぶやいた。

「さすがはミーアさん……。私は、まだまだね……。これで聖女だなんて……おこがましいわ」

「あら？　そんなことありませんわ。ラフィーナさまは頑張っておりますわ。わたくし、きちんと存じ上げておりますわ」

この時のミーアは……冴えに冴えていた。ミーアを押し流す流れは強く、ゆえに、海月ミーアはスイスイと勢いよく流れていく。

一瞬、沈んだ顔をする友だちにきちんと気付いたミーアは、すかさず励ましの言葉をかけたわけだが……この時の言葉選びは絶妙だった。

ラフィーナが「いい人」と言い切ってしまうのはまずい。事実でなかった場合、それはあまりにも見え透いたおべんちゃらになるし、事実であったとしても、今のラフィーナの心理状態によっては受け入れがたい言葉にもなるだろう。

「ミーアさんにいい人と思われてる。もっと、いい人にならなきゃ！」

などと自分を追い詰める結果になったら最悪だ。

ゆえに、ミーアは言ったのだ。「頑張っている……」と。

これならば、問題ない。なにしろ、ラフィーナが頑張っているのは事実だし、自分が頑張ってないたぶん、あのベルにそう言ったところで、否定しないだろう。あのベルだって、自分は頑張っていると思っているはずで、だから、ラフィーナも、たぶん否定しないはずだ。

ラフィーナが落ち込んだ様子を見せたのは、頑張っても結果が出なかったためだ。そんな相手に、とりあえず、努力を認める言葉をかけ、その上で……。

「わたくし、きちんと存じ上げておりますわ」

万が一の保険も忘れない。

もしかしたら、本当は頑張ってないかもしれないけど、私の目には頑張ってるように見えてるよ、私だけは知っているよ……と、ミーアは言うのだ。

そうして、その評価を〝個人の感じ方レベル〟に限定してしまう。これにより、嘘やお世辞と受け取られる可能性を潰しにかかる。それは個人の感性だから……ミーアの目にそう映ったことを否定することは、ミーア自身にしかできないのだ。

そんな計算し尽くされた言葉にラフィーナは、一瞬、言葉を失い……、

「ありがとう……」

ぽつり、とつぶやくように言った。

それから、くるり、と後ろを向いて、

「すぐにミーアさんの提案通りにするわ。聖女の昼食会、特別初等部の子たちと一緒に食事をすること、全校生徒に推奨するわ」

そう言うと、そのまま歩いていってしまった。

さて、そんなこんなで、特別初等部の滑り出しは、実に見事に成功していた。

当初、初等部の子どもたちを蔑視していた貴族の子弟たちだったが、今はわずかばかり、その態度を軟化させていた。

ラフィーナの呼びかけに馳せ参じた生徒たちは数多く、競うようにして、特別初等部の子どもたちとともに食事をするようになった。

瞳をキラキラさせつつ、ラフィーナのほうに目を向ける帝国貴族の子弟たちを見て、ミーアは、ちょっぴり釈然(しゃくぜん)としないものを感じたが……。

——なんだか、わたくしの時と、ずいぶん、態度が違うような……ふむ……まぁ、気のせいですわね！

深くは考えないようにして……。

「さすがです。ミーアお姉さま」

「うん？　ええと、なんのことですの？　パティ」

「この昼食会のことです。貴族と平民は、食卓をともにしないもの。ましてや孤児となど……。ミーアお姉さまは、そんな秩序を破壊し、混沌を生み出そうというのですね」

などと、パティとも相変わらず不穏な会話が続いていたが……まぁ、それも、とりあえずは置いておいて。

ともかくミーアは絶好調だったのだ。

授業のほうも順調だった。ユリウスの授業進行は適切で、一部の子どもと、見学にやってきたミーアが眠そうにしている以外は、しっかりと授業が執り行われていた。

子どもたちにとって、とてもよい学びの場となっていた。

……そう、絶好調だったのだ。ミーアは流れに、激流に乗っていたのだ。間違いなく……。

ただ……残念なことに、ミーアは気付いていなかったのだ。

それが、楽しい波乗りではなく、激流下りであったことに。

激流の先にはたいてい、どでかい滝が待っているもので……。

「ミーアさん、少しいいかしら？」

その日、廊下を歩いていたミーアは、ラフィーナに話しかけられた。

上機嫌な顔で首を傾げたミーアは耳打ちされた瞬間……思わず、口をぽっかーん、と開けた。

「……はぇ？　ぎ、銀の祭具が盗まれた⁉」

かくて、ミーアの目の前に巨大な滝が姿を現したのだった！

第四十三話　三つの目の意味

いそいそと生徒会室にやってきたミーア。部屋の中にいたのは、ラフィーナとユリウスだった。

「ああ、ユリウスさんもいらしていたんですのね」

「ええ。私は、特別初等部の講師ですから」

軽く眼鏡を押し上げて、ユリウスが言う。キラリと光ったレンズに、ちょっぴり心強さを感じつつ、ミーアはラフィーナに目を向ける。

「しかし、いったい、どういうことですの？」

「先ほどお話しした通りよ。倉庫にしまってあった銀の祭具が盗まれていることが、わかったの」

その言葉に、ユリウスは眉をひそめる。

「ん？　ということは、子どもたちが犯人と決まったわけではないということでしょうか？　てっきり、私が呼ばれたので、犯人は初等部の子どもかと思っていたのですが……」

困惑した様子で尋ねるユリウスに、けれど、ラフィーナの表情は冴えない。

「そのとおりよ。初等部の子どもたちだとは決まっていない。でも……」

彼女が何を言いたいのか、ミーアは察した。

何しろ、ミーアは、あることないこと言われ慣れている〝風評被害の第一人者〟である。……まぁ、実際にはミーアの場合には、あることあることないこと、ぐらいではあったのだが。

ともあれ、この手のことは実際にやったかどうかは問題ではないのだ。今までは起こらなかったような事件が、特別初等部が始まってすぐに起きた。その事実をもって、攻撃の材料とすることは、十分に可能なのだ。

「特別初等部の子どもたちを、よく思っていない連中にとっては、ちょうどよいスキャンダルですわね……」

それから、ふと思いつき、ミーアは口を開く。

「あの、盗まれた銀の祭具というのは……」

ラフィーナは頬に手を当てて、微笑んだ。

「安心して。別に替えが利かないものではないわ。普通のものよ。もっとも、だからこそ、疑われてしまうかもしれないわね。祭具が唯一無二の価値を持つものであったなら、どこぞの貴族の子弟が欲しがったということもあるかもしれないけれど……どこにでもある普通のものならば、欲しがる理由はないから」

――なるほど。目先のお金に釣られて盗みを働きかねない者が犯人……。初等部の子どもたちが、すごく疑われそうな状況ですわ！

ミーアは、面倒なことが起きた、と思わずため息を吐く。

「そんな……。あの子たちが、犯人のはずはありません。みな、素直な子たちです」

ユリウスは、憤慨した様子で声を荒げる。

「ほかに、そういったことをしそうな者はいないのですか？　銀食器を狙う者は、なにも金銭が目的の者ばかりではないでしょう？」

「金銭以外が目的……」

「例えば、特別初等部のことが気に入らない者が、あの子たちに罪を被せようとしているとか、あるいは……そう。儀式自体を攻撃する目的だったとか」

――ああ、そう。その可能性がありますわね……。儀式を邪魔しようとする蛇が関与している……って！　もしも、この件にパティがかかわっていたりしたら、さらに厄介ですわ！

ミーア、思わずクラッとする。なにしろ、その場合はラフィーナの儀式を邪魔するために盗んだということになるわけで、それは、ラフィーナに対する明確な敵対行為である。

そして、そんなパティを連れてきたのは、ほかならぬミーアである……。ミーアなのである！

――こっ、これ、すっごくまずいんじゃ……。

たらーりたらり、と背中に汗をかきながらも、ミーアは引きつった笑みを浮かべる。

「儀式自体を邪魔する者、ね」

一方で、ラフィーナはなにか考えこむようにうつむいてから、

「ともかく、できるだけ騒ぎが大きくならないように、対策を考える必要がありそうね。シオン王子にも協力してもらうとして……。ユリウスさん、申し訳ないけれど、子どもたちのこと、よろしくお願いするわね」

「はい」

深々と頭を下げ、それから顔を上げたユリウスは少しだけ微笑んで……。

「失礼ながら……安心いたしました。てっきり、特別初等部を閉じると言われてしまうかと思っておりました。それでは、子どもたちが可哀想ですから」

「あの子たちがやったと決まったわけではない。それはあり得ないことよ。安心して」

優しげな笑みを浮かべるラフィーナに、もう一度、頭を下げてから、ユリウスは部屋を出ていった。

「儀式を邪魔したい者……ね」

悩ましげに、もう一度つぶやいてから、ラフィーナはミーアに目を向けた。

「ミーアさんには、言っておかなければならなかったわね」

その強い視線に、ミーアはドキッとする。

「はぇ、えっと……？　なっ、なんのことでしょう？」

パティのことを疑われていたらどうしよう？　などと……、イヤだなぁ、聞きたくないなぁ、なんて思っていたミーアだったが、ラフィーナの口から出たのは意外な言葉だった。

「バルバラさんのこと……彼女は、まだ、この島にいるの」

「……はぇ？」

一瞬、なんのことだったか、と首を傾げかけるミーアだったが、そう言えば、脱走してきたバルバラに、この島で襲われたんだっけ……などと思い出し、

「あら、元いた施設に戻されたものとばかり思っておりましたけれど……」

「実は扱いがまだ決まらないのよ。彼女は確かに蛇で、その思想にかなり染まっているけれど、その過去に同情の余地がないわけではない。だから、あまり過酷な場所に閉じこめておくこともできないだろう、と……」

「なるほ、ど……？　ん？　では、もしや、ラフィーナさまはバルバラさんが今回の盗みの犯人だとでも言いますの？」

バルバラは、確かに儀式の邪魔をしそうな人間には違いないが……。

「調べた感じではそうではないと思っている。けれど、一方で、混乱を起こすタイミングの的確さからは、蛇の関与を疑いたくもなる状況ね」

特別初等部は、蛇の温床に対する一手。それに対する的確な嫌がらせは、確かに、蛇の仕業に見えなくもない。

「しかし、蛇……本当に厄介な連中ですわ」

思わずといった様子でため息を吐くミーアに、ラフィーナは、わずかに声を落として、

「ところで、ミーアさん。三つの目の意味は、ご存知かしら？」

唐突に、そんなことを言った。

「三つの目……？　というと、ヤナさんたちの刺青のことかしら？　あの子たちの部族に由来するものとしか聞いておりませんでしたけど……」

きょとりん、と首を傾げるミーアであったが、続くラフィーナの話に、思わず眉をひそめる。

「あれは『真実を見通す目』という意味。古い邪教に共通する概念なの」

そう言って、ラフィーナは、自らの額を指先で指し示しながら、

「神が作り、非常によいと評価した『人』では不足がある。ゆえに、神の不足を補うために、真実を見通すための、三つ目の瞳が人間には必要だ、と。それは、ある種の神への冒涜（ぼうとく）の表明なのよ」

「あの子たち、ヤナとキリルの刺青にも、その意味があると？」

「どうかしら？　未だにその意味を持っているかはわからないけれど……少なくとも、そういった意味が、かつてはあったのよ。そして、あの子たちは、ガヌドス港湾国からやってきた」

そう言うと、ラフィーナは、羊皮紙の束を机の上に置いた。

「それは……？」

「調査の途中経過よ。ミーアさんが見つけた、地下神殿のね」

「地下神殿……？　ああ、あの……」

夏休み、エメラルダとの旅行で見つけてしまった例の神殿。初代皇帝の悪事と、混沌の蛇との関係を示す碑文……。すっかり忘れていた、あの光景を思い出し、ミーアは思わず苦い顔をする。

あの地下神殿があった無人島は、どこにあったか……？　そして、初代皇帝が出会ったという、混

沌の蛇とは、何者であったのか？

「……まさか」

ラフィーナは静かに頷いた。

「報告書に、海洋の少数部族、ヴァイサリアンのことが書いてあったわ。混沌の蛇のルーツかもしれない、その候補の一つとしてね」

「では、まさか、ラフィーナさまは、あの子たちの先祖が混沌の蛇に関係しているというだけで、あの子たちを罪に定めようとしているのでは……」

ミーア……ちょぴっと震える。

なにしろ、ミーアは初代皇帝の子孫……のみならず、のみならず！　なのである。

ごくごく直近のご先祖、すなわち、祖母パトリシアが混沌の蛇教育を受けていたことが、つい先頃判明してしまったのだ。

もしも、遠い先祖が混沌の蛇の源流かもしれない、なぁんて理由であの姉弟が罪アリ！　とされてしまうならば、自分もまた、裁きの対象を免れないわけで……。

そんなミーアに、ラフィーナは驚いた顔をした。

「まさか、違うわ、ミーアさん。私が言いたいのは、そういうことじゃないの」

ブンブン、っと首を振ってから、ラフィーナは続ける。

「ただ、思ったのよ。あの子たちも、混沌の蛇の被害者なのかもしれないなって……だとしたら……守ってあげなければならないわ。なんとしても……」

真剣な顔で、子どもたちを守らんと決意を固めるラフィーナに、ほうっと安堵のため息を吐くミーアであった。

第四十四話　パティの友だち、パティの過去

「ふーむ、ルーツ……。ううむ……」

ラフィーナから聞いた話は、しばらくミーアの頭から離れることはなかった。

腕組みをし、考え事をするミーアの足は、自然とある場所に向かって歩いていった。

ある場所……すなわち……食堂であるっ！

難しい話を聞いて、すっかりお腹が減ってしまったミーアなのであった。やはり、夕食前に難しい話を聞くもんじゃないな、と思いつつ、ズンズン食堂に向かっていく……っと。

「あら？　パティ……それに、ヤナとキリルまで……」

ちょうど、食堂の入り口まで来たところだった。そこに見知った顔を見つける。

「あっ……ミーアお姉さま」

ミーアに気付いて、パティが声をあげる。つられて、姉弟もミーアのほうを見た。

これは、珍しい顔合わせ……と思いつつ、ミーアは三人のほうへと歩み寄る。

自然、ミーアの視線はヤナとキリルのほうに向いた。ミーアから指摘を受けたからかはわからないが、二人は、ちょっぴり前髪を短く切っていた。そのおかげで、二人の顔がよく見えた。

姉のヤナは、気が強そうな鋭い瞳と、美しい鼻筋が特徴的な少女だった。将来は、きっと顔立ちの

はっきりとした美しい女性になるに違いない。対して、キリルのほうは、ちょっぴり気弱そうな顔をしていた。ミーアのほうに向けてくる丸い目は、おどおどとしていて、どこか落ち着きがない。

そして、姉弟の額には、揃って『瞳』の刺青がしてあるのだ。

――混沌の蛇のルーツ……。ヴァイサリアン族……。

「あの……？」

ジッと見つめてしまったからだろう。怪訝そうな顔をするヤナに、ミーアは優しく微笑みかける。

「これから三人でお食事ですの？」

「はい。今夜は、一緒に食べようって約束しました」

かくん、っと頷くパティに、キリルが嬉しそうに頷いた。

「赤月豆(ムーンビーンズ)をパティお姉ちゃんに食べてもらうの」

ニコニコ笑みを浮かべるキリルの頭を……なんと、パティが撫でていた！　その慣れた手つきに、ミーアは、おや？　と不思議に思う。

「好き嫌いなんか贅沢だって言ってるのに……パティが甘やかすから……」

困り顔でつぶやくヤナに、ミーアはさらに首を傾げた。

「あら……、パティ？」

「あっ、えっと、ちがくて。パトリシア、さま？　です」

「ふふふ、別に呼び捨てで構いませんわ。ねぇ、パティ？」

ミーアの問いかけに、無言で、コクリ、と頷くパティ。それから、ヤナの顔を見つめて、

「うん、大丈夫。今まで通りで……あなたたちは友だち、だから」

小さな声で、けれど、しっかりと断言するパティに、ミーアは思わず微笑んでしまう。

――ふむ、お友だちができたのですわね。よい傾向ですわ。

蛇に縛られた家、イエロームーン家のシュトリナを救い出したのは、友だちであるベルだった。パティも同様に、友だちとの繋がりが、大きな助けになるように思えた。

さて……夕食を堪能した後、二人と別れて部屋に戻ったところで、ミーアはパティに微笑みかける。

「それにしても、よかったですわね、いいお友だちができて」

そう微笑みかけると、パティはコクリと頷いて……、

「はい……あ、いえ……。友だちじゃありません」

「うん？」

不思議な反応を示すパティに、ミーアは首を傾げる。が……。

「蛇に友だちは必要ない。邪魔になるだけ、だから、友だちじゃありません」

「そう……」

ミーアは、思わず唸ってしまう。

――やっぱり、なんだか違和感がありますわね。この子……本当に蛇になりたいと思っているのかしら？

今のミーアの頭は比較的よく回転していた。なぜなら、夕食のデザートが美味しかったからだ。とても美味しいデザートだったのだ。特にクリームの上にのっているムーンチェリーが絶品で……まぁ、それはともかく。

「パティ、あなたは……」

「あの、それよりミーアお姉さま……。大切な宝が盗まれた、と聞きました」

「ああ。あなたも聞いたのですのね」

「はい。銀の大皿がなくなったと……」

「そのようですわね。うーむ……」

一転、ミーアは難しい顔をする。それを見て、パティは、ちょっぴり不安げな顔で……。

「まさか、特別初等部が解散……ということには？」

「そんなことはさせませんわ。大丈夫ですわ……。でも……うふふ」

っと、そこでミーアは笑みを浮かべる。

「それにしても、パティはよほど大切なんですわね。お友だちのことが……」

ミーアの言葉に、けれど、パティは、びくんっと体を震わせて……。

「そんなこと、ない……です」

慌てた様子で首を振ってから、まるで言い訳するように……、

「特別初等部は……混沌の蛇の役に立ちます。秩序を壊し、混沌を生み出す助けになると思います」

「ああ……そうですわね。確かに、そうかもしれませんわ」

必死に、特別初等部の存続を訴えるパティに、ミーアはそっと頷いて、

「それならば、きちんと続けられるよう、頑張らなければなりませんわね」

ミーアは静かに、つぶやいた。

その日の夜のことだった。

ミーアは不気味な声で目を覚ました。

うう、ううう、っと苦しげな声……。とても苦しくて、悲しくて……恐ろしい……まるで幽霊のような声！

ミーアは………聞こえなかったふりをした。

この手のモノに反応してはいけないのだ。聞こえない、怖い声なんかぜんっぜん聞こえない！　聞こえない！

自分に言い聞かすが……。

「ミーアさま……、ミーアさま」

ゆさ、ゆさ、と体を揺すられ、ミーアは仕方なく体を起こす。っと、心配そうな顔をするアンヌが見えた。

「アンヌ……どうかしましたの？」

「その、パティさまが……」

「パティが？」

ミーアは起き上がり、パティのベッドへ。

「……うなされておりますわね」

小さく囁き、パティの顔を覗き込む。っと、

「んっ……、ぅ……ハンネス……」

眉根を寄せて、ギュッと毛布を抱きしめるパティ。その口からこぼれた名前に、ミーアは小さく首

を傾げた。

「……？　ハンネス？　はて？」

聞き覚えのない名前だった。

少なくとも、特別初等部の子どもの名前ではないはずだ。

「どういうことかしら……？」

この年頃の子どもが夢に見るとしたら、一番は両親のことだろう。けれど、普通は、親を名前で呼びはしない。あるいは、友だちの名前、使用人の名前という可能性も考えられるが……。

――そう言えば、先ほどのキリルに対する態度……。もしかしてパティには、弟がいたんじゃないかしら……？

パティが、ヤナ、キリルと仲良くなったことも、その考えを補強する。

――ヤナとパティは性格が全然違うように思いますけれど、同じ姉という共通項が二人を歩み寄らせたのかもしれませんわ。

ミーアの頭の回転は、相変わらず悪くなかった。寝る前にこっそり食べたクッキーが美味しかったのだ。ちなみに、きちんとその後、口もゆすいだ。どうでもいいことだが……。

――しかし、お祖母さまの弟といえば、わたくしの縁戚。もしかすると、お祖母さまのご実家のご当主であったかもしれませんわ。さすがに、わたくしが知らないはずはないわけですし……。妙ですわね。

怖いから、呪われたクラウジウス家の情報を完全にシャットアウトしていたことなど、もはや覚えてもいないミーアなのであった。

翌日から、メイタンテイ・ミーアは、助手のアンヌとともに早速動き出した。

なにしろ、昨夜、ヤナたち姉弟とパティの関係が判明したのだ。もしもこれで、あの姉弟を処断、などということになったら、パティが蛇になることが確定してしまいそうである。

ついてくるアンヌもまた、鼻息が荒い。

子どもたちに対する同情はもちろん、ミーアの始めた特別初等部構想の危機である。ここで奮起しなければ、メイドが廃る、とばかりに、気合十分の顔でミーアについていく。

「ミーアさま、どちらに向かわれますか？」

「そうですわね……うーむ、どうしたものかしら……」

腕組みしつつ、ミーアが唸る。

――なんとか、誤魔化したいところですけれど、セントノエルで起きた事件を適当に誤魔化すのは危険……。うぐぐ、なんとかしなければ……。

「ミーア姫殿下っ！」

っと、そこに声をかけてくる者がいた。

振り返ると、そこに立っていたのは、例の帝国貴族の子弟たち……のリーダー格の少年だった。

「あら、あなたは……、確か、チェスクッティ子爵のご子息のクレメンスさん、でしたわね」

ミーア、ニッコリと笑みを浮かべてやる。

後々、面倒を起こしそうな生徒には「お前の名前はきちんと把握しているぞ！」と釘を刺していくスタイルのミーア……であるのだが……。

「ミーア姫殿下が……僕の名前を……」

なぜか、クレメンス少年、感動した様子で、目をウルウルさせていた。が、すぐに、ハッとした顔で首を振り、

「そんなことより、姫殿下、その……噂を聞いたのですが、あいつらが大切な祭具を盗んだって……」

――あら、なかなかに耳が早いですわね……。

ミーア、内心で舌打ちする。一部にだけしか知られていないのなら、それほどの騒ぎにはならなかっただろうに、いったい、誰がペラペラとしゃべって回っているのやら……。

――それとも、特別初等部に関連付けた悪い噂というのは、広がりやすいということかしら……？

頭痛を堪えつつ、ミーアはクレメンス少年に視線を戻した。彼もてっきり苦情を言いに来たものだとばかり思っていたのだが……、

「本当に、その……あいつらがしたんでしょうか？」

彼は、どこか悔しげな顔で言った。

「なんとも言えませんわね。疑わしく思うのは仕方ないのかもしれませんけれど、仮に盗んだとして、どこに隠しておくのか。それに、このセントノエル島で売れると考えているとは思えませんし。というか、銀の祭具なんてヴェールガ国内でも売れないいんじゃないかしら？」

仮にお金のために盗んだとして、祭具なんて、そうそう簡単に売れるものでもないだろう。となると、あの子たちが怪しいとは一概に言えないわけで……。

そんなミーアの言葉を聞いて、少年は、一瞬、ホッとした顔をして、でも、すぐに首を振り、

「……ま、まぁ、下賤(げせん)な民草のすることなんか、信用なんてできませんけど……」

その、なんとも言えない物言いに、思わず、ミーアは微笑んでしまう。

クレメンスは、バツが悪そうな顔で一礼すると、その場を去っていった。

「……しかし、直接的にあの子たちと触れ合っていた生徒はまだしも、ただ単に『貧民の子』というレッテルで考えている生徒たちは、問題ですわね。なんとかしなければなりませんわね」

ミーアのそんな不安は不幸にも的中した。


翌日から、生徒会には苦情が相次ぎ、シオンをはじめとしたメンバーは対応に追われるようになってしまった。

一方で、ミーアは打開の手立てを探していた。

ヒントになりそうな人物を見つけて、ミーアはその後を追いかけた。それは……。

「ユリウスさん、少しよろしいかしら？」

「ああ、ミーア姫殿下……。なにか？」

怪訝そうに首を傾げるユリウスに、ミーアは生真面目な顔で話しかける。

「少しお話がございますの。よろしいかしら？」

「はい。では……そうですね、部屋で話しましょう」

ユリウスはチラリ、とミーアの後ろに目をやった。おそらくは、ミーアと部屋で二人きりになるような状況を避けたのだろう。実に気が利く男である。

そうして、ユリウスの後について、ミーアとアンヌは、彼の部屋にやってきた。

特別初等部の教師用にしつらえた部屋、大きな机の上には雑多に分厚い本が置かれていた。

「あら、これは、授業に使う本かしら？　ずいぶんと熱心に準備されておりますのね」

「ええ。教育に手は抜けません。それに、みんないい子たちですから」

ユリウスに勧められるまま、椅子に座る。と、それを待って、ユリウスが話し始めた。

「それで、お話というのは、例の盗難の件でしょうか？」

「ええ。その通りですわ。子どもたちの様子はいかがかしら？」

そう問うと、ユリウスは、心配そうな顔で頷いて、

「みんな混乱している様子です。心配はいらないと言っているのですが……。しかし、正直なところ、ミーアさまは、どうお考えでしょうか？　あの子たちがやったのではないと、私は思っておりますが……」

「ええ、もちろん、わたくしも信じておりますわ。けれど、みながそうではない。だから、納得させなければならないと思いますの。そのために、ぜひ、あなたのご意見を聞きたいと思ったのですけど……」

その言葉に、ユリウスは、困惑した様子で瞳を瞬かせた。

「ミーア姫殿下は……やはり噂に違わず、変わった方なのですね」

「噂……はて、それは、どのような……？」

「ああ、いえ、申し訳ありません。決して悪い意味では……。ただ、高貴なる身分の方々は、大抵、民を下賤なものとお考えですから。てっきり、あの子どもたちを犯人扱いするものとばかり……」

「民が下賤……ああ、そのように見下すのは、とても馬鹿げたことですわ」

それこそが、断頭台へと至る道なのだ。民は決して下賤でもなければ、弱くもない。いつまでも踏

みつけにすることなどできない。それをミーアは痛いほどよく知っていた。具体的には、こう、首の辺りが痛いほどに。

「そんなミーア姫殿下ならば、おわかりいただけると思いますが……、あの子たちは決して盗むようなことはしない。であれば、それよりは、ほかに誰か疑わしい者がいるのではございませんか？　ラフィーナさまのご様子を見ていると、そのように感じられたのですが……」

「疑わしい人物……。まぁ、そうですわね」

確かに……疑わしい人物筆頭のバルバラは、今まさにこの島にいる。彼女が島にいるタイミングで、このような事件が起きる。それは、はたして偶然だろうか？

「要は、犯人がわかればいい。あの子たち以外の犯人がいればいい。だから……場合によっては、罪を被ってもらう、ということも必要かもしれませんね」

眼鏡を光らせるユリウスに、ミーアは、ゴクリ、と生唾を飲み込む。

「それは……つまり、生贄（いけにえ）を出す、ということですわね」

深々とユリウスは頷き、

「察するに、ラフィーナさまのご様子だと、今お考えの人物は、もともと疑われるに足る罪を犯していたように感じます。であれば……今回の盗みの罪を加えたところで、どうということもないでしょう？」

確かに……蛇に罪をなすりつけてしまえ、というのは、ミーアも思わないでもない。ないが、しかし……。

「あの子たちを守ることが大切です。そのための手段の一つとして検討しておくのがよいのではないかと思いますが……」

子どもたちのため……そう言われてしまうと、ミーアとしても反対しづらい。それしか手がないのなら、仕方ないのかもしれないが……。バルバラの境遇を知ってしまったミーアとしては、あまり酷いことをしたくはない。

ラフィーナとて、それは同じことだろう。

「その〝心当たりの人物〟というのがどこに閉じこめられているのか、本当に、盗むことができないのか、調べておいてはいかがでしょうか？　場所さえお聞きできれば、私が……」

「ああ、いえ、それには及びませんわ。ラフィーナさまにお任せしましょう」

さすがに、バルバラに他の者を会わせるわけにはいかないだろう。が……。

——手段を選べる状況ではない、ということなのでしょうけれど……。

ミーアの悩みは深かった。

ユリウスの部屋を後にしたミーアは、考え事をしつつ、聖堂へと向かった。

「こう、コロッと犯人が見つかればいいのですけれど……」

などと、しょーもないことをつぶやきつつ、聖堂へと入る。

セントノエル学園の聖堂は普段から、生徒たちには開かれた場所だった。

荘厳なる聖堂で時に祈り、時に心を静め、自身の行いを振り返ることは、中央正教会が勧めるところだった。

けれど、その日、そこには普通の学生は一人もいなかった。代わりにいたのは……、

「ああ、ミーアさん」

純白の聖衣に身を包んだラフィーナと、その従者たちの姿だった。どうやら、なにか儀式を執り行っていたらしい。

「あら、ラフィーナさま、これはいったい……？」

「盗まれた聖具の取り替え作業をしているところよ」

そう言って、ラフィーナは木の箱から、それを取り出した。

それは、白い輝きを放つ、銀の大皿だった。

「ああ、それがそうなんですのね。パンをのせておくためのものかしら？」

「ええ。他にもいろいろと用途はあるのだけど、実のところ、聖餐に使っているというだけで、実際には普通の銀のお皿なのよ。聖具といってもね」

ラフィーナが小さく肩をすくめた。

「こうして、取り替えが利くものだから、騒ぐことはない、と言いたいところだけど……」

困り顔でため息を吐くラフィーナ。ミーアは微笑み返しつつ、

「そうですわね……。しかし、これはまさしく大皿ですわね……。とっても大きい……んっ？」

ふと、ミーアは違和感を覚えた。確か……最初、ラフィーナは言っていなかっただろうか？　銀の祭具が盗まれた、と……。

けれど、ミーアは、その実物を見て、ああ確かに『祭具』だ、とは思わなかった。確かに、『銀の大皿』だと思った。

それは、なにゆえか……？　少し前に、銀の大皿だと聞いていたからだ。

「なるほど、確かに、これは、大皿ですわね……。でも、わたくしはそうは言わなかったし、ラフィーナさまも、たぶん言っていなかったはず……。では、なぜ……パティは、大皿と言っていたのか……」

盗まれたものが大皿だとなぜ知っていたか？　それは、すなわち……。

ミーアは……すぅっと青くなった。

——まっ、まさか……パティが盗んだから……ということでは？　いえ、でも……。

その時だった。聖堂に入ってくる者がいた。それは……。

「失礼いたします。ああ、ミーア、ここにいたのか」

「まぁ、アベル。帰ってきたんですのね！」

ミーアはパァッと明るい笑みを浮かべるのだった。

第四十五話　ミーア姫、出陣！　乗馬デートに……

アベルに駆け寄ったミーア……であったが、すぐに不安になってしまう。

久しぶりに会ったアベルが……なぜか、怖いぐらいに真面目な顔をしていたためだ。

「どっ、どうしましたの？　アベル、なんだか、お顔が少し怖いですわよ……？」

「え、ああ、いや、なに……。別に大したことではないんだが……」

アベルは、顔を両手でパンパンッと叩いてから、笑みを浮かべた。

「実は、君を乗馬デートに誘おうと思ってね」

「…………はぇ？」

突然のことに、ミーア、きょっとーんと首を傾げる。

「もちろん、時間があれば、なのだが……」

「うぇ、あ、もちろん、ございますわ。ええ、というか、作りますわ、時間ぐらい」

それから、ミーアはチラリとラフィーナのほうを見る。っと、ラフィーナは苦笑いしつつ、お腹のところで両手をギュッと握りしめ「がんばって！」と口の動きだけで伝えてくれた。

ミーアは、こくり、とそれに頷き……、

「それでは、準備もございますし、そうですわね。半刻……いえ、一刻後に厩舎（きゅうしゃ）で待ち合わせ、ということでいかがかしら？」

「わかった。楽しみにしているよ」

そうして、アベルと別れたミーアは、廊下をツカツカと歩き……。

小走りになり……。

全力疾走になる！

走りつつ、自分のドレスに鼻を近づけてクンクン……。

――汗臭くはないですけれど……念のためですわ！

ミーアは、凛とした顔で、

「アンヌ、急ぎ、湯浴みをしますわよ！　それと、乗馬用の服の準備をお願いいたしますわ！」

専属メイドに指示を飛ばす。その様は、さながら戦を前に動き出す大将軍のごとく。

「かしこまりました！」

応！　っと気合の入った声で答えるのは、将軍の最も信頼する軍師、アンヌであった。

そして、彼女はその信頼に完璧な形で応えてみせた。

ミーアをお湯に浸け、きゅっきゅと磨き上げ、その後、乗馬服を身に着けさせるその手際、さながら古強者のごとく……。

迅速を極めつつも、丁寧かつ繊細なその手腕に、ミーアは思わず瞠目(どうもく)する。

――ああ、あの、ケーキを宙に飛ばしていたアンヌは、もう、ここにはいないのですわね……。

などと感慨に浸っていたところで、アンヌは言った。

「ご準備が終わりました、ミーアさま」

「ありがとう、アンヌ。助かりましたわ」

ふぁっさ！　と洗い立ての、サラサラの髪を風に躍らせつつ、ミーアは颯爽(さっそう)と歩きだす。

「それでは、参りますわよ、いざ、厩舎へ！」

こうして、ミーアの決戦(デート)は静かに幕を上げるのだった。


――ふむ、思えば、こうして厩舎に来るのは久しぶりな気がしますわ。

最近はすっかり忙しくって、馬に乗っている余裕もなく……馬たちともご無沙汰(ぶさた)になっていたミーアである。

――腹いせに、くしゃみでも吹っかけられないといいのですけれど……。

などと警戒しつつやってきたミーアは、そこで首を傾げた。

「あら、荒嵐(こうらん)がいない……。いったい、誰が……？」

馬龍が卒業して以降、荒れ馬である荒嵐に乗りたがる人は、めっきり減ってしまっていた。なにしろ気分屋の荒嵐である。乗りこなすことは、大陸有数の騎手を自任する（自任する！）ミーアであっても、並大抵のことではない。

御するだけでも一苦労、楽しい乗馬など到底望むべくもない馬なのである。

ゆえに……荒嵐は、てっきり寂しい思いをしているのでは？　と思っていたミーアであったのだが……。

「おや、ミーア姫。これから、遠乗りか？」

不意に声。振り向くと、そこには、荒嵐を引いて歩いてくる少女の姿が……。それは、

「あら、慧馬（エマ）さん。セントノエルに来ていたんですのね。乗馬に行っておりましたの？」

騎馬王国への復帰を果たした火の一族、その族長の妹である火慧馬（カエマ）だった。

彼女は荒嵐の首筋を撫でながら、

「せっかくだから、聖女ラフィーナに頼んで乗らせてもらったのだ。なかなかよい馬だ。脚の逞（たくま）しさ、筋肉の付き方といい、申し分ない。さすがは、ミーア姫の愛馬だな。我が愛馬、蛍雷にも負けぬ見事な馬だ。ふふふ、なかなか乗るのには苦労したが、堪能させてもらった」

賛辞の言葉に、荒嵐は、誇らしげに、ぶーふっと鼻を鳴らした。

ひくひくする鼻を見て、思わず身構えるミーアだったが……荒嵐は「なにやってんだ？」と怪訝そうな顔で見つめてくるばかり。

「ん？　どうかしたのか？」

不思議そうな顔をする慧馬に「なにしてるんでしょうね？」などと、首を傾げてみせる荒嵐。実に

利口そうな顔をしていやがる！

——むっ！　なにやら、わたくしに対する時と態度が違うような気がしますわ！

微妙に釈然としない気持ちになるミーアであったが……気持ちを落ちつけるべく、ぶーふっと一息。それから、改めて慧馬に向き直る。

「ところで、今日は、どうなさいましたの？」

「ああ、実は先日、兄から連絡が入ってな。その報告と、それから、林族の馬龍から聖女ラフィーナへの文も預かっている」

「あら、馬龍先輩から、ラフィーナさまに？　なにかしら……？」

「わからないが、まぁ、そこまで緊急のことではなさそうだったな。気にしなくってもよいのではないか……？」

などとつぶやきつつ、ふと、なにかを思い出したかのように、きょときょとと、と辺りを見回し始める慧馬。

「……ところで、あの男は、いないだろうな？」

「あの男……？　ああ、ディオンさんですのね？　ええ、彼には帝国で仕事をしていただいておりますわ」

「そうか……。いや、しかし……あの男は狼以上に神出鬼没。油断は禁物だ」

一瞬、ホッと息を吐いた慧馬だったが、すぐに首を振り……。

「恐ろしいモノが来る前に我は行こう。聖女ラフィーナが待っているだろうしな……。ミーア姫も、乗馬を楽しむといい」

そう言って、いそいそと去っていった。

「ふむ、未だにディオンさんのことが怖いんですのね。まぁ、気持ちはよくわかりますけれど……慣れればそれほどでも……いや、やっぱり怖いものは怖いですわね……」

「すまない。待たせたかな？」

　とそこに、ちょうどタイミングよくアベルがやってきた。そちらに目を向け、ミーアはニッコリ笑みを浮かべる。

「いいえ、わたくしも今来たところですわ」

「それならばよいのだが……。ああ、それはともかく……」

　んっ、んん、っと喉を鳴らしてから、アベルは言った。

「その服、とてもよく似合っているね。乗馬服を新調したんだね」

「うふふ、ありがとう。嬉しいですわ」

　少しばかり体が大きくなった（横に＝ＦＮＹ（フニャ）ではない。縦に、である。身長的にである。成長である。断じてＦＮＹではない！）ミーアは、つい先日、乗馬用の服を新調したばかりである。ちなみに……。

『ふむ、せっかくですし、少しきらびやかなものを……』

　などと不穏なことをつぶやくミーアを、アンヌが全力で止めた結果、決まったデザインであった。

　ミーアの乗馬技術が非常に優れたものであることを疑わないアンヌではあるのだが……同時に、ミーアがよく馬から落っこちることをも知ってもいる。

　ゆえに、騎馬王国でミーアが身に着けたような服を着てくれるのが、理想と言えば理想。ということで、できるだけ機能性が高く、落ちた時にダメージが少なそうなものをチョイスし、そのうえで……。

「ミーアさま、その時々に相応しい格好というものがあると、私は思います。いかに美しい水着であっても、乗馬の時に着ていたら笑われてしまいます。いかによい乗馬服であっても、ダンスパーティーに着ていけば白い目で見られます。そして、いかに美しい服であろうと、乗馬の邪魔になるような飾りが付いたものは……」

頭にルードヴィッヒを思い浮かべ、説得するアンヌ。その言葉を聞き、アンヌの顔に幻の眼鏡を見て取ったミーアは、

「なるほど……確かに、そうでしたわ。この服は、いざという時に馬に乗って逃げる際にも身に着けるもの。であれば、もっと機能的なものを……」

コロッと幻想の権威に負けて、アンヌの進言を受け入れたのだった。

――アベルも気に入ってくれたみたいですし、うふふ、さすがは恋愛軍師アンヌですわ。

心の中で、忠義のメイドに称賛を送りつつ、ミーアはアベルのほうを見た。

「それで、今日は、どちらに参りますの？　やはり、ノエリージュ湖の湖畔がよろしいかしら？」

「そうだな……。いや、今日は森のほうに行ってみるのはどうだろうか？」

アベルに言われ、ミーアは、うふふ、っと笑った。

「いいですわね。緑が芽吹いていて、とっても気持ちいいと思いますわ」

上機嫌に、歌うような口調で、ミーアは言うのだった。

第四十六話　ミーア姫、あまりのツラさに……ニヤニヤしながら耐え忍ぶ！

「うふふ、実に爽やか。風が、すごく気持ちいいですわ」

空を見上げ、ミーアは穏やかな笑みを浮かべた。青く澄み渡る空、白い雲は陽の光に淡く輝き、穏やかな温もりが地上へと降り注ぐ。

初夏の暑さに、時折そよぐ風が実になんとも心地よい。

ぱから、ぽこら、と平和な足音を立てる二頭の馬。アベルが乗るのは花陽、そして、ミーアは……なんと、荒嵐の子、銀月に乗っていた。思わず、はいよー！　などと叫びそうになったミーアである。

……ちなみに、荒嵐は、ミーアの顔を見て、ものすごーくやる気のなさそうなため息を吐いていた。

「まぁ、よほど慧馬さんに走らされて、疲れておりますのね」

などと言うミーアが、最近、ちょっぴり食べ過ぎな己を省みることはなかった。大丈夫だろうか……？　夏はどんどん迫っているのだが……。

さて、銀月に初めて乗ったミーアは、その足取りに思わず笑みを浮かべた。

――あら、この子もなかなかやんちゃですわね。ふふふ、しっかりと荒嵐の血を引いていそうですわ。品のよい花陽とは違い、力強く、溢れるような力が、その背中から伝わってきた。

――なかなかよい馬ですわ。うふふ、持って帰りたいぐらいですわね。

などと上機嫌に笑いつつ、ミーアは少し前を行くアベルを追いかける。

やがて、見えてきたのは森だ。秋には黄色く染まる森も、今は生命力に溢れる緑一色に満ち満ちていた。

木漏れ日が照らす道に馬を並べれば、自然、二人の間には穏やかな空気が流れる。

「いい天気でよかったですわ。先日までの荒れた空が嘘みたいですわね」

微笑むミーアに、アベルは、

「ん？　ああ、うん。そう、だね……」

なにやら、微妙に上の空。どうも、考え事でもしていた様子だったが……それで、ミーアはちょっぴり不安になってしまう。

なにしろ、アベルは、真っ直ぐな人だ。

今までのデートでは、いつでもミーアのことを気遣ってくれていたし、こんな風にボーッとすることはなかったのに……。

――アベル、どうかしたのかしら……？

思えば、先ほどからアベルの様子がおかしい気がする。なんだか、妙に表情が硬いというか……緊張しているというか……。

――お義姉さまのことで、なにかあったのかと思いましたけれど……そういう感じでもございませんし……。いったいなにが……？

ミーアは、ジィッとアベルを見つめて……見つめて……見つけるっ！

アベルのすこぅし赤く染まった頬、真っ直ぐ前を見つめているようで、ちら、ちらっと、時折、こちらを窺う瞳の動きっ！

そうして、観察眼姫（ハイパワーアイプリンセス）ミーアは、看破する！

――あら、アベル、もしかして、デートが照れくさいのかしら？　いえ、でも、それも妙ですわ。デートならば今までに何度かしたことがございますし……。となると……。

そうして、ミーアの恋愛脳がぎゅんぎゅん唸りを上げる！　唸りを上げて……っ！

――馬に乗る王子さまと二人きりで乗馬デート……。人気（ひとけ）のない森の中で……王子さまは緊張した雰囲気……ふむ。このシチュエーション……どこかで…………ハッ!?

やがて、ミーアは、真相にたどり着く！

――こっ、これは、エリスの恋愛小説で見たシチュエーションにそっくりですわ！　っということは、も、もしや、この後……。

さらに、ミーアのひねり出した真相は……。

――結婚を申し込まれてしまうのですわねっ!?

……ちょっとした飛躍を遂げた！

さらにさらに！　飛躍した思考は空を飛び、月へと届かんばかりに上昇していく！

――だ、だから、あんなに緊張していたんですのね……。いえ、しかし、そんな急に……。こっ、困りますわ。わたくし、急に言われても……。

などと、ぐにぐに、身をよじっていたミーアは……。

「ミーア、君に伝えたいことがあるんだ……」

馬を止め、こちらを振り向いたアベルに、思わず、ぴょんこっと飛び上がった。

その動きに「なんだよぅ？」とばかりに、銀月が振り返るが……そんなこと、気にしている余裕などなく。

——あ、ああ、アベル、まさか……こっ、ここで？

緊張にかっちーんと固まるミーア。そんなミーアに、アベルは……アベルは……。

「ミーアのよいところを十個、ランキング形式で発表してみようと思う」

なんか、おかしなことを言い出した！

「…………はぇ？」

別の意味で、かっちーんっと固まったミーアに、アベルは優しい笑みを浮かべた。

「実は、ミーアが最近大変だったと聞いてね。元気もないみたいだったから、少しシオンと相談したんだ。それで、アドバイスをもらって……」

「ほう……シオンにアドバイスを……」

ミーアの脳裏に、爽やかな笑みを浮かべるシオンの顔が思い浮かんだ。

——そういえば、ティオーナさんから、エリスの原稿を回してもらったって言ってましたっけ……。そして、確かにそんな話もございましたわね。恋人の良い所発表をする、みたいなシーンが……なるほど、なるほ……ど。

ぐんにょーり、と一気に脱力するミーア。その姿は、さながら、浜辺に打ち上げられた海月のごとく、実によい感じにしんなりしてしまう。

それは、銀月が「おっ？　走りやすくなったぞ」と足取りが軽くなってしまうぐらいの、理想的な『海月乗り』の姿勢だった。

けれど……次の瞬間、ミーアは思い知ることになる。

『あっ、これ……ヤバいですわ』と。

そうなのだ、ミーアは油断していたのだ。

まさか、気になる男の子に褒められまくることが、こんなにも、気恥ずかしいことだなんてっ！

「では……発表していく。ミーアのよいところ、第十位。食べる姿が美しい」

「あら……アベル、意外にマニアックな……」

食べる姿とは……そんなところ褒められても……っと苦笑いのミーア。対して、アベルは真面目な顔で言った。

「いや、ボクは、大貴族が料理の美味しいところだけ食べて、大部分を捨てているのを見たことがある。あれは、とても醜い。料理人にも、農民にも敬意を欠く姿に見えたんだ。だけど、ミーアは残さず綺麗に食べ、その料理を心から楽しんでいた。その姿は、とても美しいと思ったんだ」

などと、大変、誠実な答えを返されてしまい、ミーアの体が強張る。

そんなところまで見られていたのか、という気恥ずかしさ。同時に……臆面もなく美しいなどと褒められたことにより……。

――はぇ？

戸惑い、そして顔がジワリ、と熱くなってくる。

けれど、そんなミーアに気付かず、アベルの言葉は続く。

「ミーアのよいところ、九位、とても努力家で、根性がある」

ごふっと……ご令嬢らしからぬ呻き声を上げるミーア。まぁ、だいたいミーアの上げる声は、ご令嬢らしからぬものがほとんどなので、いつものことといえばいつものことなのだが……それはさておき。

「勉強や乗馬に水泳。なんだかんだで頑張って、できるようにしてしまう。その姿は、尊敬に値するし、ボクも見習いたいと思っている」

そうして、真っ直ぐに見つめられて、ミーアは、けふっと咳き込む。アベルの澄んだ瞳、凛とした顔を直視できずに、ミーアは、けふけふっとさらに咳き込む。

——こっ、これは……ヤバい。ヤバいですわ……。

実際、なかなかの破壊力だった。

そしてさらに厳しいのは、アベルの言っていることが、あながち間違っていないことだった。

これが例えば、ダンスをしてると空を飛ぶとか、天馬を駆る姿が美しいとか、そんな誤解に基づいた評価であるならば……まだ耐えられる。

けれど、努力家だ、などと褒められた日には、大変である。

『この人は、本当のわたくしを見てくれている。わたくしの頑張りを見てくれてる！』

などとついつい思ってしまい、頬がますます熱くなっていく。

そして……ランキングはまだ九位なのだ！　あと、まだ八個も発表に耐えなければならない。

こっ、これは、ツラい！　ツラいですわ！　などと頬を押さえつつ、口元がニヤニヤしてしまうミーアである。

……まぁ、それも仕方のない話。ここまで真っ直ぐ、かつ真摯な態度で褒められた経験は、一度もなかったのだから。一度たりともなかったのだから！

頭がポヤーンとしてくる中、アベルの声は続く。

「第八位、立ち向かうべき状況、引けない状況にあっては勇敢なところ。でも、これに関しては少し

心配だ。できれば、あまり危険なことはしてほしくないと思うのだが……それが無理ならば、せめて、ボクを一緒に連れていってほしい。必ず、君のことを守るから」

「アベル……」

そうして、続いていくアベルの言葉。彼の目から見た自分自身の姿……。

アベルが、少なからず本当の自分を見てくれていたこと……。それに気付いた時……ふと、ミーアは思った。

――あら？　これ……今回の問題にも使えることなんじゃないかしら？　本質を見る……。本質を……大切に……。

目の前に微かに見えた灯、それを手放さぬよう、ミーアは懸命に頭を働かせ始める。

すでにギュンギュン回っていた恋愛脳だったから、回転数を上げるのは容易なことだった。

ミーアの様子に気付いたのか、アベルは、ちょっぴり苦笑いをしつつ、言葉を止めた。

そうして、ミーアが思考の中から戻ってくるのを、ただじっと見守ってくれるのだった。

第四十七話　パトリシアは考察する

ところ変わって、特別初等部の教室。

「そういうわけで、今はラフィーナさまや、ミーア姫殿下が対応策を考えてくださっています。ですから、どうぞ、安心して。落ち着きをもって行動してください」

教壇から降り、集められた生徒たち一人一人の顔を見つめながら……ユリウスは言った。

「くれぐれも短気を起こしてはいけません。それは、君たちを助けてくれる人たちの立場を悪くするものだ。君たちがすべきことは、変わらずに勉強を続けること。何事もなかったように、静かにね。そうして身につけたことは、将来きっと役に立つはずだ」

優しく気遣うような言葉……。

パトリシア——パティは静かに、彼の話を聞いていた。聞きながら、ジッと観察していた。

——ユリウス先生、どうして、私たちに、盗んだかどうか聞かないいんだろう……？

疑問に感じたのは、そのことだった。

事件が起きてから彼は、一度たりとも、それを尋ねなかった。

——普通ならば、犯人に名乗り出ろと訴えかけるはず……。なのに、この人は、そんなこと、一度も言わなかった。

眼鏡の奥の優しげな瞳……そこに時折、悲しさを帯びた光が現れることに、パティは気付いていた。

——私たちのことを信じているから？　それとも同情……？　だとしたら、とっても……迂闊。

思いやり、優しさ、同情……そんな感情、付け入る隙以外の何物でもない。

それは、蛇の視点。相手の弱い部分を見つけ出し、そこを突き、操らんとする視点。

パティは、蛇の目をもって、人を見ていた。

教え込まれたとおりに……。

やがて話が終わり、ユリウスが教室から出ていく。それを見計らっていたかのように……。

「おい、カロン……」

静かに、押し殺した声が響いた。

「本当に、お前がやったんじゃないんだな？」

ヤナが、鋭い視線を少年に突き刺した。

「ちげえって言ってんだろ？」

ふてくされた顔で言う少年。それを眺めながら、パティは考えていた。

――たぶん、嘘は言ってない。あの男の子は、信じるのが怖かっただけ……。

ヤナに盗みを持ちかけてきたという少年の心理を、パティはそう分析していた。

降って湧いた幸せ、それを信じて裏切られるのが怖かった。だから、裏切られてもいいように準備をしようと思ったし、自分と同じ境遇のヤナも、本当は信じていないんだ、と思い込みたかった。

そのほうが、安心できるから。自分の知っている価値観に重なるから。

――だから、本当には盗んでない。盗むとしても、もっとバレないようなものを盗むだろうし。

孤児として、貧民街で暮らしたことがある人間ならば知っている。銀の大皿なんか盗んだって、お金にするのはとっても大変だ。まして、貴族が使うような銀の大皿を盗むだなんて、バカげている。

そんなもの、薄汚い子どもが持っていったら、絶対に盗みを疑われるし、大人に奪い取られてしまうのがオチだ。

――それを知らないのは、貧民街で暮らしたことのない者だけ。貴族とか……。あるいは、最初から、売ることが目的ではない、とか……。

いずれにせよ、たぶん、カロンは犯人じゃない、とパティは判断する。

「くそ、せっかく……飯の心配をしなくて済むようになると思ったのに……」

ギリッと悔しそうに歯噛みするヤナ。だったが、その表情が、ふと和らぐ。彼女の手を、弟のキリルが、気遣うように掴んでいたからだ。

それから、ヤナは教室の生徒たちに目をやった。

不安げな、年少の少女たち。そして、ヤナと同い年の子たちもまた、泣きそうな顔をしている。

「しっ、心配はいらない。ミーア姫殿下は、すごく優しい方なんだ。ユリウス先生も言ってたとおり、信じて待っていれば……」

その言葉は、尻すぼみに消えていく。信じることとは一番縁遠い子どもたちに、その言葉を受け入れさせることが、どれほど困難か……ヤナは知っているのだろう。

パティはその光景を黙って眺めていた。

弟を守るために、必死なヤナ。どうやら、リーダー気質らしく、他の仲間たちのことまで気にかける苦労性の友人に、パティは静かにため息を吐いた。

――あんな風にたくさんのものを抱えていたら、そのうち、全部、手放さなきゃいけなくなる。私は……そんなことしない。

そっと目を閉じると、浮かんでくる顔があった。

生気の感じられない、やせた顔……。弟の……ハンネスの顔。

――あの子を救うためには、蛇の知識がいる。そのために……私は蛇にならなければならないから。

それこそが、パティの行動原理。唯一の肉親を救うために、彼女は蛇の知識に縋(すが)ることを選んでいた。

……正直なところ、パティは蛇が好きではない。

蛇の理想のためには、目の前のこの姉と弟のような者たちが、大勢、犠牲になる。

それに、きっと、この子たちと友だちになったなんて言ったら、この子たちを人質に、やりたくもないことをやらされるに決まっている。

あるいは、目の前で殺して、絶望を刻みつけようとでもするだろうか？

いずれにせよ、そんなもの、好きになれるはずがない。

——蛇は、弱者の絶望に根を張る。その毒から逃れることはできない……。

教師役の女の声が、頭の中で響いていた。耳を塞いでも決して消えない、ねっとりとした声。パティの心を縛り付ける声。

今までにパティが教えを受けた蛇の教師は三人。いずれも、陰気で、絡みつくような声をした者たちばかりだった。

だけど……今度の蛇の教師は、少しだけ変わっていた。

——ミーア先生……あの人、なんなんだろ？

帝国皇女を騙り、それを演じようとするあの人のことが、パティはあまり嫌いではなかった。

——ここに来てから、わからないことばかり。それとも、私を試そうとしているのかな？

いずれにせよ、パティがやるべきことは決まっていた。

蛇の教えに従順に、決して逆らわずに……。

——ハンネスを救うためだから。

唯一の肉親である弟を、病から助けるために……。

第四十八話　火の粉の内に……

アベルとのデートで心の栄養をたっぷり摂ったミーアは、学園に戻ってきた。

大切に気遣ってくれるようなアベルの言葉は、まるで、甘いあまーいお砂糖のごとく、ミーアの心でじんわり溶けて、ぽっぽとその体を温かくする。

「うふふ……久しぶりのデート、最高でしたわ。それに、これからのヒントもいただけましたし、さすがはアベルですわ」

などとホクホクしていたミーアであったが……、廊下で出くわした光景に、思わず目を疑った。

例のクレメンス少年たちと、ヤナ、キリル、パティが並んで話していたのだ。

しかも、ただ話しているのではない。クレメンスと、その取り巻きと思しき二人の男子の前に立たされるようにして、ヤナたちが立ち尽くしていた。いや、先頭にいたヤナは、頭を下げさせられていた！

――あいつ、またイジメてますの⁉

フンヌ、っと憤怒の息を吐き出し、歩きだしたミーアであったが……会話が聞こえそうになったところで、思わず立ち止まり……慌てて、近場の空き教室に入る。

そうして、耳を済ませれば……。

「あの……ありがとう、ございます。助けてもらって……」

ヤナの、困惑したような声。対するクレメンスの声も、微妙に歯切れが悪く……。

「いや、僕は、別に……」

などと、チラリとヤナのほうを見て……その前髪の下に覗く顔を見て、微妙に気まずそうに目を逸らした。

こっそり覗き見しつつ、ミーアは小首を傾げる。

――はて、これは……？

「というか……だ。お前たちがきちんとしていないと、ミーア姫殿下にご迷惑がかかるんだぞ。もっとしゃんとしろ。お前たちが受けた非難は、ミーア姫殿下への非難になるんだ。だから、不当な評価を受けた時にはきちんと抗議しろ。それでも、なにか言ってくるやつがいれば、それは、我ら帝国貴族への宣戦布告だ。僕たちだって、黙ってはいない」

――あら……もしかすると、クレメンス君は、ヤナたちを助けたということかしら？

会話を聞いていると、どうもそのようである。

要するに「銀の祭具を盗みやがって」とヤナたちをイジメた生徒から、クレメンスらが守ってやったのだ。

――というか、彼が言ってるのは、きちんと抗議をして、ダメそうなら自分たちが助けてやる、というのを極めて婉曲（えんきょく）的に言っているのかしら……？

脳内で、クレメンス語を解読したミーアは、ふっと笑みを浮かべ、シュシュッとその場を後にする。

――ふぅむ、弱き民をかばおうとするあの姿勢、あれは……ラフィーナさまにはよいアピールになりますわね。

うんうん、よいことだ、と頷いてから、ミーアはふと顔をしかめる。

――けれど……逆に、危険性も孕んでおりますわね。

なにしろ、ミーアの見たところ、パティへの疑いは濃厚だ。もしも、これで、パティが犯人でしたということが判明してしまったら、特別初等部をかばっている面々は立場を失うことになる。恥をかかせやがって、と、その怒りは燃え上がるだろう。

――それに、ラフィーナさまや生徒会だって、非難を浴びることになりますわ。そして、下手をすると、怒りがわたくしへと向くこともあるはず……。

今でこそ、ずいぶん柔らかくなってきたラフィーナであるが、もしも、彼女が怒ったりしたら、やっぱり怖いに違いない。

獅子は、一見すると可愛く見えるもの。けれど、その口の中には、鋭い牙を持っている。

――これは……やはり、早いうちに手を打つ必要がございますわね。

先手先手の行動がいかに大切か、ミーアは身に染みてよくわかっている。

革命を起こさせないためには、その火が火の粉レベルの時に消してしまうこと。もっと言えば、火がつく前に水をぶっかけて周りを湿らせることが大事である。

海月の化身ミーアは、水分とお友だちなのである。

――ヒントはありますわ。大丈夫、大丈夫。

自分に言い聞かせるように、ミーアは要点をまとめていく。

――まず、パティが実際にやらかしたという前提で考えるなら、バルバラさんや蛇に責任を押し付けるというのは得策ではありませんわ。

なにしろ、ミーアが連れてきた少女が犯人なのだ。いくら特別初等部を守るためとはいえ、ラフィーナはきっと眉をひそめることだろう。シオンあたりは、さらに厳しい目を向けてくるはずだ。

――そもそも、パティ自身が蛇の教育を受けた者なわけですし、その罪を他の蛇に被せるというのは理屈が通りませんわ。いずれにせよ、罪のない人間に罪を着せることは、蛇に突っつかれる恰好の材料になりそうですわね。

貴族、王族の高慢さは、蛇に晒すべきではないウイークポイントだ。だから、ユリウスの案は使えない。

かといって、真犯人を明らかにして特別初等部の疑惑を解くことも不可能。

ならば、どうするか……。

――真犯人は明かさず、特別初等部に向いている攻撃の矛先を逸らす。さらには、仮にパティがやらかしたと明らかになっても問題ない、という状態を作り出す。それが大事ですわ。

特別初等部の者たちが犯人じゃない、と断言するのは危険だ。それで真犯人がパティだとバレてしまったら、ミーアは「自分が連れてきた子が犯人だということを隠すために、特別初等部が無実であると主張したんだ！」と責められかねない。

それはぜひ避けたい。ということで……。

「やはり……全校集会で説明する必要がございますわね！」

覚悟を決めると、ミーアはラフィーナのところへ急いだ。

第四十九話　私、これが無事に終わったら……ダレカのナニカのフラグが立つ時

その日の夜のことだった。

突然、訪ねてきたミーアを部屋に迎え入れたラフィーナは、思わぬ相談に考え込んでしまった。

「全校集会で、ミーアさんのお考えを述べる……。真犯人が見つかれば、すべての疑いは晴れると思うけれど……それでは意味がない、とミーアさんは言うのね？」

確認するように問うと、ミーアは神妙な顔で深々と頷く。

「ええ……まぁ、そうですわね……。できれば、今回は……その、あの子たちの中に犯人がいる、と……そんな前提で生徒たちに納得してもらえないか、と思っておりますの」

紅茶に口をつけかけたラフィーナは、一瞬、動きを止める。

それから、上目遣いにミーアを見つめる。ミーアは、慌てた様子で、わたわたと手を動かしつつ……。

「あっ、いいえ、もちろん、わたくしは子どもたちのことを信じておりますわ。だけど……」

「ええ。いいの、ミーアさん。あなたの言いたいことはよくわかっているから」

ラフィーナは、改めて紅茶に口をつけ、ふぅっと小さくため息を吐く。

ミーア・ルーナ・ティアムーン、帝国の叡智と呼ばれる友人が言わんとするところ、それをラフィーナは正確に理解していた（……しているつもりだった）。

特別初等部構想は、蛇に対する攻めの一手だ。孤児や貧民街の子どもたちというのは、蛇の温床に

なりやすい、弱い者たちだ。飢餓や国の危機が訪れた時、最初に切り捨てられる可能性が高い存在だ。ミーアはそんな彼らに勉強させ、その境遇を抜け出す術を与えようとしている。混沌の蛇の感染する思想が『誰からも顧みられず、希望を失った弱者』に作用するというのであれば、その弱者に希望を与え、蛇の毒を無効化する。

苦境にある者たちに、秩序を破壊する蛇の毒に代わる、希望という名の薬を与えようとしているのだ。

そして、それは当然、セントノエルだけでやればよいというものではない。

大陸中の、虐げられた子どもたちに手を差し伸べていかなければ、意味がないわけで……。

「ミーアさんの考えを実現するために、清廉潔白な子どもたちだけ集めるというのも無理な話……。いいえ、今いる子たちだって、過去に一度たりとも犯罪に手を染めていないなんて、決して言えないでしょうね」

貧民街で育ってきた子どもたちにとって、犯罪は生活に密着したものだ。食べ物がないならば、盗むしかない。そうしなければ死んでしまうという過酷な状況。

生き残るために仕方なく、悪事に加担した者は、当然いるだろう。

仮に、今回の盗難に関与していなかったとして、子どもたちにそんな過去があれば、やはり、特別初等部を攻撃する材料になってしまう。

ミーアたちの考えに反対の人間は、どんなことだって利用するに違いない。

——きっとミーアさんは、そのことをなんとかしたいんだわ。今いる彼らだけじゃない。将来、迎え入れるであろう子どもたちのことをも考えて……。

ラフィーナは静かに頷き、

「そのために、全校集会で話がしたいと……そういうことなのね」

「ええ。みなの前で、ぜひお話ししたいことがございますの」

セントノエルは、大陸の次世代を担う王侯貴族の子弟が集う場所。その使い方を、ミーアはしっかりと知っている。ここで学んだことは、きっと生徒たち一人ひとりの心に根差し、それを持ち帰った卒業生たちが国を変え、世界をよりよくしていってくれる。

ミーア（……ラフィーナの中の）は、それを信じているのだ。

そのことが頼もしく、また、今までほとんどその力を使ってこなかった、自分が不甲斐なくもあり……。

「セントノエル学園の混乱を蛇がみすみす見逃すとも思えない。今の蛇にどれだけの力が残っているのかはわからないけれど、手が打てるならば早めに打っておきたいわ」

それから、ラフィーナはミーアに微笑みかける。

「ミーアさんが必要だと言うのなら、私は協力を惜しまないつもりよ。だけど……いったい、どうするつもりなの？」

その問いかけに、ミーアは意味深に微笑んで、

「大丈夫ですわ、ラフィーナさま。わたくしが必ずや……」

自信満々に、頷いてみせるのだった。

さて、ミーアが出ていってから、ラフィーナは、島の警備の責任者、サンテリを呼んだ。

「いかがなさいましたか？　ラフィーナさま」

「例の、お願いしておいた件なのだけど、あまり急がなくってもよくなりそうなの」

「では……」

「ええ。みなの前で、犯人を吊るし上げるようなことは、しなくても済みそうよ」

「そうですか。それはなによりでした」

頭を下げて立ち去ろうとするサンテリに、ラフィーナは一言付け加える。

「ああ、もちろん、犯人を捜すことだけは継続でお願いね。それほど急がなくってもいいけれど……」

ユリウスの、あの優しげな笑みを思い浮かべながら、ラフィーナはつぶやく。

「ミーアさんのおかげで、あまり後味が悪いことにはならなそうだけど……困ったわね。どう処理したものかしら……」

悩ましげにため息。っと、その目が机の上に置かれた一通の手紙に留まる。

つい先ごろ、慧馬の手によって届けられた手紙、そこに書かれていたのは……、馬龍からの乗馬デートのお誘いだった！

「今回のことが無事に片付いたら、また、遠乗りに行きたいわね。うん、ミーアさんを誘って行ってみようかしら。あ、そうだわ……あの、例の馬形のサンドイッチを作ってみましょうか。ミーアさんや、ほかの方たちも誘って。子どもたちも誘ったらいいかもしれないわね……」

遠い目で、つぶやく。

「この件が無事に終わったら……そう、無事に終わったら……」

いささか、不穏なことを。

ラフィーナのちょっぴり不穏なつぶやきで、ダレカのナニカのフラグが立ってしまったような……

そんな感じがしないではなかったが……。

ダレのナニのフラグなのかは、神のみぞ知るところであった。

第五十話　揺らがぬ権威をその身に帯びて～我、クソメガネなり！～

ラフィーナとの会談の翌々日、聖堂にて、全校集会が開かれることになった。

生徒たちの前に出るのは、ミーアとラフィーナ。さらに、前方に特別初等部の子どもたちの席が設けられ、中等部以上の学生たちと向き合うようにして座っている。

詰めかけた学生たちに目をやれば、シオンやアベルをはじめとした、生徒会役員たちの姿が見えた。

彼らは、学生たちに交じり座ってもらうようにしていた。

かつて、ミーアの選挙を支えた生徒たち、シオンが掌握するサンクランド貴族の者たちなどにも協力してもらい、会場の空気をミーアの有利にするのだ。

——不測の事態の際には対処してもらうようにしておりますし……これで問題はございませんわね。

まぁ、若干、問題といえば、ベルが寝坊して遅刻していることと、シュトリナが付き添って、この場にはいないことは、問題かもしれないが……。

——うん、些細な問題ですわね。リーナさんのお薬が必要になるようなこともないでしょうし、大丈夫、大丈夫。

などと頷いている間に、ラフィーナの声が響いた。

「それでは、全校集会を始めます。今日は、銀の祭具が盗まれた件について、みなさんにお話ししたいことがあり、この集会を開きました。この件について、生徒会長、ミーア・ルーナ・ティアムーン姫殿下から、お話があります。どうか、みなさん、しっかりと聞いてくださいね」

ニッコリ、ラフィーナが清らかな笑みを浮かべる。その笑みに……なぜだろう？　ミーアはちょっぴーり、圧力のようなものを感じてしまうが……。

ラフィーナは、ミーアのそばまでくると、軽くウインクしてみせた。

——ああ、ええ、そうですわね。ラフィーナさまが、きちんと、話がしやすいよう、場を整えてくださいましたし……。ここからは、わたくしの出番ですわ。

ミーアはそっと立ち上がり、す、っす、と制服の皺を直す。

それから、スチャッと取り出したるもの……それは………そう！　権威の象徴、すなわち、ダテ眼鏡である！

ミーアはそっと眼鏡を覗き込み、呪文を唱えるようにして、三度……。

「……わたくしは、クソメガネ……わたくしはクソメガネ……、わたくしは……クソメガネ？」

小さな声でつぶやき……、次の瞬間、カッと目を見開き、

「そうですわ！　わたくしこそが、クソメガネですわ！」

自分がクソメガネことルードヴィッヒになったような……そんな気分になった瞬間……、そのイメージを固定するように、シュシュッと眼鏡をかける。

そうして、ミーアは、帝国の知恵袋の精神をその身に帯びる。

——おお、なんだか、ルードヴィッヒの知恵を得られたような気がいたしますわ。ふむ、試しに算

術の問題を……。

なんだか、頭がよくなった気がして、午前中の授業で苦戦した算術の問題を、頭の中で解こうとして……。解こうと……して。

――いえ、今はそんなことをやっている場合ではありませんわ。

はたと、大切なことに気付く。

そう、今すべきは算術ではない。もっと大切なことがあるのだ。

決して、やっぱり難しいものは難しかったですわ！　などと悟ったり、あら？　やっぱりあんまり頭よくなってない？　などと感じたからではない。

いざ解いてみたら、想定以上に難しかっただとか、難しくてもさっき習ったばかりのところが解けないとかどうなの？　と思ってしまったということは全然、断じてない！　ないのである！

帝国の叡智は、事の軽重を間違えない……ただ、それだけのことなのだ。

それから改めて、ふんむす！　っと気合いの鼻息を吐いてから、ミーアは、壇上へと立った。

「ご機嫌よう、みなさん。本日はお集まりいただき、感謝いたしますわ」

ゆっくりと、生徒たちの顔を眺めていく。

その場に集う生徒たちの顔に、敵意は見られない。不信の色も、今のところはない。

――こちらがなにを言うかの様子見か、あるいは、困惑といったところかしら……？

彼らの雰囲気を見てとって、ミーアはなんとなくだが、悟った。

彼らは、たぶん本気で特別初等部を潰そう、とは思っていないのだ。

その主張を通すために、なにか努力をしようとか、具体的な行動をしよう、などと思っている者は、ほとんどいないだろう。

もちろん、ミーアたちがしていることに対する反発はあるだろう。不満、拒否感もあるのだろうが……。

——ただそれは、せいぜい口に出すぐらい。友人同士で、互いに囁き合うぐらい……なのですわね。

それは小さな悪意だ。自分の心に負担がかからない程度の悪意、あるいは、ちょっとした鬱憤を晴らそうという、軽い気持ち。

されど……その空気も高じていけば、子どもたちに対する攻撃を誘発する。あいつらは悪い奴らだから、殴ってもいいだろう、そんな雰囲気を醸成しかねない。

気軽に不満を囁き合う感覚で、暴力が振るわれるようになってしまうかもしれない。

——そして、攻撃された子どもたちが反撃でもしたら、もう、取り返しがつかないことになりますわ。それを避けるためにも……さらには、パティが犯人だと、バレた時のためにも、頑張らなければ！

変な正義感を発揮されないように、しっかりと事前に釘を刺す。そのための理屈を、今、彼らに提示し、押し付ける！

深々と息を吸って、吐いて……。それから、ミーアは、ついっと特別初等部の子どもたちのほうに視線を向けてから……。

「わたくしは、この子たちのことを信じますわ。この子たちの純粋さを、優しさを、善良さを、信じておりますわ」

堂々たる宣言により……ミーアの言葉は始まった。

ミーアの言葉が響いた瞬間、会場は、しんと静まり返る。

詰めかけた生徒たちの顔に浮かんだのは、隠しようのない感銘の色——などではもちろんなく困惑と反感。あるいは嘲笑。

だが、それは当然のことだった。なにしろ、ミーアが言ったのは願望、あるいはミーア自身のスタンスである。

子どもたちがやっていないという証拠があるわけでもなく、信じるに足る根拠というわけでもない。あくまでも、それは「ミーアが信じる」という表明に過ぎず……ゆえに、

「そんなことを言われても信じられるわけがない」

「下賤な民の子が盗みをしたって考えるのが、当然じゃない」

どこかから、こそこそとした声が聞こえてくる。

……帝国貴族の関係者じゃなければいいなぁ、などと思いつつ、ミーアは静かに、叡智の象徴たる眼鏡をくいっと持ち上げる。

慌てることはない。なぜなら、そんな反応は、すべて予想通りだったからだ。

ミーアは、改めて言う。

「わたくしは、この子たちの善良なる本質を信じておりますわ。彼らや、すべての子どもたちが持つ善良さを信じておりますわ。だからきっと、この子たちの中に、盗難の犯人はいないと考えますわ」

自身の確固たる信頼を表明する。その言葉に、ヤナやキリルをはじめ、何人かが居心地悪そうな顔をしたが、あえて、それを見ないふりをして、ミーアは言う。

「わたくしは、この子たちの善良なる本質を信じておりますわ。この子たちと食事を共にし、直接、

会話したみなさんは知っているはずですわ。この子たちは、とてもいい子たちですわ」

子どもたちにマナーを教えた者たち……そのことを聖女ラフィーナに褒められて、とってもよい思い出になっている者たちが、うんうん、と頷く。彼らの中で、特別初等部の子どもたちは、言うことを素直に聞くいい子たちということになっているのだ！

「だから、わたくしはこの子たちの善良なる本質を、信じておりますわ。けれど……」

繰り返し、されど、ここからが勝負と、ミーアは一度言葉を切って、みなの顔を見まわしてから、

「けれど……善良なる者が罪を犯す、そのようなことが時に起こりうるのもまた事実……。ゆえに、わたくしは考えますわ。もしも、『善良なる子どもたち』が悪事を働いたとしたら……その罪の責は、誰が問われるべきか、と……」

言いながら、ミーアはパティの顔を見つめる。

――パティのこの前の様子を思い出すと、ヤナとキリルの姉弟に危害が加わるような、悪事を働くとも思えませんわね。

しばらく悩んだ結果、ミーアが出した結論が、それだった。

確かに、パティは「銀の大皿」と言っていて、あの発言は怪しかったが……でも！

――たまたま、銀の祭具のイメージが大皿であることだって、ないとは言えませんわ。うっかり、頭に思い浮かんだイメージを、そのまま口に出してしまうことだって、あるはずですわ。

思っていたことと違う言葉が、口からポロッと出てしまう、目の前の光景に言葉が引っ張られることは、ないことではない。

パティの中で、銀の祭具のイメージが銀の大皿で、だから、ついそう言ってしまって……。それが

たまたま現実と一致してしまったということだって、考えられるではないか。

——そのような薄弱な根拠によって疑念の目を向けてしまったら……信頼関係の修復は困難。パティを蛇から救い出すことが不可能になってしまいますわ。

逆に、本当にパティが犯人であった場合、それはそれで構わない。心から信じると表明するミーアに対し、パティの心には罪悪感が生じることだろう。そして、その罪悪感は、ミーアが一言『許してあげますわ』というだけで好意へと転ずる。楽をして、パティの好感度と信頼を得ることができるのだ。これは美味しい。

——ゆえに、わたくしのスタンスはあくまでも子どもたちを信じること。そのために〝信じて裏切られた際のダメージを減らすこと〟が大事ですわ。

目標を明確化したミーアは、そこに向け、論理を鋭く尖らせる。その様は、さながら槍のごとく、あるいは尖ったキノコのごとく。

「もちろん、罪を犯した当人は責任を負うべきですわ。けれど……わたくしたち、セントノエルに通う者は、それで終わったと思うべきではない。善良な者たちが罪を犯さざるを得なくさせてしまった、そのような状況を放置した、国の上に立つ者たちもまた、その責任を問われるべきではないかしら?」

ミーアは、そうして、特別初等部の子どもたち、一人一人の顔を見つめる。それから、彼らのほうに歩いていき、手前にいたヤナの頭に静かに手を置いた。

「例えば……ここにいるヤナが、弟の空腹を癒すために食べ物を盗んだとしたら……わたくしは、この子にその罪を犯させた、親を責めますわ。そして、その親を苦境に追い込んだ国の統治者をも責めますわ」

言いつつ、ミーアは確認するように、心の中で思い浮かべる。

……この子は、ガヌドス港湾国出身……っと。

「あるいは、将来への不安から、なにかお金になりそうなものを盗んだのだとしたら、その不安を生んだ、領主を責めますわ」

隣の席に座るキリルに、そして、その隣のカロンに目をやる。

――この子はヤナの弟で、こっちのカロン少年はヴェールガ公国の孤児院から送られてきてますけれど、別の国で保護された子ども……。

そう、当然のごとく、ミーアは把握している。子どもたちの出身国を。

そして、この子たちの中に、帝国出身の者はいない。一人たりとも、いない！

ゆえに、帝国が、ミーアが責められるいわれはないのだ！

絶対的な安全圏から、ミーアはペラペラと朗らかに話し続ける。

「わたくしは、悪事を嫌いますわ。盗みを嫌いますわ。されど、もしもこの善良な子たちが悪事を働いたのであれば……この子たちを嫌い、憎むことはいたしませんわ。それは、してはいけないことだと、悪いことだと教えるだけ……わたくしの怒りは、盗むという悪事そのものに、そして、この子たちに悪事を働かせる状況を作ったものに向けたいと思っておりますわ」

それからミーアは改めて、その場に集う生徒たち、一人一人の顔を見つめる。

「民を善良たらしめるのは統治者の務め。民を下賤と嗤（わら）うのは、己が統治のやり方を貶（おとし）める所業。わたくしは、我が国の民を飢えさせることも、それで不満を言う民を蔑むこともいたしませんわ」

ミーアの、その言葉には説得力があった。自らの誕生祭において、その範を示していたからだ。

皇女ミーアの放蕩祭り、あれこそがまさに、今のミーアの言葉を正確に表すものだった。

「わたくしたち、セントノエルに通う者は、そのような視座に立たなければいけないのではないかしら?」

堂々とそう言い放ち……ミーアはニッコリとほくそ笑む。

ミーアの主張、それはすなわち〝責任の所在をズラす〟こと……。

〝子どもたち自身の罪〟を〝子どもに罪を犯させた者の罪〟とする。すなわち彼らの出身国の貴族に、その責任を問おうという論理。

そう、ミーアは、特別初等部の子どもたちの責任を問うて、石を投げようとする者たち自身に、その責任の石を投げ返したのだ!

この学園に通う王侯貴族の子弟たちは、ミーアからこう問われているのだ。

「この子たちも悪いかもしれないけど……お前の親も悪くね?」と。

この問いに、堂々と「我が国は違う!」と言い張れる者はあまりいない。

そのうえで、ミーアは自らの心の内を、一切の偽りを交えず……されど〝若干の解釈〟を加えて開示する。

やはり、人の心に一番響くのは本音だ。だからこそ、ミーアは熱意を込めて、こう主張する!

「わたくしは、この子たちが悪いことをしても責めはしませんわ。過去に悪事を働いたことがあっても同様に責めはしませんわ。反省を促し、二度とそれをしてはいけない、と教え、そして……自らを省みるだけですわ。善良な者たちに、罪を犯させていないか、と」

胸に手を当て、ミーアは言った。

そう、ミーアは常に自らに問いかけている。

民を革命に走らせていないか？　彼らが断頭台を作るよう、煽ってはいないか⁉　と。

自らが断頭台を呼び寄せていないかを常に自問自答する、それこそがミーアのスタイル。

それを、彼らにもわかるよう翻訳して、熱意を込めて語る。

「この学校を卒業する者たち、そのほとんどは、将来、国を支える者たちのはず。であれば、考えるべきですわ。民を善良に保つためには、統治する者の不断の努力と忍耐が必要であると。そして、子どもを教え導かぬのは親の罪、民を教え導かぬのは、我ら、統治する者の罪であると」

そこまで言って、ミーアは、ふぅっと額の汗を拭う。その一瞬の沈黙に合わせて、ぱちぱち、と……小さな拍手が響く。

ミーアの言葉に、賛意を表したのは聖女ラフィーナだった。

これにより、ミーアの見解は一個人のものではなく、ラフィーナの支持を得た『セントノエル学園の見解』になった。

無論、これは演出である。事前にミーアがお願いしておいたものだ。そのうえでミーアは、ラフィーナの威をきっちりと借りたうえで、

「このセントノエルにいる間に、みなさんは、それを学び、そして国に帰ってから後は、ここでの経験を生かしていただきたいですわ。盗難を憎み、正義を愛する心を持ったみなさんが、その心を使って国を治めることに期待いたしますわ。近い将来、みなさんが国を治める頃には、下賤なる民などという者がいなくなることを、願っておりますわ」

最後にミーアが付け加えたこと――それは、この場に集う者たちの責任を未来へと移す言葉だった。

すなわち……ミーアはこう言っているのだ。

「あなたたちの親には責任があると思うけど、あなたたち自身には、今のところ責任はないと思うよ！　あなたたちが負うべき責任は将来、国に帰ってからのものだよ」と。

誰でも「お前が悪い！」と指摘されれば気分は悪いもの。頑なにだってなるだろう。

けれど、親はできてないかもしれないけど、あなたならそれを是正できるよ、と言われれば悪い気はしない。

また、自身の親に誇りを持つ者にとっては、そもそもうちの親はできてるから関係ない話だし、となる。ミーアの言葉が刺さるのは、うちの親って孤児とか貧民とか、あんまり大事にしてないかも？という者だけなわけで……。

次の瞬間、その場のあちらこちらから拍手の音が響く。

無論、それもまた演出だ。

生徒会のメンバーや、ミーアの息のかかった者たちの手による拍手を火付け役として、見る間に、拍手の音は聖堂内を駆け巡った。

それを見て、ミーアは静かに安堵のため息を吐くのだった。


かくして、後に大陸の教育理念の基礎に据えられる、その宣言は結ばれた。

我が子を愛するは、その行いによらず。ただ、その本質の存在によってせよ。

その行いが悪であれば、その非を教えよ。

そして、悪をなさせた環境と、教える責を負う自分自身を省みよ……と……。

後にこの時のミーアの言葉は『金至三訣（きんしさんけつ）』と呼ばれるようになる。

それは、子を黄金に至らしめる言葉として、さながら菌糸のごとく、各国で様々な形の教育改革を生じさせることになるのだが……。

それは、また、別の話なのであった。

第五十一話　ベルは、騙されない！

「ベルちゃん、早く。もう、全校集会始まっちゃってるよ」

シュトリナに急かされて、ベルは走っていた。

「ごめんなさい。リーナちゃん。すっかり寝過ごしてしまいました」

昨夜は、シュトリナの部屋に泊まったベルである。積もる話は尽きることなく、すっかり夜更かしをしてしまったのだ。

――ついつい楽しくって、話し込んじゃった。反省しないと……。

などと思っているベルであったが……。実のところ、そこまでの焦りはない。

なにしろ、それは祖母ミーアの手配による全校集会なのだ。

――ミーアお祖母さまの準備に抜かりはないはずだし、今日は、特に、なにかをしろとは言われてないから。

だからといって、寝坊したり、行事に遅れたりするのは皇女にあるまじきこと。

「うん、気をつけよう。やっぱり皇女たるもの、夜は早めに寝ないと」

祖母ミーアは、夜が早い人だった。それに倣い、自分もしっかりと寝るようにしよう、と心に決めるベルである。

っと……その時だった。彼女の目に、ある人物の姿が映った。

「……あれ？　あれは……」

眼鏡をかけた、優しげな顔が印象的な男、それは……。

「リーナちゃん、あれって……ユリウス先生……でしょうか？」

特別初等部の講師、ユリウスが、学園の裏手に向かって歩いていく姿だった。

まぁ、別にそれは不思議ではない。彼は学生ではないのだから、全校集会に参加する必要はないのだ。教師としてなにか、別の仕事を与えられている可能性もあるわけだし……。

ただ……なにかが気になった。なんとも言えない違和感が、あった。

そして、ベルが覚えた違和感を正確に言葉にしてくれる者がいた。シュトリナはユリウスの姿を見て、小さく首を傾げる。

「……変ね。どうして、聖堂にいないんだろう？　ユリウス先生、あの性格なら、どうなるか、気にならないはずないのに」

そうだ……。彼は〝子ども想いの優しい先生〟だったはずだ。少なくとも、紹介されて以降、ベルの目には、そう映っていた。

ヴァレンティナのところに行って、帰ってきてからだから、そう長い時間ではなかったが……それでもベルの胸に残る印象は根強い。

それなのに、子どもたちの未来が懸かっている全校集会に出ない？

ミーアが、あの子どもたちをどう扱うのか気にならない？

それは、まったく彼のイメージに合わないことだった。

「ユリウス先生、いったいなにしてるんでしょう？」

首を傾げるベルに、シュトリナが抑えた声で言った。

「……ねぇ、ベルちゃん、もしも、どこかから宝物を盗まなきゃいけないことになったら、どうする？」

「え？　うーん、そうですね……」

突然の問いかけに、ベルは、ふむっと唸ってから、

「こっそり、誰にもバレないように城壁を乗り越えて忍び込んで……それから、見張りの目にもとまらぬ早業で……」

シュシュっと腕を動かして見せると、

「ふふふ、そうね。ディオン・アライア……や狼使いとか、人間離れした連中なら、そのぐらいのことをやってのけそう」

口元に手を当てて、くすくすと笑うシュトリナ。その可憐な笑みが、次の瞬間には、妖艶な笑みへと変わる。

「でも、リーナやベルちゃんみたいに普通の女の子じゃ無理だよね。だからね、もしも、リーナだったら、どこか近くに火をつけると思う」

「……へ？　火？」

言葉を失うベルに、シュトリナは続ける。

「それでね、みんなが火を消すのに必死になっている隙に盗んじゃうの。盗まれたものなんか忘れちゃうぐらい大きな火事を起こせば、みんなの目を誤魔化せる。もしかしたら、逃げるまで、気付かれないかもって……そう思わない？」

「それって……」

歩き去るユリウスに、鋭い視線を向けるシュトリナ。その意味を、ベルは正確に理解する。

「なるほど……ふぅむ……」

ベルもまた、ユリウスの背中を見つめる。あの、穏やかそうな、ちょっぴり困ったような顔を思い出し……その顔でキラリと輝く眼鏡を思い出して……っ！

「……そう言われてみると、あの人……とっても怪しい！」

ベルは、言った。びしぃっと音がしそうな口調で断言する。

「なんだか、すごく怪しく見えてきました！」

ベルは、眼鏡の権威に惑わされたりはしなかった。とても冷静にユリウスのことを観察し、彼が怪しいと看破(かんぱ)した。

眼鏡をかけているからといって、無条件に信じたりなんかしないのだ！　意外にも……。

それはなぜか……？　ミーアより、見る目があるからか？

否、そうではない。

理由はもっと単純なこと。

すなわち……ベルに勉強を教える時、ルードヴィッヒは、眼鏡をかけていなかったからだ！

……そうなのだ……見えづらいのだ。教科書の小さい字は……。見えづらいから、眼鏡を外してベルの授業を行っていたのだ。

だからこそ、ベルの中では、勉強を教える時のルードヴィッヒに眼鏡のイメージは皆無。

ベルは眼鏡に権威を感じない。

そんな、眼鏡の呪縛から自由なベルは……。

「怪しい……。ちょっと追いかけてみましょうか」

そうして、二人の少女たちは頷き合って、走りだすのだった。

第五十二話　帝国の叡智ミーアのイケナイ妄想

発言を終えて、ミーアは、そっと眼鏡を外す。

ふぅ、っと一息吐き一礼。それから優雅に踵を返し席に着いた。

入れ違いにラフィーナが壇上に立ち、その後のことをまとめてくれている。

「今、ミーアさんが言ったとおり、私たち生徒会は、特別初等部の子どもたちを擁護する。彼らは盗難にかかわっていないと完全に信じているけど、もしも仮に、悪に手を染めていたとしても……私たちは彼らを許します。もちろん、今後、そういったことにはかかわらないよう教え、また、かかわらなくてもいいように状況を整えて、ね」

心地よい疲れと、胸を満たす達成感に浸りながら、ミーアはボンヤーリと、ラフィーナの話を聞いていた。

「お疲れさまです。ミーアさま」

そっと、傍らにアンヌが近付いてきて、コップを渡してくれた。冷たいヴェールガアップルジュース、爽やかな酸味と心地よい甘味が口の中に広がり、ミーアは、ほふーうっとため息を吐く。

「ありがとう、アンヌ。たっぷり話したから、喉が渇いてましたの。さすが、気が利きますわね」

「お褒めいただき、ありがとうございます。それと……あの、お見事な演説でした。ミーアさま。私、感動してしまいました」

「あら、ありがとう。他のみんなも、そうならばよろしいのですけれど……」

そう言って、ミーアは改めて、会場へと視線を移した。

雰囲気は、ミーアの見たところ悪くはなかった。どうやら彼女の言葉は好意的に受け入れられているようだった。

次に、特別初等部の子どもたちのほうを見ると……なんと、ヤナが泣いていた。

おそらく、気を張っていたのだろう。幼い弟と二人きりで生きてきた彼女にとって、今回の裁定がどのような意味を持つのかは想像に難くない。そして、その緊張の糸が切れてしまったのだろう。

いつもは強気な目をしているヤナだが、その瞳からは、ぽろぽろ、ぽろぽろと涙が流れ落ち、それを懸命に両手で拭っていた。

そして、そんな姉を弟キリルが心配そうに見つめている。

……それが、会場の雰囲気を、ミーアにとって有利なものにしていた。

身綺麗にすれば、割と可愛い少女であるヤナ。そして、その弟で、こちらも可愛らしい顔立ちをしているキリル。

後ろ盾を持たない中、懸命に頑張ってきた姉と、その姉を頑張って励まそうとしている健気な弟に……同情と庇護欲を掻き立てられない者はいない。

さらに、釣られるように他の子どもたちも泣き出していた。けれど、彼らは、決して声を出さなかった。その泣き声を、唇を噛みしめて堪えていた。

それは踏みつけにされた弱き者たちの姿だった。

泣き声を上げ、少しでも煩わしいと思われれば殴られる。だから目立たないように、できるだけ、恐ろしいモノに見つからないように、と身を縮こまらせる。

過酷な環境で身についてしまった習性、そんな彼らの姿は、貧民街に足を踏み入れたことがないであろう貴族の子どもたちの目には、とても哀れに映った。

薄汚れた塊でしかなかったものが、はじめて、自分たちと同じ人として、自分より弱く小さい子どもとして……彼らの目に映った。

ゆえに、もはや彼らを責めようという空気は霧散してしまっていた。

一方でミーアもまた、子どもたちの涙を見て思うところがあった。

感慨深げに唸ってから、ミーアは……、

——ふぅむ……わたくしの話に感動しましたのね。人を泣かす力があるというのは、言葉に力がある証拠……。

などと満足し……、さらに、

——わたくし、やっぱり詩歌の才能があるのではないかしら？

ちょっぴり調子に乗った！

――大勢の者たちを感動させる物語を書く、あるいは、詩を書く才能……。自分では気付きませんでしたけれど……そうですわね。今度、エリスに協力していただいて……。

などと、うっかりポエマーへの道を開いてしまいそうなミーアである。

――ともあれ、このまま収まってくれれば、御の字ですけれど……。そのためには、やっぱり犯人が名乗りでないとダメですわね。

ミーアは、子どもたちが過去に罪を犯したとしても、それを仕方のないこととした。それは、彼らが住む地域の領主の責任によるところも多いと言及した。セントノエルに来たばかりの彼らの精神も、おそらくはそれまでの経験が影響を及ぼしているのだと訴えた。

……だが、それはあくまでもすでに犯した罪に対してのこと。その罪を認め、名乗り出ることというのは、また別の次元の話だった。

全校集会が終わった後、犯人が名乗り出なかった場合には……やはり、非難の火は消えないだろう。

「下賤なる民の子は、ミーア姫殿下のありがたいお心を受けてもなお、罪を認めようとしない！」などと、一部の者たちは言いだしかねないからだ。

――もしも、子どもたちが犯人の場合には、名乗り出て、銀の祭具を差し出してくれないといけませんけれど……。パティが犯人の場合には、なにも言ってこなさそうですわね。ほかの子が犯人の場合には、きちんと名乗り出てくれそうですけど……。まぁ、犯人が名乗り出ても、彼らの前に名前を明かすということはしなくてよさそうですし。ただ、犯人は見つかったとだけ言えば、その後はみんなが勝手に想像してくれるかもしれませんわね。

そこで、ミーアは改めて安堵の息を吐いた。

──なんにしても、わたくしがすべきことは終わりましたわね。はぁ、今日は疲れましたわ。いっぱい頭を使いましたし。

そうして、ミーアは……なんだか自分で自分を褒めてあげたい気分になってきた。

──これは、ご褒美に、とびきりあまぁいケーキを用意して、それをお腹いっぱい食べてしまってもいいのではないかしら？　今までは甘いものはできるだけ我慢していましたけれど……こう、クリームいっぱいの美味しいやつをお腹いっぱい、食べてしまっても構わないのではないかしら？　今日はとっても頑張りましたし……自分に優しくしてもいいのではないかしら？

などと、イケナイ妄想にふけっていた時だった。

壇上から降りたラフィーナに、静かにモニカが歩み寄った。しばし会話をしてから、ラフィーナはミーアに歩み寄り……。

「ミーアさん……。犯人が動いたわ」

「…………はぇ？」

ミーアの「ご褒美に甘いものをたくさん食べる妄想」は、こうして、泡のように弾けて消えるのだった。

第五十三話　やじうm……eい探偵ベル、尾行する！

ベルとシュトリナの尾行が始まった。

スタスタと急ぎ足で廊下を歩くユリウス。その後ろを、音もなく二人の少女がつけていく。廊下に人通りはない。ゆえに見つからぬよう、ある程度の距離を開けての尾行になった。

「ベルちゃん、こっち」

声を押し殺したシュトリナの指示。それに従って、ベルはとっとこ小走りに進む。

――なんだか、リーナちゃん、すごく慣れてる……。

足音を消し、シュシュっと物陰から物陰へ移動するシュトリナに、ベルは尊敬の目を向けていた。

――さっき普通の女の子だったら城壁とか乗り越えられなさそうとか言ってたけど、でも、リーナちゃんなら、もしかしたらできちゃうかも……？

あるいは、その途中で手を滑らして落っこちてしまって、それを、夫となるアノ人に受け止めてもらって……。それで、頬を赤くしながら見つめ合ったりなんかして……。

などと、ちょっぴり妄想して、ニマニマしているベル。そんなベルにシュトリナはキョトンとした顔で首を傾げた。

「どうかしたの？　ベルちゃん。何か、楽しいことでもあった？」

「え？　あ、ううん。なんでもありません。それにしても、ユリウス先生、どこに行くつもりなんでしょうね？」

あはは、と笑って誤魔化して、ベルはユリウスへと視線を戻した。彼が向かうほう、教室棟を抜けた先には人気のない廊下が続く。

そういえば、この先には行ったことないな、とベルは思い出す。

以前、この世界に来たばかりの時、学園内にしばらく潜伏していたベルであるのだが、基本的に食べ物がある食堂を中心に移動していたため、こちらには来たことがなかったのだ。

「……あんまり人もいないし、まさか、本当に火をつけるつもりだったりは……」

「ああ、それは大丈夫。この先には特に燃え広がるようなものもないし、一応、よく燃えそうなところは、ラフィーナさまに話して対処してもらってるから」

ニコニコ、得意げな顔で言うシュトリナ。ベルとは違い、すでにこの先もチェック済みのようだった。すでに、燃えやすいところも、きちんと隅々までケアしてあるらしい。

「さすがはリーナちゃん」

などと言いつつ、それを調べてなにをするつもりだったんだろう……？　などと、わずかばかり疑問を覚えるベルであった。

「あれ……？」

けれど、次の瞬間には、その興味は別のものへと移る。

祖母の『馬好きの血』を継いだベルの胸には、荒々しい『野次馬』が棲んでいるのだ！

その血に促されるままに、ベルは視線を転じ……首を傾げる。

「あれ？　ユリウス先生が、いない……？」

彼の後を追い、二人が入っていったのは古いホールだった。新入生歓迎ダンスパーティーが開かれたホールよりは、一回り小さくて、若干、ほこり臭い。

今は物置代わりに使われているのか、古びた聖餐卓や、壊れた机などが乱雑に置かれている。

——どこかに、隠れてるっていうことは……？

などと思いはしたものの、隠れられそうな場所はあまりない。物置とはいえ室内は整理されていて、物陰といえるような場所は二、三か所。そこもすぐに確認できてしまって、ユリウスの不在がはっきりする。

「ねぇ、ベルちゃん、ここ、怪しくない？」

その時だった。眉間に皺を寄せたシュトリナが、ある一点を指さした。

そこは壁。ラフィーナの巨大な肖像画が飾られた、壁だった。

「うわぁ、大きいですね！」

肖像画を見上げて、ベルは思わず、ぽかーんっと口を開けた。

ほとんどラフィーナの身長の倍はありそうな、巨大な肖像画だった。

「……こんなに立派なラフィーナさまの肖像画を、わざわざこんな物置みたいなところにかけてるなんて、すごく怪しい」

むむむ、っと唸って主張するシュトリナだったが、ベルには別の見解があった。

——ラフィーナおばさま、自分の肖像画が好きじゃないからなぁ。

いつも、ものすごーく憂鬱そうに、自分の肖像画にサインしてたっけ……などと思い出すベルである。

しかも、そこに飾ってあったのは実にド派手な肖像画だった。背中の白い翼を広げて（ラフィーナの背中に翼が生えているのはデフォである）宙を舞うラフィーナ。その周囲には輝く宝石のような星空が散らばり、彼女を美しく彩っていた。

輝く星座は、聖女にかしずく従者のごとく、ラフィーナの足を飾り、その長い髪を美しい三日月が彩っていた。

ただ一点、どこか遠くを眺める瞳は、いまいち生気というか、やる気がなく……。実に巧みに、モデルと描き手の心理の温度差を表した絵であった。

――この脚色は、さすがに少しきついかも……。表には出しておきたくないかもしれない。

お調子者のベルですら、そう思うのだ。こんな風に、倉庫代わりの部屋にポツンと掛けてあっても、不思議はないような気がするのだが……。

そうこうしている間にも、シュトリナは肖像画の周りを見回して、怪しいところを探していた……。

が、やがてなにを思ったのか、やにわにその額縁を両手でつかみ、ガコッと外してしまった。

「あぶないっ！」

よろよろっとバランスを崩しそうになっているシュトリナ。ベルは慌てて手伝いに走る。そうして、えっちらおっちら、二人で肖像画を外すと……そこから現れたのは……。

「あっ！　すごい！」

思わず、ベルは目を真ん丸にする。

肖像画に隠されていた壁の部分には四角い穴が開いていて、その先には狭い階段が続いていた。

「隠し階段ね。額がズレた跡があったから、なにかと思ったんだけど……」

どうやら、シュトリナも半信半疑で外したらしい。その顔には驚きの色が見て取れた。

「ユリウス先生は、この先でしょうか？」

上のほうを覗いてみるが、階段はらせん状に登っていて、上のほうまでは見通せなかった。

「ほかに隠れられそうな場所はありませんし……とりあえず、入ってみようか？　セントノエルにそこまで危険な場所があるとも思えないですし」

そう言うと、ベルはゆっくりと壁の穴を潜り抜けた。

「あっ、待って。ベルちゃん。リーナが先に行くから」

後からシュトリナが追いかけてきて、横に並ぶ。

「あれ？　リーナちゃん、あの肖像画はもとに戻さないんですか？」

ふと振り返り、ベルが首を傾げた。

「うん……。一応、なにか起きた時のためにね。あのままにしたら、誰か気がついてくれるかもしれないし。でも……」

っと、そこで、シュトリナは可憐な笑みを浮かべた。

「多分、大丈夫だと思うけど……。見張りがいなかったから」

「え……？」

「ううん、なんでも。さ、行きましょう」

そうして、二人は階段を登り始めた。

「でも、ここってなんなんでしょう？　学校にこんなところがあるなんて……」

きょろきょろ、あたりを見回しながら、ベルが言う。と、シュトリナは小さく頷いて、

「気付いてた？　ベルちゃん。入り口のところ、開いてたけど鉄格子付きの扉があったの……。あ、

ほら、そこの窓にも……」

シュトリナが指さす先、明り取りの窓が口を開けていた。そこには、頑丈そうな鉄格子が嵌められている。

「もしかすると、ここって、誰かを閉じ込めておくための場所なんじゃないかな」

「閉じこめて……あっ、あれ……」

やがて二人の目に、重厚そうな扉が飛び込んできた。中を監視するためだろうか？　鉄格子の付いた小窓が付いた扉だった。

部屋の中はまだ見えないが……中からは人の気配がする。

「やっぱり、誰かが閉じ込められてる……？　あっ⁉」

扉に歩み寄ろうとしたベルは、突如、物陰から現れた影に腕を掴まれ、そのまま、後ろ手に拘束されてしまう。

「ベルちゃんっ⁉」

驚いた顔でシュトリナが駆け寄ろうとするが、その足が止まる。その視線は、ベルの後方に縫い留められていた。

「やれやれ、ラフィーナさまの手の者かと思いましたが、あなたたちでしたか……」

しっかりとベルの腕を掴まえた男。優しげな笑みを浮かべたその男は……。

「ユリウス先生……どうして」

ベルの問いかけに、ユリウスは困り顔で肩をすくめた。

「それは……」

「あらあら、ずいぶんと騒がしいですね……」

突然の声……それは、ベルたちが覗こうとした部屋から聞こえてきた。

次の瞬間、扉の上のほうに開いた小窓にピタリ……と、女の顔が張り付いた。

その目が、ぎょろり、ぎょろり、と周りを見回して……。シュトリナを確認したところで、歓喜の色を浮かべる。

「おや、これは、シュトリナお嬢さま。ご無沙汰しております」

閉じ込められていた女……バルバラがニコリと歪んだ笑みを浮かべて、そこに佇んでいた。

第五部　皇女の休日Ⅱへ続く

99日後に帰ってくるベール

99 Days Before Bell Returns

それは、ベルがこの世界から去った後の物語。

セントノエル学園に戻ってきたミーアたち一行の中で、最も深刻なダメージを負っていたのは、シュトリナ・エトワ・イエロームーンであった。

親友を、自らのせいで失ったと思い込んでいる彼女は、まるで抜け殻のようになって、部屋に閉じこもってしまった。

「それでは、失礼いたしますわね。リーナさん」

カーテンのかかった薄暗い部屋の中。ベッドの上、呆然と横たわる少女に、ミーアは声をかける。

けれど少女、シュトリナは、ほとんど反応を返さない。唯一、小さな馬（トローヤ）のお守りを固く握りしめる手だけが、彼女の意思を表すものだった。

「お食事、ちゃんと食べないとダメですわよ」

ミーアは、なおも呼び掛けて、テーブルの上に置かれていた食器に目をやる。

昨日、持ってきた食べ物は、そのまま、お皿の上に残されていた。

――美味しそうなスープでしたのに、もったいないですわ。

可憐な少女のような見た目とは裏腹に、意外と健啖家なシュトリナである。そんな彼女が、まったく食べていないということは、その心がどれだけ深く傷ついたかを証明しているかのようだった。

――本当でしたらベルのこと、きちんとお話ししたいところですけど……。今のリーナさんに届くかどうかは微妙なところですわね……。

ただでさえ、ベルの事情は複雑だ。

「実はあれは、未来からやってきた、わたくしの孫娘なんですの！」

などと言ったところで、まともに聞いてもらえるかはわからない。下手をすると、馬鹿にしてるのか？　と毒を盛られるかもしれない。

――まぁ、それをしようという気力があるならば、むしろ喜ばしいことなのかもしれませんけれど……。いずれにせよ、いつかはお話ししなければならないでしょうが、今はまだ、その時ではないのでしょうね……。

そうして、廊下に出て、ふぅーっと深々とため息。

「やはり、駄目でしたわね。ミーアさま」

そこで同行していたエメラルダがようやく口を開いた。

サンクランドでの事件以降、一度は帝都に戻っていたエメラルダだったが、シュトリナのことを聞いて、飛んできたのだが……。

「我ながら無力を実感しますわ。まぁ、無理もありませんけど……。あの子たち、とても仲良しでしたものね。急にお別れになったら、やっぱりショックですわよね」

そうして、沈んだ顔をするエメラルダである。

ちなみにエメラルダには、ベルのことは、遠くに行くことになった、とだけ伝えてあった。死んだと教えてしまうと、いろいろと面倒がありそうだったので、そのようにしたのだ。

――エメラルダさんも意外と情に厚い方ですし。ベルとも知らない仲ではない。となると、下手に伝えれば、やっぱりベルのことはショックを受けてしまうかもしれませんわ。

そんなミーアの配慮であった。

「いろいろと帝都土産のお茶菓子を持ってまいりましたけれど、駄目でしたわね……」

どうやらエメラルダは、妹分のシュトリナの悲痛な顔を見て、すっかりお姉ちゃん心が刺激されてしまったらしく……。特注の絶品お茶菓子を持ってきたり、優しい言葉をかけたりと、ワガママ令嬢の彼女にしては珍しく思いやりに溢れる行動をしていたが……やはり、シュトリナは反応を示さなかった。

「そっとしておいてほしいということは、やはりあるのでしょうね。こちらの声を聞いているという様子がまるでありませんでしたわ」

エメラルダは、困り顔でため息を吐いてから続ける。

「心配ですけれど、今は放っておいてあげたほうがいいのかしら……？」

頬に手を当てて、再びため息。そんなエメラルダに、ミーアも、うーんっと考え込んで……。

「そう……ですわね……」

もしかしたら、そのほうがいいのかもしれない、と思う。

心の傷を癒やすには、時間が必要だ。

今はただ一人で静かに過ごしたほうがシュトリナのためにはなるのかもしれない……と、思いかけたミーアだったが、すぐに小さく首を振った。

「いえ……だけど……」

不意に思い出したのは大切な記憶。それは、前の時間軸……。地下牢での出来事。

父が、断頭台にかけられたと聞かされた時のことだった。

「お父さまが……処刑？」

皇帝マティアス・ルーナ・ティアムーンの死をミーアに知らせたのは、見張りの男だった。

「そうだ。ようやく我々は、神に代わり、悪辣(あくらつ)な皇帝に報いを与えることができたのだ」

男は、まるで酔ってでもいるかのような、どこか陶然とした口調で言ってから、ミーアのほうを睨みつけた。

「次はお前の番だ。覚悟しているといい、ミーア・ルーナ・ティアムーン」

その言葉とは裏腹にミーアの処刑は、かなり先のことになるのだが……。その時のミーアには、そんなことを知る由もなく。

心を埋め尽くしたのは悲しみと寂しさと……強烈な恐怖だった。

次は自分の番だという、その言葉。いつ死が訪れるかもしれないという恐怖はとても、とても、大きなもので……。

でも……一日が経ち、二日が経ち。一時の恐怖は嘘のように過ぎ去っていき……。

残ったのは、父を失ったという悲しみだった。

「ああ……お父さまには、もう二度とお会いできないのですわね……」

そう思うと無性に寂しく……。

あの鬱陶(うっとう)しい笑顔も、パパと呼べ、という言葉も、もう聞けないんだと思うと、心が沈んで、なにもやる気が起きなかった。

そんな時だった。アンヌが訪ねてきてくれたのは……。

「ああ、アンヌさん……」

そうして、ミーアは詫(わ)びたのだ。

以前した約束が守れなくなってしまったことを……。ぼんやりとした頭で、ただ、それだけを言って……。

そんな悄然(しょうぜん)としたミーアに、アンヌは他愛もない話をしてくれた。そこで、カッティーラを作る約束をしてくれたのだ。

——そうですわ。あの時は、特に意味がある話をしたわけではありませんでしたわ。慰めの言葉をかけられたわけでもなかった。ただ、アンヌは……そばにいてくれたんでしたわ。

ミーアは思う。

もしも、あの場にいたのが自分であったなら……なにか言葉がかけられただろうか？

——お父さまを失くした姫君、それも、民のために尽くした極めて善良で優れた姫君であったにもかかわらず、投獄されて、処刑を待つ……そのような境遇の方に……かける言葉などなかったのではないかしら？

ミーアは、腕組みして、うむむっと唸る。

まぁ、その……ミーアの見解には若干モノ申したくなるところがないではなかったが……。それはともかく。

——かける言葉もなく、そっとしておいたほうがいいか、などと、その場を後にしていた可能性だってありますわ。

アンヌは、そばにいてくれた。

気遣って、なんとか言葉をかけて、寄り添っていてくれた。

ただ、誰かがそばにいてくれるという温かさに、あの日の自分はどれだけ救われたことだろうか……。

ミーアはそっと瞳を閉じて、それから、エメラルダに言った。

「一人になりたい時、静かにしていたい時というのは確かにあるでしょう。だけど……声が届かなくとも、そばに寄り添うこともまた必要なのではないかしら？」

時間が解決するしかないことというのはある。だけど、ただそばにいること……黙って背中をさすること、そういうことだって必要なのではないか、とミーアは思うのだ。

そばにいるだけで救いになるということが、あるのではないかと思ったのだ。

かつて、アンヌがしてくれたように……。そして、

――ベルが……あの子が、ここにいたら、きっと同じようにするでしょうから。

静かに息を吸ってから、ミーアは言った。

「リーナさん、明日もまた来ますわね。明日も、明後日も……あなたの元気が出るまで、何度でも来ますわ」

ミーアはそっと、扉に向かって声をかける。

届いているかはわからないけれど、諦めることなく、忍耐強く。

そんなミーアを見たエメラルダは、やれやれ、と首を振り……。

「仕方ありませんわね。それでは、私もお付き合いいたしますわ。セントノエル学園で、星持ち公爵家の者が一堂に会する月光会を開く機会は、もうあまり残されていないわけですし……。リーナさんには、最低でもあと二、三回は出ていただきませんとね」

鼻息荒く言うのであった。

「そうですわね……。あ、ところで、エメラルダさん……その特製のお茶菓子ですけど、もったいないから、わたくしたちで食べてしまうというのは、どうかしら？」

「あら？　気が合いますわね。ミーアさま。私もまさに、そう提案しようと思っていたところでしてよ？　どうせですから、ルヴィさんも誘って……」

などと、かしましく、シュトリナの部屋の前を去っていくミーアとエメラルダであった。

かくて、二人のシュトリナ詣では続く。

ベルの帰還まで、あと99日。

お姉ちゃんたちの打算的な友情

Sisters' Mercenary Friendship

「お姉ちゃん……」

不意に聞こえた声に、パティはハッと顔を上げた。

明るい喧騒に包まれた場所、そこは大陸で最も豪華で煌びやかな学生食堂、セントノエル学園の食堂だった。

メニューだけではない。集う者たちもまた豪華だった。

王侯貴族の子女に大商人の子弟……。各国の上流に住まう高貴なる血筋の者たちが集い、優雅に会話を交わしている。

そんな雲の上の食堂に、少し場違いな子どもたちの姿があった。

セントノエル学園特別初等部の子どもたち……その様子を眺めながら、パティは小さくため息を吐いた。

——昨日は、ミーア先生の計らいでなんとかなったけど、やっぱり浮いてる……。

昨日の男子たちのように露骨に攻撃してこようという者はさすがにいなかった。けれど、やはり、この場の雰囲気に馴染むのは、まだ子どもたちには難しいのだろう。

ちなみに、パティ自身は、この空気の中に溶け込むことができていた。

蛇から、貴族の振る舞いを教わっていたからだ。行ったことはないけれど、たぶん、舞踏会に参加しても、違和感がないぐらいの振る舞いはできるだろうと思っている。

だから、波風を立てないように静かに食事をすることができるのだが……。

「お姉ちゃん……これ、嫌い」

パティは再び意識を、声が聞こえたほうへと戻した。そこでは、幼い男の子が、隣に座る姉に話しかけていた。

確か、姉のほうはヤナ、弟のほうはキリルと言っただろうか……。

キリルの大きなお皿には、赤い豆がより分けられていた。

「だーめ。キリル。贅沢言ったらだめだ。こんなきちんとした食事、食べられるなんて、幸せなことなんだから、きちんと残さずに食べなさい」

ヤナの言葉に、キリルは、えーっと不満を口にする。

——あの豆は、確かに、少し辛いから嫌いな子は嫌いかもしれない。ハンネスもあんまり好きじゃなかったっけ……。

パティは、別にこの二人と関わり合いになるつもりはなかった。それどころか、特別初等部の誰とも、親しくするつもりはなかったし、ミーアとだって最低限の言葉を交わすぐらいにしておこうと思っていたのだ。でも……。

パティは、ヤナが見ていない隙を見計らって、さっとキリルのお皿から、赤い豆をすくい取ると、そのままパクリ、と口の中に放り込んだ。

そうして、食べてから思い出す。この豆、私も嫌いだったっけ……っと。

「え……」

きょとん、としたキリルに、まずそうな表情を少しも見せることなく、こっそりとウインクしてやる、と……キリルは、ふわぁ、っと笑みを浮かべた。でも、

「ん？　あ、なんだ、キリル。ちゃんと食べたのか？　えらいぞ」

お姉ちゃんから頭を撫でられたキリルは、一転、複雑そうな顔をした。

罪悪感を覚えているのだろう。

そんな姉と弟の関係性がちょっぴりおかしくって……パティは少しだけ頬を綻ばせる。

そうして、思い出すのは弟の、ハンネスの顔だった。

――ハンネス……無事かな……。

静かに目を閉じると、まぶたの裏に浮かび上がる顔があった。

弟の顔……。張られた頬を押さえ、目に一杯の涙を溜めた顔だった。


「なにが悪かったかわかりますか？　ハンネス」

クラウジウス家の子ども部屋に、冷たく、刺々しい声が響いた。厳しい言葉を叩きつけられたハンネスは、恐怖に強張った顔をしていた。

そんなハンネスの顔を覗き込み、クラウジウス家の教育係のメイドが言った。

「なにが悪かったかわかるか……と、そう聞いているのですが？　聞こえなかったですか？」

ハンネスはビクッと肩を震わせてから、小さく首を振った。

「わからない、と？　お姉ちゃん……、お姉ちゃん、お姉ちゃん。侯爵家のご子息は、そのような呼び方をしません。お姉さまか、姉上と呼びなさい、と、何度教えれば覚えるのでしょうね」

ぴしゃり、と壁を叩いてから、メイドはパトリシアのほうに目を向ける。

「あなたは、わかっていますね？　パトリシア」

温かさの欠片もない冷たい目。油断すると震えてしまいそうだったから、パトリシアはそっと息を吸って、吐いてから……。

「……はい」

小さく声を出す。っと、メイドは顔を寄せ、パトリシアの顔をジィッと見つめて……。

「ふふふ、緊張を静めるために、深呼吸をしましたか。悪くはありませんよ。落ちついた、楚々とした振る舞いは令嬢に相応しいですから」

求められたのは、貴族の令嬢としての振る舞い。

叩き込まれたのは、皇妃として皇帝を堕落させるための、蛇の思考法。

メイドは満足げに頷いてから、ハンネスへと顔を向ける。

「ハンネス、あなたには教育が必要でしょう。先ほどの失態の罰として……今日の食事を抜きましょう」

「え……？」

そう告げられた瞬間、ハンネスの目にジワリと涙が浮かび上がる。それを見てパトリシアは思わず……。

「お……」

お願いします、と言いかけて……そこで言葉を呑み込んだ。

蛇に懇願するのほど意味のないことはない。それは意味がない以上に、愚かなことでもあった。

『そのお願いが聞かれるとでも？』

などと、逆に怒りを買うだけだろう。

蛇が求めるのは、愚かな子どもとしての振る舞いではない。

蛇の機嫌を取るためには、賢い蛇にならなければならない。

だから、今、言うべきことは……。

パトリシアは考えをまとめてから、口を開いた。

「弟は……病気で体が弱っています。薬で安定しているといっても、食事を抜いてしまったら症状が悪化するかもしれません」

パトリシアの物言いに、メイドは、上機嫌に微笑む。

「ああ、なるほど。それは確かに食事を抜かない理由になりますね。ハンネスは、愚かながらも、クラウジウスの当主にならなければならない子ですから」

それから、彼女はパティの頬を軽く撫でて……ギュッと頬をつねって自分のほうを向かせる。目を覗き込んでくる。その感情の読めない、蛇のような瞳に、パトリシアの心は微かに震える。

「本当によくできましたね。パトリシア。それならば……、そうですね。あなたの食事を弟にあげることを許しましょう」

冷たく、淡々とした口調で言った。

ピクン、っと肩を震わせるパティに、朗らかな笑みを浮かべて、メイドは続ける。

「ああ。よかったですね。パトリシア。あなたは、あなたの求めるものを手に入れた。大切な弟の食事です。目的のためならば、自らが痛みを受けることも厭わない。それでこそ、蛇というものですよ」

無常にも告げられた言葉にパトリシアは頭を下げて応える。

余計なことは言わない。これ以上、言葉を交わして得られるものなどないと知っていた。

教育係がしようとしていることはわかっていたから……。

——一度、安心させておいて、落として、私を絶望させようとしてる。

教え込まれた蛇の教え。相手の心を操る術。その教えに照らし合わせ、相手の行動の意図を読む。

すべてはパトリシアを優秀な蛇の尖兵(せんぺい)にするための『教育』だった。

絶望こそが、破壊と混沌への渇望に繋がる。

日々、絶望していれば、こんな世界なんか滅ぼしてしまえと……そんな気持ちにだってなるだろう。

そして、実際、すでにパトリシアは半分ぐらいそんな気持ちになっていた。

だけど……。

くい、っと服が引かれる。見ると、ハンネスが情けない顔をして見つめていた。

「大丈夫だから……。ハンネス、あなたが食べて……」

「でも、お姉ちゃ……お姉さま」

言い直す弟の頭を、パティはそっと撫でて、

「二人だけの時は、お姉ちゃんでいいから。ね……」

それから、優しく笑みを浮かべてみせた。


「……お腹空いた」

ハンネスを食堂に行かせてから、パトリシアは、小さな手で、お腹をさすった。

ただ一度のこととはいえ、育ち盛りの身に、食事抜きはこたえた。

いかに、ここでの食事が緊張するだけで楽しくないものであるといっても……。

貴族としてのマナーに加え、会食をしつつ相手の心を読んだり、意のままに操る言葉の使い方などなかった。

……。覚えるべきことはたくさんで……そんな教育を受けながらの食事は、はっきり言って美味しくなかった。

「お母さんがいた頃は……もっと美味しかったのにな……」

パンが硬くても、スープの具材が少なくっても……それでも、美味しくて、楽しい食事だった。

「どうして、こんなことになったんだろう……？」

母が亡くなった日から、運命は悪いほうへと転がり始め、気付いたら、真っ暗闇の中に立っていた。まとわりついてくるような闇の中、幼い弟を連れてあてどもなく歩いていく。

ひと時も安心できない日々に、パトリシアの心は、少しずつ削られ、消耗していた。

くぅっ……と、切なげな音。お腹をゆっくりさすりつつ、パトリシアは立ち上がった。

「……本でも読もう」

賢き蛇として振る舞うため、知識を身につけることは推奨されている。ゆえに、彼女は、できるだけ本を読むようにしていた。もしも、いつか蛇と敵対するようなことになっても、なんとかできるように、と……。

「あれ……？　なんだろう？」

そこで、パトリシアは気がついた。部屋の片隅……本棚の辺りが、まばゆく光っているのが見えたからだ。

「これも、なにか狙いがあってのこと……なの？」

恐る恐る、その光の正体を確かめるために近づいていき、そして。

「なぁ……」

食堂から出たところで、呼び止められた。振り返ると、ヤナとキリルが立っていた。

「……なに？」

「さっきは、弟がお世話になったみたいで……」

ふと視線を向けると、キリルは、ものすごーく申し訳なさそうな、情けない顔をした。

――ああ、黙ってられなかったのか……。きっと、お姉ちゃんのことが、ものすごく好きだから……。

そう思うと……またしても思い出してしまう。ハンネスのことを……。

「どうかした？」

「え……？」

見れば、ヤナが心配そうな顔をしていた。その隣ではキリルも、ビックリした顔でこちらを見つめている。

「どうしたって、なにが……？」

「いや、なんだか、泣きそうな顔してるから」

「そんなこと、ない……はず」

心が揺れたのは自覚しているけれど、そうだとしても人前で泣くなどあり得ない。仮に涙を流すことがあったとしたら、それは、そうすると自分が優位に立てる……そうする必要がある時だけで……。

「なぁ、どうして、代わりに食べたりなんかしたんだ？」

こちらをジッと見つめてくるヤナ。まるで、観察するかのように……。

――別に、構わない。素人に心を読み取られるようなへまはしない。

パティはいつも通りの無表情で頷いて……。

「残すのは、あなたの言う通りもったいない。でも、食事は美味しく食べられたほうがいいから」

そう言ってから、パティはそっとキリルの頭に手を伸ばして、撫でる。

ちょっと驚いた様子のキリルだったが、大人しくパティにされるがままになっていた。

「いつかまた食べる物がなくって、好き嫌いを言えなくなる時もくるかもしれない。それなら、美味しいものだけ食べていられる時間は、大切にしたほうがいいかな、って思っただけ」

話しながらパティは、珍しく饒舌になっている自分に気がついた。

「でも、ごめんなさい。私は、あなたの弟の食べ物を勝手に盗った。もしも、必要なら、後で別のものと交換を……」

「なぁ、もしかして、あんた、弟がいたりしない？」

唐突な指摘に、パティは、ピクンッと肩を跳ねさせた。

「どう……して、それを？」

ガガーンッと衝撃を受け、思わず、パティの声が震える。

なぜ、そのことを知られたのか……、まったく理解できなかった。が、ヤナはそんなパティの様子を見て、クスクス笑って、

「いや、年下の男の子の扱いに慣れてそうだったから、なんとなく、ね」

それから、一転、

「あ、えっと……もしかして……その弟さんって……」

っと、ものすごく気まずそうな顔で言った。

「ああ。大丈夫、死んでない。体が弱いけど、ちゃんと生きてる」

「そうか。体が、弱いのか……。それは大変だったな……」

ヤナは、相変わらず、すまなそうな、浮かない顔をしていた。

おそらく、自身のことと重ねて想像してみたのだろう。

もしも、自身の弟キリルが同じように体が弱かったら……自分で守ることができただろうか、とかなんとか。

あるいは、今、この学園に弟がいなかったら、と想像しただろうか？　弟を置いてこざるを得なかったパティの境遇に同情したのだろうか……。

いずれにせよ、パティはヤナの心情を冷静に分析し、その中に、自分に有利に働く要素があることをごく自然に洞察し……そして……。

「なぁ、パトリシア。よかったら、その……あたしたちと友だちにならない？」

友だち……その言葉に、じくり、と痛みを覚える。

蛇の思考と分析。相手の心を読み取り、自分の有利に働かせること……。

そんなことをしていた自分が、なんだか、酷く歪んでいるように思えて……。友だちなんて……そんな綺麗な言葉で呼び合えるわけないって、そう思って……。

だから、パティは首を振ろうとしたのだけど……。

「いや、友だちって言うと、ちょっと違うかな……。助け合い？　んー。利用し合う仲間とか、そういうのだよ」

その言葉に、パティは驚き……そして、おかしくなった。

彼女は別に蛇ではないはずなのに、まったく同じようなことを考えていたから……。

「利用し合う、友だち？」

パティは、とてもひさしぶりに笑った。

「なんだよ、別におかしくないだろ？　あたしはキリルを守らなきゃいけない。あんたも、守らなきゃいけない弟がいる」

それから、ヤナは少しだけ声を潜めた。

「正直、迷ってるんだ。ここにいる人たちのことを本当に信じていいのか……。あのミーアさまは、信じたい……。だけど、どうしてもまだ信じ切れないんだ。裏切られたらって思ったら、どうしても……」

「つまり、裏切られた時に助けてくれる命綱がないと、信じることができないから、それになってほしいということ？」

小さく首を傾げるパティにヤナはニヤリと笑った。それは、まるで悪戯の共犯者に向けるような、ちょっぴりやんちゃな笑みだった。

「ああ。そうだね。その表現が、すごくしっくりくる」

パティは……ほんの少しだけ微笑んだ。自分と似たような、ちょっぴり打算的なことを考えていた目の前の少女に。

――利用し合う仲間、か……。たぶん、私が助けてほしいことについて、この子はなにもできないだろうけど、でも……。

小さく頷き、パティは言った。

「いいよ。なるよ。友だち。お互いに弟を守るために、協力しよう」

そうして、幼き二人の姉たちの間に、友誼が結ばれることになるのであった。

その打算的な友情が、どのような結末を迎えるのか……。

今の彼女たちは知る由もないことであった。

ミーアの食育日記
（レポしながら）（てる）

Mia's

DIARY

of Dietary Education

Tearmoon

Empire Story

四つ月　十七日

パティのこと、悩ましいですけど、なんとか、蛇の教えから抜け出させなければ。ということで、これから、毎日（できるだけ）日記に、パティの教育記録をつけていくつもりですわ。

そして、今日はいいことを思いつきましたの。いつも、わたくしが日記を書くと、いつの間にか、食事の記録に浸食されていくことが悩みの種でしたけど、パティを改心へと導くには、やはり食が大切。ということで、これからは、最初から毎日の食事の記録をつけつつ、その際に教えたことをまとめていくことにいたしますわ。こうすれば、浸食されても気になりませんわ。

四つ月　十八日

今日は、キノコの姿焼きを通して、ありのままの心で生きる事の大切さを教える。

良い火かげんで焼けたキノコは、やはり塩のみで食したいもの。舌を通して、伝えたいことは感じ取ってくれたのではないかと思える。絶品だった。☆四つ

四つ月　二十日

今日は、濃厚なクリームシチューにキノコを添えたものを食した。

表面はチーズを焦がしてグラタンのようにしているのが、とてもナイス！　もちろん、キノコの味

も絶品で……。

色々な装飾をしても、主役のキノコがしっかり立ってなければ意味がない。芯のある人間になることの大切さを教えた。☆五つ

四つ月　二十五日

今日は、三種のキノコソテー。やはり、セントノエル島の豊かな自然が育むヴェールガ茸は絶品。美味しさの秘訣はなんと言っても、その舌ざわりと歯応え。コリコリの歯ごたえをどのようにして生かすのか、その料理のコツを、料理長のほうからしっかりと説明してもらった。

素晴らしい料理の神髄にパティも目をまん丸くしながら、興味深そうに聞いていた。☆四つ

あら？　妙ですわね。いつの間にやら、食事の解説と教育の内容が逆転しているような……。最後なんか料理のことが中心になっているような……。大変、奇怪なことですわ。

あとがき～教育論とミーアの教育者デビュー～

あけましておめでとうございます。餅月です。

やってきました、２０２３年！　ティアムーン帝国物語にとっては、アニメ化イヤーの一年です。今年もミーアと共に張り切って、駆け抜けたいと思っております。

ところで、昔、知人の宣教師さんから、こんな話を聞きました。

子どもを叱る時「○○をするあなたは嫌い」と言ってはいけません。「あなたのことは愛しているけど、あなたがした○○は嫌い（良くないこと）です」と言うべきです。と。

子どもの存在と行為を切り離して考えることで、愛することと、叱ることが矛盾なく整理された論理だなぁ、と思った記憶があります。

そんな話を頭に置きつつ書いたのが、今回の、「偽りの権威を帯び、ちょっぴり偉そうなことを言った挙句に、幼い子どもたちを泣かしてしまうミーア」でした。

みなさま、お楽しみいただけたでしょうか？

ミーア「……なんだか、言い方に悪意がありますわ。わたくしがものすごい悪人に見えますわ」

パティ「でも、嘘は言ってない。言葉って、なかなか奥深い」

ミーア「なるほど。確かに嘘ではないのでしょうけれど……誤解は生みそうな言い方ですわ。やはり、悪意ある言い方と言えるのではないかしら……？　いえ。でも、無意識に言っている可能性もあるのかしら？　なにしろ、嘘は言ってないのですし……。うむむ、言葉とは、なかなか難しいですわ。わたくしも、子どもたちを教える際には気をつけなければ……」

パティ「……言葉を計算して使い、相手の心を操るのが大事、ということでしょうか、ミーア先生」

ミーア「ううむ……いまいち、パティが言うと物騒に聞こえますが、間違ってない……のかしら？　間違ってないけど、間違っているような……言葉は難しいですわ」

ここからは謝辞です。

Ｇｉｌｓｅさん、今回も可愛いイラストをありがとうございます。微妙に成長したミーアとベルの表紙イラストが素敵でした。

担当のＦさん、もろもろお世話になっております。今年もよろしくお願いします。

家族へ。引き続き応援よろしくお願いします。

そして、読者のみなさま。十二巻をお手に取っていただき、ありがとうございます。ミーアたちの物語は、もう少し続きそうです。お付き合いいただけましたら幸いです。

それでは、また次巻にて。

巻末おまけ

コミカライズ 第二十四話

Comics trial reading

Tearmoon

Empire Story

原作——餅月 望
漫画——杜乃ミズ
キャラクター原案——Gilse

ティアムーン帝国皇女
ミーア・ルーナ・
ティアムーンの
仇敵と言えば
言わずと知れた2名
シオン・ソール・
サンクランド
ティオーナ・
ルドルフォンが
有名である
しかし
革命軍に
捕らわれたミーアを
実際に処刑したのは
実はどちらでも
なかったのである
第24話

おい
なぜまだ戦端を開いていないのだ？
軍はやる気がないのか⁉
……ですからベルマン子爵
我々の目的はあくまでも治安維持
帝国軍百人隊長
ディオン・アライア
不必要な戦闘をする必要はないかと……

この……ッ

先日も全く同じことを申しましたが頭が悪いんですか？

と口に出さないだけの分別は持っているつもりだったが

そのうちこちらの理性も焼き切れるかもしれないなぁ

あの森はルールー族のテリトリー

戦えばこちらにも相応の被害が出ます

兵は領主のために命を張るものだろう？

なんのために養ってやっていると思っている!?

……我らは皇帝陛下の兵です

子爵ともあろう方が不見識ですね

ひくっ…

……っ

我らはあくまでも皇帝陛下の信認を得た黒月省より森の治安を維持せよとの命を受けてきております
勝手に戦端を開くことは皇帝陛下の……
ひら
ひら
ああ五月蝿い
もうよい
下がれ！
はあ…
やれやれ……
まったく貴族様ってのは気軽に殺しあえなんて言うんだから気楽なもんだね
お
隊長
終わったんですかい？
百人隊副隊長バノス

しかしあの貴族さま
帝都に行ったって
いうからてっきり
皇帝陛下の勅命でも
持って帰ってきたのかと
警戒したけど

どうやらあまり
うまくはいかなかった
みたいだね……

おっと

そいつは
どうだか

安心するのは
ちいっとばっかし
早いかも
しれないですぜ？

うん？

ザザッ

近衛兵……か

ええ
なんでも帝都から皇女殿下が視察にいらっしゃったとか

せっかくお姫様がいらしてるのにずいぶん不敬な顔をしてますな

あいにくと王女さまだの王子さまだので盛り上がれるほどウブじゃない

……やっぱり
隊長も
きな臭いと
お感じに
なりますかい？
ああ
タイミングが
タイミングだ
子爵が帝都に行って
連れてきたと
みるべきだろうね
す
ミーア姫
……ね
さてさて
子爵に何を
吹き込まれた
やら……
そんでも
可愛らしい
見た目とは裏腹に
たいそう頭が
およろしいと
聞きましたがね

こうあって
ほしいというとおりには
絶対にならないものだ
そいつはまた
悲観的な
どこの哲学者の
お言葉で？
はぁ
僕だよ
きょろ
きょろ
希望的観測は
たいてい外れる
まぁ
そのおかげで
剣の腕も上がった
わけだから
悪いこと
ばかりでもないが
はは
そいつは要するに
何が起きても
乗り切れるぐらいの
腕っぷしがあれば
いいってことですかい？
簡単に言うと
そうなるかな
ん？

ひ
ギャーン
ひええええっ！
!?

ふ…
パタリ
……んで
こいつはどう乗り切るんですかい？
姫殿下
しっかりなさって下さい
……知らんよ

ディオン・アライア
帝国軍最強の剣士
傭兵上がりで
その腕を買われて
士官し
帝国軍百人隊長となる
しかし
前時間軸
『宝石箱が欲しい』
というミーアの
わがままによって
始まったとされる紛争
静海の森の戦いに
おいて
ワァァァ
彼の部下は
彼を残して
全滅した

ァ
アアアアアーァ

その後
革命が起きてすぐ
ディオンは
革命軍に転向し
名だたる将兵を
己が剣で屠り
帝国軍を瓦解させるのに
大きな役割を
果たした
革命軍一の
功労者である
彼が求めた褒美
それは
皇女ミーアの
首だった

ガシャン
大人しく
死になさい
お姫さま
ファアアアア

はっ
……っ!
こ 
ここは……?

……先程
恐ろしいものに
出会ったような
気がしますけれど
きっと
馬車の移動で
疲れてしまったん
ですわね

それで
幻覚をみて
しまったんですわ
うん……

ティアムーン帝国物語
シリーズ累計
170万部
突破!
(紙+電子)
小説
第15巻
2023年
12月20日
発売!
TOKYO MX・MBS・BS11にて
放送開始!
※都合により放送日時は変更となる可能性がございます。
帝国物語
式HPへ!
餅月望――著
Gilse――イラスト
原作HP
TVアニメHP

コミックス
第7巻
2023年
10月14日
発売!
漫画:杜乃ミズ
2023年10月7日から
TVアニメ
ティアムーン
断頭台から始まる、
姫の転生逆転ストーリー
詳しくは公

リーズ累計120万部突破!(紙+電子)

TO JUNIOR-BUNKO

※第4巻書影

イラスト：kaworu

TOジュニア文庫第5巻
2024年発売!

NOVELS

※第24巻書影

イラスト：珠梨やすゆき

原作小説第25巻
2023年10月10日発売!

COMICS

※第10巻書影

漫画：飯田せりこ

コミックス第11巻
2024年春発売予定!

SPIN-OFF

※第1巻書影

漫画：桐井

スピンオフ漫画第1巻
「おかしな転生~リコリス·ダイアリー~」
2023年9月15日発売!

甘く激しい「おかしな転生」シ

TV ANIME

テレビ東京・BSテレ東・AT-X・U-NEXTほかにてTVアニメ放送・配信中!

※放送・配信日時は予告なく変更となる場合がございます。

CAST	STAFF
ペイストリー:村瀬 歩	原作:古流望「おかしな転生」(TOブックス刊)
マルカルロ:藤原夏海	原作イラスト:珠梨やすゆき
ルミニート:内田真礼	監督:葛谷直行
リコリス:本渡 楓	シリーズ構成・脚本:広田光毅
カセロール:土田 大	キャラクターデザイン:宮川知子
ジョゼフィーネ:大久保瑠美	音楽:中村 博
シイツ:若林 佑	OP テーマ:sana(sajou no hana)「Brand new day」
アニエス:生天目仁美	ED テーマ:YuNi「風味絶佳」
ペトラ:奥野香耶	アニメーション制作:SynergySP
スクヮーレ:加藤 渉	アニメーション制作協力:スタジオコメット
レーテシュ伯:日笠陽子	

アニメ公式HPにて新情報続々公開中!
https://okashinatensei-pr.com/

GOODS

おかしな転生 和三盆

古流望先生完全監修!
書き下ろしSS付き!

大好評発売中!

STAGE

舞台「おかしな転生 〜アップルパイは笑顔とともに〜」

DVD 好評発売中!

GAME

TVアニメ「おかしな転生」がG123でブラウザゲーム化決定! ※2023年9月現在

▲事前登録はこちら

只今事前登録受付中!

DRAMA CD

おかしな転生 ドラマCD 第②弾

好評発売中!

詳しくは公式HPへ!

（第12巻）
ティアムーン帝国物語XII
～断頭台から始まる、姫の転生逆転ストーリー～

2023年2月　1日　第1刷発行
2023年8月30日　第2刷発行

著　者　餅月 望

発行者　本田武市

発行所　TOブックス
〒150-0002
東京都渋谷区渋谷三丁目1番1号　PMO渋谷Ⅱ　11階
TEL 0120-933-772（営業フリーダイヤル）
FAX 050-3156-0508

印刷・製本　中央精版印刷株式会社

ISBN978-4-86699-704-9